如果病毒感染的不是呼吸道，
而是你的大腦…

我腦袋裡有實驗室的病毒，嗎？

蔡孟利

向科研與愛情，兩條相交的平行線致敬

當我還在為今年第二篇 SCI 論文傷腦筋的時候，才華洋溢的蔡孟利學長已經寫完他第四本長篇小說《我腦袋裡有實驗室的病毒，嗎？》。這本「腦袋裡有病毒？」的小說雖然和前三本一樣圍繞著愛情打轉，但是故事的背景已經離開了先前喧鬧一時的學術造假案，很大一部分的重心轉移到描述從事科學研究的生活點滴。對於有志從事科研的年輕朋友，或是想一窺「科學家都在做些什麼？」的家長，都是一本不錯的讀物。我大力推薦。

相見太晚

我常想若是孟利學長這本小說早個三十年問世，我或許就不必費勁地向我父母及親朋好友解釋每天我都在實驗室做些什麼事情了。事實上在我拿到博士學位的那一天，我的父母還很認真的問我到底在從事哪一方面的研究？當時我研究的題目是利用反轉錄病毒做為基因治療的載具，基因治療這個概念還算好溝通，但是要對長輩講解什麼是反轉錄病毒可就難倒我了。當時情急之下我搬出愛滋病毒做為一個反轉錄病毒的例子，兩位老人家一聽以為我要治療愛滋病，去拿諾貝爾獎了。我那經商的爸爸更是頻頻詢問我有沒有可能做個臨床研究，開發商品發大財。至於我的狐群狗黨們，聽到「病毒」兩個字就謝謝再連絡，一夥人自己唱卡拉 OK 去了。從此之後在他們面前我再也不提我的研究課題，因為那實在是太煞風景了。

孟利學長的這本新小說將科學家的日常生活及思辨研究的過程自然呈現在讀者面前，全文穿插懸疑推理的情節，以及人間情愛。雖然是虛構的故事，卻頗能引發共鳴。記憶所及，還沒有一本以科學家生活為背景的中文（推理）小說，不得不給學長及這本新書一個大大的讚！

科學與信仰

每個學期我教普通生物學時，第一堂課總是先講解科學與信仰的不同。坊間不少人認為科學與信仰是對立，不能同時存在的，所以好像學校裡若是教了演化論，就一定要教授創造論才算是「公平」。可是演化論試圖解釋的是族群變化的結果，和諸神的存在其實一點關聯也沒有，硬是要把這兩個話題送作堆，當然永遠是雞同鴨講，找不到有意義的交集。但是在這種相互有敵意的氛圍下，宗教人士認為演化及科學就是要來消滅他們的存在與價值。而在另一邊，我也有不少篤信科學的朋友將我上龍山寺捻香拜拜，視為一種對科學的背叛。

在孟利學長的眾多小說裡，我發現科學與信仰總是交互出現的。像是他在《死了一個研究生以後》，將主角們連結起來的，竟然是出現在他們夢裡的前世因果。其他諸如佛經偈語，甚至託夢通靈不時穿插出現在不同的小說裡，時而為故事提供方向，時而為故事段落下註腳，很自然地把理當以科學處理的事件（如研究生之死），融入佛道教的元素，一筆渾然天成，實在厲害。

在《我腦袋裡有實驗室的病毒，嗎？》這本書裡，也有類似的情節。若要問男主角應緯對小師妹綉沂的真實情感，其實應該是對男主角做腦波測試，看看有哪些神經元產生了動作電位？這些訊號又和男主角見到其他人的反應如何對比，做科學上的交叉分析。不過學長以一句阿嬤的話代替了這些不可能在人世間操作的實驗，雖然令人噴飯，卻也巧妙的點出科學與信仰彼此的界線：科學能告訴我們車子為什麼會動、眼睛為什麼能看到東西，說不定哪一天還能準確預測誰和誰最速配，但是穿插在我們生活中的，卻多是一些寧可信其有，不可信其無的信仰。記得有一回我去一個在工學院教書的朋友的實驗室參觀，我看到他們滅菌釜上擺了兩包乖乖，一時覺得飢腸轆轆，順手就要拿起其中一包打開來吃，哪知道這一個舉動嚇壞了實驗室的博後及研究生。原來這些乖乖是拿來讓機器「乖乖」別出岔子的，拿走了他們的實驗要是做不出來，肯定非找我問罪不可。科學與信仰同時出現，和學長的小說一樣，沒毛病的。

C、N、S

CNS是中樞神經系統的縮寫，同時也是生科界三大期刊的第一個字頭Cell（細胞）、Nature（自然）、Science（科學）。這個巧合，放在學長的這本新小說裡，實在是擇期不如撞日，再恰當不過了。書中的主角們，心心念念的就是想發表論文在這三本頂級期刊裡。有一篇CNS加持，除了證明自己的研究團隊很有CNS之外，找工作容易，申請計畫可以抬頭挺胸，走在路上都覺得走路有風。也正因CNS太迷人，同門師兄弟可以為論文上作者排名的順序鬧到割袍斷義，也有研究員不惜鋌而走險發表不實數據，為的就是搭上CNS這班列車。

在生醫這塊領域裡，雖然作者在論文上的順序有一個大致的規則，但是不同的實驗室、不同的計畫主持人，這些規則或多或少都有不同。這也是為什麼學長花了一些篇幅在談作者的順序，因為那代表實驗室裡權力的位階（誰決定的），以及眾多人在這個研究計畫裡的責任分工。有些實驗室是以最終寫論文的人（有時候就是計畫主持人自己），有些則是以貢獻度最高的學生作為第一作者。當然，也有些實驗室，像是靚蕙在T大醫學院的實驗室，就完全是以合作者的人情關係定下誰是第一作者。靚蕙做得再辛苦，都沒能拿到第一作者，的確是學界裡不光彩的那一面。

但是我們真的能發展出一套更好的系統來嗎？現行台灣教授考評升等的辦法裡，把每一個論文作者的位置都標上了一個可以轉換成積分的公式，這套系統必然不完美，但是在學長的眾多小說裡好像也沒有指引出可能改進的方向。我很好奇是學長不願多談，還是這已經是眾多不完美的制度下，比較好的那一個呢？

科學家

講起來科學家其實不是一個太賺錢的行業，我很高興學長在他的幾本書裡不露痕跡的點出了這個窘境。以目前培養一個生科博士來說，大學畢業後博士班少不了五年，博士後少則兩年，多的做上五六年，甚至更久的都有。這樣算下來一個生科博士要到獨當一面的年齡，最少也要三十出頭，至於之後能不能幸運地找到一個終身職缺，又是另一個問題。在台灣，公立大學的教授因為是公務員，薪資不是很有彈性，能從國家計畫裡拿到的補貼也不算多。但由於是「責任制」的關係，大學教授現在什麼都得做，如果真算平均時薪，恐怕不是一個投資報酬率高的行業。在美國，由於美國是一個奉行自由資本主義的市場，教授的薪給比較有彈性，同時也能從大型國家計畫裡獲得較高額的專案補貼，如果再有專利加持，生活過得優渥的大咖教授的確不少。不過由於美國就業市場大，如果把所有生科教授都拿來作分母，拿頂薪的教授應該算是少數。

許多人或許會覺得科學家就是整天待在實驗室裡做科學研究的書呆子，只要懂得理論，會做實驗就行了。這樣的刻板印象，恐怕也與現實相差甚大。事實上要能成功的「養」一個實驗室，沒有一點基礎會計的能力是做不起來的。誠然實驗室裡有關會計報帳的工作可以請專業助理來處理，但是申請大型計畫，要如何安排經費，分項逐年報銷，就是門學問。除此之外，從事科研的人或多或少都得懂一些美工，把計畫及圖表弄得漂漂亮亮的，計畫申請時看起來比較像一回事，送出去發表在期刊裡的文章內容就算普普通通，示意圖畫得好也是一種對學界的貢獻。我博士班裡有個老師的太太是會計師，在我老師忙著寫科研計畫時幫著老師看了一下，感慨的說你們這種工作簡直十八般武藝都要樣樣精通。不像會計師只要精通本業就行了。這還只是寫計畫的部分，之後計畫要是幸運地被批了下來，還要懂得法規的限制，知道哪些項目可以報銷那些不行。總之要管好一個五、六個人的小實驗室，是不能沒有一點領導及經理的能力。這一點，在學長的書裡可以清晰地看到管理層級（綉沂、應緯、漢雄）如何與實驗室其他的人互動。就以綉沂一個不算大的實驗室，要管理得井井有條，若不算專業的技術人才，都得至少有兩個人一個唱黑臉一個唱白臉才行。

另一個這本書提到的，是女性科學家在科研環境裡所遇到比同儕男性學者還多的角色扮演的限制。除了性別歧視的問題（男性勾搭女性美名為風流，女性不管是主動還是被動都會被自動歸類為不守婦道），還有社會對女性生育及主持家務的期待。這些期待與限制，往往造成女性科研人才延後生小孩的時間。我博士後研究的指導教授，就是等37歲拿到終身俸之後才生第一個小孩。書中所述綉沂的困境，是真實的發生在不少女性科研人才身上。

講了這麼多做科研的辛酸，真不是要澆對從事科研滿腔熱情的年輕人一盆冷水。透過漢雄的敘述，學長點出做科研，圖得真的就是一個「爽」字。在有限的空間、人力及資源下，能做出大實驗室沒想到，或是做不出來的東西，真的就是爽。雖然「爽」字不文雅了一點，但是在學界裡，人爭一口氣，爭的就是做出與眾不同的東西的那種成就感。

科學與哲學

每個科學家都有自己的一套哲學，什麼東西值得做、什麼東西該做、什麼東西可以做，作為實驗室的領導，最難的就是下這些決定。除了資源上的限制以外，到底一個實驗有沒有價值，甚至合不合乎「天道」，都是被考慮的重點。好比說幾年前科學家利用核轉移技術成功的將人類的體細胞重新發育成一個新的胚胎（就像是桃莉羊，複製羊的概念），雖然這個胚胎在發育早期就被銷毀，但是這個實驗明確的說明用體細胞複製人在技術上已經是可行的。做為一個科學家我們不免要問，這個實驗應該做嗎？的確科學家探索的是可不可能，至於人類會不會，或是怎麼拿去應用，都不是科學家可以控制的。就像是當初發現抗生素的科學家不可能為日後因抗生素濫用而產生的超級細菌負道德上的責任一樣。但是真的有那一條線嗎？我們能保證沒有人會依照發表的技術私下成立一個研究中心，從事複製人這樣不符道德，卻具有巨大商機的生意？

我很訝異學長花了相當大的篇幅，藉由漢雄之口，道出他的科學哲學。這讓我想起李敖在北京法源寺裡，藉由法師及康有為之間的辯論，闡釋善心與善行如何定義，何者重要。在講授科學道德時，學長（或是漢雄）的這一個觀點應當可以拿出來作為一個很好的教材在課堂上討論。對於不熟悉學界的朋友，也可以藉此一窺科學家的內心世界，並非只有追求功名、冷冰冰的一塊。最後，延續我先前所說的，這種對「天道」的認知，也應被歸類為一種不可用科學來論證的信仰。這裡，再一次，科學與信仰無縫接軌，完全沒有違和感。

愛與不愛

學長的眾多小說裡，都是圍繞著「愛」打轉。我把愛放在最後討論，主要是因為愛真的不科學。愛有很多種形式，不一樣的層面，但是沒人能量度愛的速度及存在的維度。諾蘭兄弟在星際效應這部電影裡很浪漫的建議愛是可以超越時空的限制，像是幾米在《月亮忘記了》說的「我看不見你，卻依然感覺溫暖」。但是人生太短了，無限大的速度以及難以觸摸的維度，真能讓孤獨的人挺過漫長的等待，甚至環境的挑戰？若是真的容易，那些文學名著裡，又豈會反覆歌頌堅定不移的愛情，以及情人之間的海誓山盟？

我常和學生說，生物學裡最重要的概念，就是要有適當的基因，在適當的時間，表達合宜的量，才能發展出完整的個體。愛情在某一方面也是如此，在合適的地點，遇上對的人，相互表達合宜的愛慕之情，才容易發展出良好的關係。學長在數本不同的小說裡毫不掩飾感情世界裡可能發展出的多角關係，反覆辯證愛的多樣性，是我所欽佩的。更重要的是在這些複雜的關係裡，並無人心存惡念，所以我們很能與深陷其中的主角們共鳴，去理解他們的境遇，而非做類似八點檔肥皂劇的道德批判。

愛，就像約翰丹佛的那首《Perhaps Love》，有人說愛就是全部，有人說他們不知道愛究竟是什麼？愛與不愛之間，始終是個難題啊！

結語

承蒙學長厚愛，竟然落落長的寫一篇像推薦又不像推薦的東西。三十年前沒有學長的小說，我們都是靠自己一路摸索，跟著老師們學習如何從事研究、做學者。孟利學長的小說裡打開了這層神秘的面紗，對一般的閱聽人，或是有心了解學術界的朋友，都是一系列不可錯過的好書。

張維仁
美國漢米爾頓學院生物系講座教授兼系主任。台大動物系畢業的六年級生。在水牛城唸了五年半的博士，又在普林斯頓做了五年半的博士後研究。一輩子好像還沒離開過學術系統。

斜槓中年的奇妙冒險

我和蔡孟利學長認識，是在我碩士班一年級的時候。

那時我跨系考上電機所的醫學工程組，可以說是電機也不會，醫學也不會的新手。我找到了電機所和動物所（現在的生科所）的兩位老師聯合指導，但是我大部分時間都待在動物所。

指導教授嚴震東老師把我和蔡孟利學長編成了一組做同一個題目。如今思之，那應該是學長惡夢的開始吧。

學長是一個外粗內細的人，對於做研究很有自己的想法和堅持。我是一個生性比較閒散的人，一開始會覺得那麼認真要幹嘛。我過了好一陣子才逐漸體悟，這才是做研究的態度，因為某種程度上，我們都在和時間賽跑，實驗動物的成長不會等你，我們必須在最適當的時刻，取到最需要的數據。話雖如此，我還是常常粗心把實驗室辛苦養大的實驗大鼠弄死，讓學長只能苦笑著幫我善後。

相處久了，才知道學長的細膩，不只展現在動物實驗上。他有著溫柔而入世的文筆，說他是被生科耽誤的文學家也不為過。事隔多年，我再見到學長時，他果然已經成為出過好幾本書的暢銷作家，而他生物科技的本業也沒有荒廢。這樣的斜槓人生，看在與他近距離相處過的學弟我眼中，只能說非常適合他。

我印象最深刻的事情是，他曾為了正在撰寫的書中涉及法律的部分，特別來找我諮詢，我甚至還出了一份書面的法律意見書給他。對我來說，學長的嚴謹和堅持，在這件事情上表露無遺。我拜讀過學長之前的作品，我不敢保證每一個人都會喜歡他的書，但是我可以保證，他的每一字一句，都是經過這樣的態度雕琢出來的，在科普和故事性做到了最好的平衡。

說了一堆瑣事，也許還不足以對這本書的作者——蔡孟利學長做出最好的側寫，但是這的確是我以一個學弟的身分，對學長做出最真摯的觀察。欣見學長的新書又即將付梓，感謝學長給我這個在網路上專門博君一笑的律師這個機會留下隻字片語。期望以上文字足以代序，讓讀者更了解這本書的作者，作為踏入蔡式文學宇宙的第一步。

雷丘律師
斜槓律師的網路作家

潛入科學家的腦袋

讀蔡老師的小說，有個很神奇的感覺。小說最有趣的地方是讓你無痛變身，跑去體驗另外一個人的生活。每本小說都標明了這個變身模擬器能提供的服務：你可以當霸氣銀行總裁，裝狂妄少女，或體驗傳統職人堅守產業的悲壯。

但我猜你沒試過當科學家。小說裡的科學家總是捲入跨國組織不可告人的陰謀，手上握著動輒處決千萬人還是拯救全世界的靈丹妙藥。但是科學家的生活哪有那麼戲劇化啊？我們只是受專業訓練影響，用跟別人有點不太一樣的大腦迴路來理解世界，但仍然是過著一般人的生活。就像廟裡師父如常人一般吃喝拉撒，但還是可以用獨特的視角來看透世間事。

那學生物學的科學家看到的世界會是什麼模樣的？會像鋼鐵人那樣，把看到的人事物自動在螢幕上拆解成它的分子生物結構嗎？

這書讓你有機會附在主角生物人應緯身上，看看這些被生科思想滲透的腦袋是怎麼理解這世界的。實驗裡看到的生物現象的確會在腦中轉成細胞表面通道蛋白裡的離子流動。實驗出了問題，也會像偵探那樣找證據一步步小心推論找答案，這些在科學故事裡都不陌生。但是用隨身碟探討記憶，用神經元間收發的電訊來解析愛情，可就是新奇的體驗了吧！你可以說連想件事舉個例都用上生物機制真是宅氣沖天，但這就是這群人的生活方式。這是蔡老師放進書裡的神奇體驗。

科學家講話難免滿口專有名詞，太習慣了。但蔡老師是科普老手，這書裡雖然裝滿專有名詞，這些名詞卻不會阻擋你理解故事。就像朋友在國外帶你進了間店，就算你看不懂店裡的文字符號，還是可以享受那裡的異國風情。這個尺寸的拿捏，正是蔡老師長年投身科普工作的功力展現。這是第二個神奇。

如果你就是學生物待實驗室的人，這本書也有給你的神奇。故事裡的場景就是我們每天的生活。討論室角落坐著報完進度的純菲，對面實驗室傳來女強人綉沂的堅定指示，等等去動物中心大概會被漢雄唸。我們每天一上工就自動切換成高度客觀的專業模式，忽略了身邊伙伴都是凡人的事實。雖然不是隨時上演愛情戲，但就跟其它行業一樣，每個人都在對抗工作壓力及自己的七情六慾。讀完這書，我決定要來多注意和窺探身邊流動的情緒了。

蔡老師是我在大學時的學長，是那種小大一只敢抬頭仰望，常常像守護神那樣點醒你照顧你的學長。讀他的書讓我發現學長的腦子裡原來也有空間裝這些浪漫的事呢（偷笑），但我想這部分的神奇是專屬於我的。

陳俊堯
慈濟大學生命科學系助理教授，細菌人科普作家

啊！我腦袋裡有青春的病毒！

醒來，沒有任何規劃的星期天下午三點半，客廳剛買的沙發裡，隱約還聞得到簇新皮革的味道。陽光在靠近窗口的地面塗滿一個亮晃晃的四方形，窗邊那些深深淺淺的綠色葉面，也跟著搖頭晃腦閃閃發光。屋外是啁啾的鳥鳴聲，間雜著較遠處呼嘯而過的車聲；屋內倒是異常的安靜，只有魚缸的水流嘩啦嘩啦作響。躡手躡腳地探頭看去，原來孩子們也都睡著了，吵吵鬧鬧的十幾歲鬼見愁年紀，沉沉睡去時的模樣，竟依舊甜美可愛得如同初生的粉嫩嬰兒那般。

這一切也太完美了吧。平凡無奇的完美，平凡得過了頭，平凡得太不切實際了。不冷不熱的天氣，不早不晚的午後，不大不小的家裡，不長不短，不好也不壞的一場夢，夢中醒來不知該說是酣暢淋漓，抑或是恍如隔世呢？

正如剛讀完的這本小說。

而且還是學長寫的小說。又，而且，還是小時候景仰的、崇拜的阿利學長所寫的小說。

是的，正恰恰如同幾位主角們之間的學長學妹關係，在青春無懼的校園裡相識，在畢業後初入職場各奔東西各逐前程，在偶然的機緣裡再次相遇。認識作者本人，興許是一種意料之外的樂趣，或者也是障礙吧，讀著讀著，來到那些再熟悉不過的場景和畫面，那些似曾相識的身影和橋段，我的腦袋裡也不知道是不是裝了病毒，用奇怪的方式運作了起來，開始不由自主地搜索著過去的記憶，把小說對應起現實生活裡的某些人、某些事，甚至懷疑起作者，是否把自己的故事也偷偷寫了進去？又或者這就是作者的無意、刻意、不懷好意？虛虛實實，真真假假，假作真時真亦假，無為有處有還無？

不過，無庸置疑的是，我認識的阿利學長本人，的確就是個完美學長的形象，君子謙謙、溫文爾雅、滿腹詩書、有求必應；某些說起理想的時刻，卻又清清朗朗、長風破浪、擇善固執、有所為有所不為，套用同學的形容詞，老派的紳士。但這畢竟是一本不折不扣的愛情小說耶，忍不住猜想起，我不認識的阿利學長本人，又會是怎樣的形象呢？

幸好，隨著小說情節的推移前進，這種忽然從敘事中思緒脫出的困擾，也越來越少出現，應緯和漢雄總算不再是學長，應該說，不再是我的學長了。實驗室裡的研究緊鑼密鼓地展開，各種困難與挑戰接連出現，在研究以外的課題也愈發亦步亦趨逼近。科學就是一連串提問和尋求答案的過程，但人生亦何嘗不是呢？病毒溢出來了嗎？實驗還要繼續嗎？情感也溢出來了嗎？關係還要繼續嗎？要不要確認？該如何確認？又該如何繼續？

雖然我焦急著想知道結果，作者卻依舊保持著四平八穩、不疾不徐的筆調，歲月靜好現世安穩地令我幾乎要生氣了。左右逢源腳踏兩條船的應緯，還是一貫的溫柔體貼善解人意；恃才傲物驕矜自大的漢雄，依然冷靜自若有情有義；閃耀亮眼的綉沂在婚姻裡進退維谷，通達敏慧的曉韻在家庭裡左右為難。好人也無法全然喜歡，壞人也討厭不起來，甚至我也分辨不出誰是好人，誰是壞人，分辨不出是非對錯，只因時光流轉，緣起緣滅，因果輪迴，根本就是真實人生，這不是太令人生氣了嗎！看小說不就是要圖個痛快嗎！竟然連個痛快都沒有！我咬著牙憤恨地想著。就像翠翠的邊城小鎮，渡邊徹的挪威森林，小舟悠悠緩緩地蕩漾過去，波瀾不興，卻在船後拉出了一道接著一道連綿細緻的長長水痕、裊裊餘韻。我的腦袋又不由自主奇怪地運作起來。

管他呢，不就是一本小說罷了，我試圖對自己說。身為年過四十的女性，也曾奮不顧身追逐愛情和夢想，走過無懼的青春，走過似錦前程，也走過山窮水盡，也曾在無數的瞬間脫口而出「我好累」；那些分辨不出好壞的某些人，那些理不清剪不斷的某些事，永遠無法取得平衡的工作、家庭和自我，管他呢，而今只求平凡無奇即是完美，只希冀午睡醒來無所事事萬籟俱寂的一方陽光。

就像我答應了阿利學長要寫篇推薦，卻不顧常規任性驕縱地恣意亂寫，誰叫我們在某些時刻又再相遇，而我依然還是學妹，他依然還是個如兄長般的學長呢？我在心裡小小聲吶喊：「學長，我不管啦！我就是要這樣寫啦！」然後幾乎可以瞧見他驚訝又無可奈何的寵溺表情，我忍不住笑出聲來。
「媽媽！妳起來了喔！晚餐要吃甚麼啦！」

莊志瑜
忠實讀者／母親／中醫師

所以一天又平安地過去了，感謝吃香腸一定得配蒜頭的學長的努力

本書作者是我唸大學時系上大三屆的學長，並且是多才多藝、文武兼備、照顧後進，可以拿來跟別人誇稱「強者我學長」的那一種，我們這些學弟妹都稱他為阿利學長。在彼時還是大學聯考的年代，會來讀這科系的人通常心中都帶有特定的理念、抱負或夢想，否則就去讀其他熱門科系或直接重考了。系上眾人的理念、抱負雖有異同，但總有一共同夢想，就是希望有朝一日，能獲邀於十二月十日至北歐某國首都的音樂廳登台。不過，通往夢想的路總是艱難又孤寂，路的方向也不一定正確，因此在大學、研究所之後，很多人放下轉身離開，我也是其中之一，所以很敬佩能秉持初衷，一路堅持走來的阿利學長。沒想到這次能獲得他青睞，邀請我為這本小說寫推薦序，實感惶恐，務必盡全力完成他的託付。

阿利學長說這是部職場男女的小說，只是有許多學術名詞，可能會讓人覺得有點不好親近，所以會在書中另外說明介紹這些科學詞彙來釋疑。其實，非本科系無相關背景知識的

人，初讀即可了解這是部不折不扣的愛情小說，只要閱覽時腦海暫時忽略這些專業術語，就能輕鬆地去感受書中角色們的情感故事。

但對於有志於從事學術研究的莘莘學子們，這本小說就變成一本專業工具書了。阿利學長幾乎把他求學與任教的人生經歷，都投射在書中某位角色上，所以小說內各個人物彼此間發生的種種事情，都是學術圈裡的真實寫照。而且本書不是教科書或參考書那樣會給學生感覺唸起來硬梆梆的，反而像是學長姐們傳承留下的上課筆記、課後作業或期末報告，節省學弟妹們不少自行摸索的時間與精力，取得學習成效。所以有興趣想進實驗室工作的人，這本小說可以幫助你快速入門認識並且直接上手投入這職場。

若試著用另類的觀點來閱讀，倒也有不同的樂趣，像我就是當作災難小說來看。災難存在於各角色的情感間、組織的人事關係間、實驗過程及論文發表間、師生的指導間……形形色色的災難，以時序論，有已結束，有進行中，還有才要發生的；以規模論，有小到只是讓人難過一兩天就沒事，也有大到人類存亡級別（畢竟場景都在實驗室）。這就好比在看卡通「飛天小女警」，小鎮村總會有各種災難發生，但最後必然平安度過，觀眾則從小女警解決災難的過程中獲得有驚無險的樂趣，本書也一樣可以給讀者這樣的體會，所以我這篇序文才如此標題，雖然會因此有點爆雷小說內的故事情節了（哈）。

自大學時代至今，阿利學長一直保有文學創作的習慣，而這習慣也跟他的志趣及職業結合得恰到好處。就如韓昌黎說「師者，所以傳道、授業、解惑」，周濂溪說「文以載道」，在這本小說的背後，隱含了學長他對學術研究這工作的滿滿熱情，以及要把從師長那兒接下的繼續傳給後繼者的殷切期望。一想到此，腦海裡又浮現出大學時那個熱心指導大一學弟妹如何解決校園生活中各種疑難雜症的大四學長模樣，因此很誠心地推薦這本書，希望有更多讀者能欣賞。或許將來的某天，阿利學長接到的登台邀請是來自於文學院，這好像也不錯。

鄭仲鈞

前補習班主任、現電腦硬體工程師。雖已離開學術圈但仍相信持續格物致知最終能使國治天下平。

第一章

最近，說不上是多久以來的最近，或許已經兩三個月了吧，常常在過了十字路口之後就停下來往回看，好確認一下是否有個剛剛路過的我倒在行人穿越道上，以確認此刻站在馬路這一端的我不是個遊魂，藉以告訴自己剛剛沒有闖紅燈也沒有發生任何交通事故而往生，在此刻的當下我的確是以一個「人」的身份於這裡顧盼。

不過通常這樣還是不足以對自己釋疑，在之後繼續往前走的幾百公尺內，我仍然需要不斷地頻頻回顧那個十字路口，掃描那個畫著白色線條的柏油路上到底有沒有任何事故發生的蛛絲馬跡，甚至掃描那些停等著紅燈轉綠的機車騎士們，看看他們的表情有沒有任何驚訝的樣子，好確保那個十字路口在我通過的時候沒有任何不幸發生，而我，與屬於我的那個肉體依舊是緊密結合。

這種奇怪的焦慮也不只是在十字路口才會出現，有時候在街上走著、在實驗室工作著，甚至在與學生講話的時候偶爾也會冒出來；沒來由的，忽然地就這樣質疑起自己，逼問自己目前所感受到的「我」究竟只是一團沒有實體的靈魂，或者，仍是一個有著完整肉身的

「我」？而這樣的質疑不若剛走過行人穿越道的十字路口之情境，可以有個確認自己的肉體是否正橫躺在那個路口的現場；因為是那樣沒來由就想起來的質疑，以至於沒辦法隨時找到個可以檢核的目標。也因此這種質疑所帶來的焦慮就更加難以排除，得一直不斷逼自己回想之前的五分鐘、十分鐘、甚至是一個小時之前的所有細節，揣想是否有個被不經意忽略掉的閃失，導致「我」其實已經是個飄盪在人世間的遊魂而不自知。

我並不是沒有自覺到這可能是某種精神疾病的徵兆，諸如像是強迫症或是憂鬱症那類的。這些疾病我並不陌生，至少我讀過不下三百篇關於精神疾病的醫學文獻。倒不是因為我現在這個毛病，而是，讀那些文獻算是我工作的一部份，這個工作叫做「學術研究」。在學校給我的薪資通知單裡記載著我的薪水分成兩個項目，一個是「本俸」，另一個則是「學術研究」；因為「學術研究」的數額大於「本俸」，所以依薪資結構來說，「學術研究」算是大學老師的本務。而我這幾年關於「學術研究」的主要工作內容，就是在研究像是強迫症或是憂鬱症這類的精神疾病，到底是腦袋中神經細胞的哪些組成出了問題，只不過我的研究對象不是人，而是老鼠的腦細胞。

不是我多想知道老鼠的強迫症或憂鬱症是怎麼來的，而是，牠們的強迫症或憂鬱症是我造成的。我得想辦法讓老鼠發作些跟人的強迫症或憂鬱症很像的病徵，好對牠們的腦袋做功課，希望藉由了解牠們的發病機制來類推人類的強迫症或憂鬱症是怎麼發病的。

而我「學術研究」的主軸什麼時候從自主神經系統的調控轉變成為精神疾病的腦部病理，說起來也算是很意外的巧合，並不是經過什麼嚴謹的評估或是深思熟慮之後的結果。

基本上就只源於一次相親。那次的對象是一位臨床心理師，她雖然已經有了在醫院的正職工作，但同時也在大學攻讀博士學位。她目前的研究主題是關於強迫症的研究，不過因為研究的對象是人，所以沒辦法把人的腦袋打開來做些實驗控制的操弄，因此也就沒辦法真正知道強迫症的腦袋到底是出了什麼問題。她說她一直在想是不是有可能拿老鼠來做動物實驗，這樣的話，就可以盡情地對腦袋進行各種手術與藥物的操作。

由於我通常會再約初次見面的相親對象二度吃個飯或是看看電影，一方面基於禮貌，另一方面也是給自己再次確認對方意願的機會。因此那天相完親之後，我找了些強迫症動物模式的文獻來看，也順便思考了幾個我自己實驗室的設備可以勝任的研究主題；想說，在第二次見面的時候如果沒有其它適合的話題可以聊，就拿這些出來說說以避免冷場。

只是沒想到三天之後想要再邀約她，卻被她以工作太忙婉拒了。雖然理由說的是工作忙沒有空，不過依照我相親的經驗，那就是代表不需要再見了。不過也就這樣，意外地促使我打開那扇以前懶得去開的窗，發覺精神疾病的神經病理機制也是個可以試試的主題。所以在那年年底，我也就認真地寫了個老鼠強迫症的研究計畫，然後也通過了，有了一筆還不算少的經費，從此進入精神疾病的研究領域。

雖然說我覺得這種奇怪的焦慮應該算是一種精神病了，但為什麼會是現在才突然冒出來？回想起這幾個月的生活，我並沒有遇到什麼奇特際遇或壓力特別大的情境，甚至連個小感冒都沒有，生活一直處於算得上枯燥的規律，就只是出沒在教室、實驗室以及週邊那些跟日常食衣住行有關的商店而已，實在沒有任何夠份量的大事件會導致現在這樣疑神疑鬼的心理狀態。

會是遺傳的因素嗎？像原發性高血壓那樣，本來都好好的，也沒什麼身材走樣或是明顯的病痛，但是血壓就莫名其妙地在某一天忽然升高，然後接下來便是一輩子要吃降血壓的藥物。不過，如果是遺傳性疾病的話應該是有跡可循的，至少家族中的長輩或平輩應該會有苦於這類疾病的人，但是就我記憶所及，沒有印象在家族中有任何人有過精神方面的疾病。

當然也有可能的確是因為遺傳，只不過所有人的症狀都還在可以忍受的範圍之內，不需要求醫也不想跟旁人提起，所以別人也就無從得知。就像我現在這樣，雖然有些困擾，但還不至於到了干擾正常生活的地步，也因此除了在自已的腦海中轉轉之外，我不曾跟別人說過自己的感受。這是很有可能的，或許此刻我的親、堂、表兄弟姐妹們也有人跟我正承受著一樣的困擾，只是我們都隱藏得很好，也因此是不是遺傳疾病的突然發作，那就無從得知了。

如果真是這樣，有病，但是疾病的危害程度都在自我可以控制的範圍之內，那病或不病，其實也不是什麼需要太擔心的事情。不過我自己仔細回想這兩三個月以來的焦慮，程度上好像有越來越加重的趨勢。感覺上那種焦慮已經進展到不是眼見為憑就能釋懷，而是會進一步質疑正在重複著確認動作的自己是不是也已經死了？不斷地想著正在進行確認檢查動作的這個自己，會不會就像雙重夢境那樣，以為自己已經從一個驚險的夢境中醒來，後來卻發現那樣地醒來仍然只是一個更大夢境中的場景？

這樣子的演變，讓我對於自己是否有足夠的能力去壓制這些念頭，好讓自己的外在舉止繼續正常到不至於讓別人察覺出異狀，我是越來越沒有把握了。

雖然有就醫的心理準備，不過如果真的需要就醫，我希望能夠至少撐到半年以後才去，畢竟接下來的這半年，會是我們這個研究能否成功的關鍵半年。我把升等的希望都押在這一系列的實驗上了，如果真能成功，不要說是升等，甚至拿個科技部的傑出獎都有可能。這個研究的進行是個難得的機會，我跟漢雄說，能不能離開這個鳥不生蛋的地方回到京城，就看這一搏了！到時候上了Nature，咱們兄弟倆一起開個記者會然後就跳槽，即便沒有T大，撈個Y大或C大，就算是Td大，也總比待在這個邊陲地帶好。

漢雄倒是每次都不置可否地回說：「看看吧，到時候再說。」

這的確是個鳥不生蛋的地方。六年前我初到這個學校面試的時候，一開始還把隔壁的國中當作是大學，因為論建築的大小跟氣派，那所明星國中比起隔壁這所剛從五專升格的大學還像大學。而被錄取之後的第一天，系主任帶我到一間三坪大的房間，裡面除了一張桌子、一張椅子還有一台擺在桌上的電腦之外，其它的，就只有家徒四壁可以形容了。然後，沒什麼用來草創實驗室的開辦費用，主任說一切自己想辦法，系上能給的，大概就每年例行均分的設備費四萬元而已。然後他拍拍我的肩，說了句：「年輕人，加油，本系就靠你了。」

漢雄晚我半年進來，雖然他錄取的是另外一個系，不過狀況也沒有好我到哪裡去，就只是他分到的空間有四坪，比我的三坪多了兩塊榻榻米大的地板。

由於我們算同梯進來這個學校，基本上比較容易聊得上話。加上我們的研究領域都是跟神經科學有關，主要差別只在於我的工具是分子生物學方面的，漢雄則是對整隻老鼠插電線的電生理。也因此一開始兩個人在研究上的互動與討論就比較密切，一直想著有什麼題目可以共同合作。畢竟初來乍到這樣一個毫無資源的地方，面對那些一副就準備把你當助理使喚的地頭蛇大老，兩個菜鳥自然需要團結些。

只不過，兩個都沒有糧草的菜鳥，除了抱怨的時候有能力團結以外，談合作，空對空，有什麼好合作的呢？

所以在開始的前兩年，我和漢雄除了週間有一個整天沒課的日子之外，加上週六、日兩個假日，每週有三天得長途驅車到京城去依親做實驗；漢雄回他博士班的老闆那邊借用，我則是到我博士後的老闆家掛單。每週有大把時間花在各式縣道、省道與國道上的風塵僕僕，每半年汽車增加的里程數都在一萬公里以上，開車開到連公路上每根測速照相機與每個紅綠燈所在路段的里程標示都記得清清楚楚。

而「合作」，在當時是遙遠不可及的未來，每次聊起來，都是灰姑娘在晚上十二點以後的心情。

由於都是寄人籬下，基本上自主性不高，雖然老闆寬宏大量讓出通訊作者的位置讓我可以實質累積發表的數量，不過研究的內容還是得謹守老闆的需求，畢竟花用的錢財和差使的人力都是老闆所供應的。不過也算歲月靜好，雖然有著奔波的辛勞與那麼點無法作主的不自由，撐了四年，我跟漢雄還是都站上了副教授的位置，擺脫了尷尬的「助理」二字加在「教授」前面。

當然這中間免不了有些閒言閒語不時地飄過來，譏諷著我們都不想在這個學校落地生根好好經營在地的實驗室，批評我們滿腦袋就只想著跑去京城打關係鋪跳槽的路，根本無心留在這裡工作、教育這裡的學生。我能說什麼呢？學校的補助費都被這些講風涼話的地頭蛇大老們劫走，每次能分到個三、四萬的零頭已經是他們對我莫大的施捨了；而國科會給的計畫經費了不起百萬出頭，扣掉給學生的工讀費，連台像樣的光學顯微鏡都買不起。現實就是這樣，不出門找外援，難道要在這裡等著被人家用六年條款宰割。

每次被這些閒話搞得火大時，漢雄都是都一笑置之地回我說：「管他們去死。」

「但他們就是想我們在這裡悶死。」

「實力原則。當你的實力夠強大時，他們頂多叫叫，不敢咬你。」漢雄輕蔑地對空笑了笑，又補了一句：「我學長講的。」

現實的確是這樣。只是我漸漸知道「實力」的定義不單單只是學術研究的產出，也不單單只是受學生歡迎的程度，還得包括拉幫結派的廣度、揣測上級心意的準確度，更重要的，還有在五斗米之前折得下腰的角度。

論文在這個學校是弱勢貨幣，只靠這個，我跟漢雄在這個學校仍然買不到該有的權益與公平的對待。日子在這種沉悶的懷才不遇中過起來，就好像每天都測準了股市起落而存款卻買不起一張台積電。也因為如此，「相親」這件事情在這種枯燥無奈的生活中，就變成了少數可以轉換心情的喘息時刻，彌補了我因為不想有師生戀、也不想吃了窩邊草而影響在掛單處的人和，所造成無法與異性進一步交往的缺憾。

說到這點，漢雄就比我悲情多了，他來這個學校任職的第一年本來要結婚了，未婚妻卻在婚禮前的三個月出家去了，從此，他也成了一位老僧。

但這位老僧的入定在我看起來並不是真的老僧式入定，而是，因重大創傷而導致的極度自我防衛，關閉了對大部分世事感知的興趣，以避免傷重的心神又不斷地被各種有所謂與無所謂的俗務拉扯而無法復原。也因此，當他說「管他們去死」的時候，我猜他的意思其實是「我已經死了，無所謂」。

有別於我是真的憤世嫉俗地看不起他們而管他們去死，因而容易被那些我不想管他們去死的他們心生仇怨，以至於他們會用更進一步的挑釁態度來測試我的能耐。而漢雄那種「我已經死了，無所謂」的管他們去死，反而讓那些他們心生畏懼，覺得這個年輕人是不是有什麼硬挺高聳的靠山撐著，才能夠這麼毫不在意地不搭理世事的傲嬌視人。

但是儘管我多了相親這個管道，一直到了快四十有二的今天，我的感情也沒有比漢雄這位老僧有更進一步的發展。窩在這麼一個鳥不生蛋的小地方，自然地就阻絕了這個地方以外的女生想要繼續交往的意願；演化論講地理隔絕不是沒有道理的，不要說高山與海峽那種天然障壁，光是約會之前要趕的路程超過六十公里，就足以形成約會時間難以契合的自然隔絕。

畢竟，不是學生時代的聯誼，而是已經有著忙碌工作的職場男女交往，而且是在適婚年齡的時間壓力下有目的之交往。因此那六十公里，意謂的不僅是約會時間契合上的困難，也意味著將來若是在一起了，一定有一方原有的生活會被這六十公里嚴重破壞，不管是我遷就她或是她遷就我，都會打亂一個家庭本來應該有的生活秩序。

我在多次相親之後終於認清了這個現實，亦即，若想成功，得在這個小地方找。但是這樣不僅大幅限縮了可以相親的人選，而且，即便已經在這裡待了六年，我還是不放棄任何可以班師回朝的機會，若是一但找了這裡的人成了家，那麼就得放棄回京任教的可能；也因為多了這層考慮，漸漸地「相親」就變成是純粹為了相親而相親，不僅自己懶了，連帶地幾位熱衷介紹的長輩與朋友也覺得累了。

「相親」是一個看似簡單實際上條件卻極其嚴苛的考驗。或許就跟荷爾蒙與受體相遇一樣吧，一開始環境的條件得要適合，就像人類的體溫要維持在攝氏37度上下，讓荷爾蒙與受體這兩種分子的結構穩定，也剛好供應足夠的能量，讓荷爾蒙的運動速度快到足以維持與受體的高碰撞機率。而且相逢需要緣份，因為相對於它們所存在的空間來說，荷爾蒙很少，少到像在底面積是七個足球場、高度是101大樓那樣的廣闊空間裡，一個人隨機地來回穿梭，看看會不會剛好就撞到站在地面上那個以受體為名的人。也因為是這樣地渺渺茫茫，所以真的要相遇，除了靠環境條件許可下的隨機運氣之外，還得要有一些冥冥之中互相吸引的緣份——就像是各自帶有正、負電的先天印記，讓彼此於茫茫的分子海中，感覺得到對方的牽引。

這其實是漢雄的思考風格，寓生活以生物學，有時候我也會不自覺地受他影響而以這樣的邏輯思考。

「細胞內任兩個分子的碰撞，都可以算是隨機般的偶然緣份，但是在細胞那個有限體積的空間內，這些隨機般的偶遇，又會累積成命中注定般的必然。所以說人與人之間的關係跟那些酶、幫浦、轉運蛋白、離子通道什麼的沒兩樣，都只是在大環境中不知不覺地照著被命定的方向隨機飄蕩而已；看起來有跡可循，但是骨子裡又是那麼地隨機；說是隨機，卻又擺明了像是照著劇本走。」這是昨天漢雄說的。

這兩年升上了副教授，或許壓力小了點，他也開始恢復點「人性」，好像比較能夠放下他未婚妻出家的陰霾，偶爾聊聊他對感情的體悟。

「生物學大概會用『演化』來理解這種看似刻意的隨機過程；人生呢，也許就用『因果輪迴』吧。」漢雄接過服務生遞來的飯後咖啡，邊把杯子放下邊說。

「那你真的相信『因果輪迴』嗎？像現在，我們坐在這邊談的這些話，也是輪迴的因果造成的嗎？我是說，一個小時之前，我和你兩個人都在各自的教室上課，沒有事先約，結果現在我們居然就坐在這裡聊了快一個小時，這是現在這輩子隨機般的偶然事件呢，還是跟上輩子或是上上輩子有關的因果輪迴？有沒有可能我們今天的見面真的只是在這輩子的這段時間內，很單純的獨立事件，完全跟上輩子或是上上輩子都沒有關係呢？」昨天中午上完課外出覓食的時候，碰巧在校門口看到漢雄也在覓食中，剛好兩個人下午都沒課，所以就一起到附近的西餐廳吃個飯；聊到了我最近一次的相親，結果東拉西扯的，就扯到了因果輪迴。

「應該沒有這輩子忽然才出現的事情。」漢雄拿著湯匙攪拌著剛送上來的卡布奇諾，以他慣有凝視虛空的渺茫神情說：「如果我們把萬物，包括人，都拆解到最基本的組成元件來看，就是那張元素週期表內幾種原子的集合罷了。以前國中就學過物質不滅定律吧，就那樣，地球上這些原子基本上只是在各種不同型態的結構中流轉來流轉去，就像是，我們身上的那些碳原子，其實很難搞清楚哪幾顆在昨天還只是存在於路邊一隻狗掉下來的皮屑、而哪幾顆又是來自於一百年前這裡的一根草的細胞壁。就這樣，我們今天這個形體所用的材料，都是在五十年前、一百年前，甚至更久更久之前就存在於某個東西內，而且其中也一定有一些是用在很久很久之前的某個人身上。」

「所以你是說，碳原子也會帶著記憶囉？關於它曾經在誰身上待過的那些事情。」

「其實，『記憶』這個詞很特別，我們都是幹這行的，應該很清楚這個詞根本說不清楚。對於一件我們怎麼想都再也想不起來的事情，比如說，如果我問你，在十年前的今天下午一點你說過了哪些話？一定不會記得，是吧；那，這樣子，我們對於十年前的今天下午一點所說過的話到底還有沒有記憶呢？」漢雄停止了攪拌的動作，緩緩地呼出了一口氣，直直注視著杯內的卡布奇諾泡沫說：「所以，到底什麼叫做『記憶』呢？」

沒等我回話，漢雄忽然從口袋中掏出掛著一串鑰匙的鑰匙圈，摸了摸掛在上頭一顆汽車形狀的隨身碟，繼續看著卡布奇諾的泡沫說：「我身上帶著的這顆隨身碟，裡面少說也存了上百個檔案，那我能說，因為這顆隨身碟記得了上百件事情，所以隨身碟有記憶，嗎？」

「實際上來說，應該算有。」

「但是，如果沒有找到一台電腦，我們就不會知道這顆隨身碟裡面到底記憶了什麼，是吧？當然啦，現在電腦沒那麼難找，好，我弄來一台了，問題是，灌的軟體版本不對，結果一開檔案，哇卡，都是亂碼，開出一堆奇怪的符號和看不懂的字。那，它還是當初我存入隨身碟裡面的那個『記憶』嗎？在那個當下，我的隨身碟，它真的記憶了我認為它該記憶的東西嗎？」

「那就找一個能夠正確開出它的版本啊！」

「如果都找不到呢？」

「那就沒辦法了。」

「如果沒辦法的話，那這樣，這個隨身碟到底還有沒有記憶呢？」

沒等我回話，一問完，漢雄立即接續著說：「如果，我把這個殼撬開，露出裡面的電路結構，然後把它們放到各種很厲害的顯微鏡底下，仔細地檢查那些電路結構，甚至用電極檢查每一條線路的導電狀況，那這樣，我既看得到隨身碟內的所有零件組成，也能描述它們運作時的電流迴路，那這樣我是否能夠說，經由這些分析，我就可以知道存在這個隨身碟裡面的記憶是什麼？」

「聽你這樣說，倒像是《金剛經》裡面說的『如來說一切諸相，即是非相』」

「對，就是這樣的感覺沒錯，你引用得真好！」漢雄眼睛離開卡布奇諾泡沫，抬起頭瞟了我一眼，笑了一下，但隨即又將笑意收起來，繼續低下頭去盯著那坨泡沫，說：「不過還有個更棘手的問題，就是，如果哪天這根隨身碟掉到地上，結果啪的一聲解體了，裡面儲存檔案的晶片掉了出來，雖然晶片沒摔壞，但是隨身碟其他部分都散了，晶片再也裝不回去。那，這樣就算找了電腦過來也沒用，這塊晶片是絕對沒辦法塞到電腦的任何一個插槽內讀出檔案。那麼，一塊讀不出來的晶片，它還能算存有記憶嗎？」

「但這個世界上一定找得到一個東西，比如說，用這塊晶片再加工出一個跟原本一樣的隨身碟，那不就一樣可以用了？這是輔助工具的問題，不是本質上的問題。」

「對，所以說，回到一開始的問題，『碳原子也會帶著記憶嗎』，就變成是一個很難回答的問題。或許有，只是我們不知道什麼才是適合讀取它的硬體；也或許，人，就是一個適合的硬體，但是很可能每個人身上所灌的軟體版本各不相同，所以把『記憶』讀取出來之後所呈現的樣子也都不同。因此你剛剛所引用的『諸相』與『非相』，如果借用這兩個詞的字義詮釋我所說的東西，那就變成很有意思的總結說明。」

「哈，這樣說起來，『緣份』就可以這樣理解：就是說，兩個陌生人可能都擁有同一個來源所散發出來的不同碳原子，因為都是同一個來源，所以雖然是不同顆的碳原子，它們還是都擁有那個來源內的某些記憶，所以兩個人一見面就會特別感到親切，因為其實他們早已擁有共同的經驗。」

「所以如果要證實，接下來就是碳原子如何編碼資訊以及如何解碼訊息的問題。感覺起來，就是一個有機量子電腦的概念了。」漢雄笑了笑，端起杯子將卡布奇諾泡沫底下的液體一飲而盡，說：「成功了的話，那我們應該就可以找到緣份的物質基礎了。」

「好啊，幹完這一票，我們就來對付這個有機量子電腦的問題，弄個比算命還準的緣份販賣機。」整個午餐就在我這句無厘頭的結論中結束，繼續回到各自的實驗室奮鬥我們離開這裡的希望。

其實這世間多的是知其然而不知其所以然的事情，即便不知道緣份的物質基礎，緣份該來應該還是會來吧；我想，即便將來緣份真的能夠買得到，恐怕也未必比這自然降臨的緣份來得好。就像我們目前這麼接近個人的研究高峰，有一搏離開這個鳥不生蛋的地方的機會，算起來，也可以說是個意料之外的緣份；但說是意料之外，卻又好像有那麼點前跡可循，只是那個可循之跡也蝕刻得太模糊了。

那是快兩年前的事情了。有次受邀到竹苗的研究院口試學生，結束後很意外地在研究大樓的電梯裡遇到十二年不見的綉沂。雙方在有點驚訝之後隨即就回到年輕時候的熟悉，至少就我眼中所看到的綉沂，跟十二年前她出國前的樣子比起來幾乎沒什麼改變，頂多只是眼神變得比較精明，不像之前美少女時代的含蓄靈犀。

「咦，妳不是在瑞士嗎？什麼時候回來的？我上個月來這邊的時候怎麼沒有看到妳？」

「可能就差幾天吧。我也是上個月才回來的。我回來台灣工作了！在生醫研究所當個小小的 PI。學長，你怎麼會在這裡？」

「哇，妳很厲害耶，這邊徵人的條件都很高，能來這邊實在很不簡單。我來這裡口試學生，順便逛逛大觀園。」我邊說邊把名片遞給綉沂。雖然這不是第一次將名片遞給學術界同輩的朋友，但是，在名片離手的瞬間，還是忍不住瞄了一下綉沂的眼神，在心中斟酌著她看到名片上的學校名稱時，所透露出來的究竟是驚訝、鄙夷或是憐憫？

「哇，真想不到，我還以為你應該會留在母校教書呢！」

「我原本也這樣以為，不過，啊，哈，別提了。欸，所以妳的實驗室 OK 了嗎？應該去參觀參觀。」說不上是鬆了一口氣或是失望的落寞，在那一瞥之中，綉沂的眼神只透露出重逢的驚喜，沒有進一步對於名片上所印的機構名稱之反應。

「太好了，你現在忙嗎？要不要現在就到我實驗室看看，給我些未來發展的建議。回來一個月，才發覺台灣的環境跟我原先想像的有很大的落差，我得好好重新調整。」綉沂雖然是盈盈地笑著說，但語氣中隱含著很細很細的顫抖；很細，細到像是一根拉直的 6-0 縫線被一滴掉落的汗珠撞擊出來的微幅振動。

後來我就在綉沂的新實驗室待了快一個小時，邊談研究也邊填充那失聯的十二年。她在我博士畢業那年的冬天到瑞士去，後來就在那邊把博士唸完，也在那邊做了一陣子博士後研究。之後轉到英國待了快三年，本來在英國終於要熬到個 PI 的工作了，不過因為男朋友想要回台灣工作，所以，她只好跟著回來。

「我下個月結婚，你可以來參加我的婚禮嗎？」到了要離開時，繡沂堅持從實驗室陪著我一路走到停車場，途中欲言又止的她，終於在我開車門的剎那說了。

「喔，好，恭喜啊！」

「帶大嫂一起來。」

「大嫂？喔！沒有，我沒結婚，沒人可帶。」

「啊，這樣啊！抱歉，我一直以為你應該結婚了才對。」

「哈哈，是啊，我自己也這樣以為。」

「我再寄喜帖給你，就名片上的地址嗎？」

「嗯」

這是一次沒想到的重逢，忽然冒出來的緣份。好像被突襲般地在沒有任何預警的狀況下四周的燈光全暗，於不知所措之際，眼前卻被投影出心底的往事，直擊十二年後的繡沂再度粉墨登場。

本來以為自己跟繡沂的緣份會隨著她的去國，就此停留在十二年前的那個告別畫面。那天，繡沂堅持陪著我從台北的實驗室一路回到成功嶺的營區門口，途中欲言又止的她，終於在不得不道別的剎那說了：「如果你要我留下來，我就留下來。」

「蛤，為什麼？」

「算了，沒事，我開玩笑的。下週我就不在台灣了，你自己要小心喔。」

在營區門口互相揮了揮手之後，接下來，我就沒有再收到過綉沂親自傳來的音訊了。所有關於她的消息，都是輾轉得知，而隨著共同熟識的朋友逐漸四散，最後連輾轉得知的管道也都沒有了。

其實那天在步入營區之後，我就想通了綉沂那個問句並不是開玩笑的隨口說說，而是考慮了很久、下了很大的決心之後才說出口的。也因此，一開始我不是沒有動過想要跟她連絡看看、問問她過得好不好的念頭，但是總在念頭一浮現的當下，隨即就被「然後呢」的自我問句壓下。就這樣，時間久了，連念頭都冒不出來了；綉沂，成了一個落寞的孤影，寂寥地坐在我心底的人。

說真的，綉沂的外貌雖然說不上非常漂亮，但勻稱的身材，加上總是帶著一抹淡淡的微笑，整體看起來還是一位很具吸引力的女生；過去是，十二年後再見到，仍是。她小我三歲，在我博士畢業的前一年進入實驗室當助理，一邊工作一邊準備出國的各種申請作業；不過起初申請的並不順利，一直到了第二年才申請到全額獎學金。我跟綉沂如果站在一起，外表上看起來應該是很自然的一對璧人，不只實驗室裡的三姑六婆這麼說，我自己也是這麼覺得。而且綉沂跟我一開始雖然生疏，但幾個月後便看得出來她對我有著比其他男生多到爆的好感，不管是在實驗上、生活上，從言語、從肢體動作都明顯看得出來；明顯到，我覺得只要我願意在任何時刻伸出手來一握，那麼璧人真的就自然成了一對。

不過我始終沒有伸出手來。不是綉沂沒有吸引力或是個性上有什麼讓我無法接受的缺點，一切都只是源於一種說起來算是很荒謬的理由，差三歲。

對於一個受過完整現代教育還唸到博士的人來說，差六歲正沖、差三歲偏沖這樣的婚姻禁忌，應該是屬於那種聽了之後完全不上心就一笑置之的古老傳說。然而就在我高中二年級的時候，有一天到醫院照顧生病住院的阿嬤，躺在病床上打著點滴的老人家忽然從睡夢中醒來嚴肅地看著我說，要記得以後不能娶跟我差三歲的人，因為就我的命格來說，三歲的偏沖比六歲的正沖更傷，所以一定要記得這個禁忌。雖然當時十七歲的我是個有些憤世嫉俗的叛逆青少年，但是聽著孱弱的阿嬤躺在病床上用著慈祥但堅定的語氣認真而吃力地說出這一段話，當下的我也只能以同樣堅定的語氣答應阿嬤；而在對著阿嬤一點頭的瞬間，那段話就成了銘刻在我心底的印痕，怎麼揮也揮不去的聖諭。

某種程度就像是，在小學一年級第一次在學校吃便當的時候，老師發現我從便當中把海帶結一根一根地挑出來，便走到我面前，蹲下來用很溫柔的眼神看著我，以很鄭重的語氣對我說：「海帶是很營養的食物喔，吃海帶的小朋友不但會很聰明，而且會是一個很棒的小朋友喔！」就這樣，一直到現在，只要是到可以點小菜的地方吃飯，海帶便是我必點的東西。

僅管我早已經知道多吃海帶跟聽不聰明、棒不棒其實沒什麼關聯性。

或許這就是所謂的「成見」吧！不需要什麼堅實的理由，只因為那是老師對第一次吃便當的小朋友很溫柔又很鄭重的教誨，也只因為那是阿嬤在身體很虛弱的時候很認真地說了像是交付傳家寶訓的叮嚀。因此，身為一位從那個小朋友、從那個高二青少年繼續長大成人的人，就得服膺在那些已經成為心底印痕的聖喻；即便讀到博士也沒用，擺脫不掉，就像是身份證上面寫的出生地，寫哪裡就那裡，沒得改也沒得變。

我想這是小我三歲的綉沂怎麼猜也猜不到的宿命，我從來沒有跟她說過這些，或許也從來沒有意識到需要跟她說說這些。就在綉沂第一天來實驗室報到時，我從她貼在人員進用申請表上的身份證影本知道了她的出生年月日以後，綉沂旋即被我心底的演算法自動放到「一看就覺得不是」的人際類別；也在那一瞥的瞬間，就註定了被分發到「最多只是朋友」關係類別中的綉沂，我是不會再去探究跟她有什麼在一起的可能性了。

雖然仔細想起來的確很荒謬，不過跟同樣沒什麼理由的「一見鍾情」比起來，荒謬的等級也才差不多而已。

後來我真的收到綉沂寄來的喜帖，大紅信封上的絹雅字跡應該是綉沂親手寫的吧。收到那張喜帖之後我愣了好久，想著，如果兩週前碰到的綉沂沒有說她是為了完成這樣一張喜帖內所記載的事情才回到台灣，而是，為了我才回到台灣的話，那麼我能夠甩開那道已經成為心底印痕的聖喻，做出跟當年那個少尉預官不一樣的決定：伸出手，握住這樣一位在意我、願意為我放棄理想的女生，嗎？

打開喜帖，很意外地，在大紅燙金字的內頁中夾著一張照片。那是我在領到博士證書的晚上，大家為我所舉辦的慶祝餐會上與綉沂的合照。當時大家起哄著要我摟住綉沂，在我還猶豫該不該伸出手搭在她肩上的尷尬中，綉沂就已經主動靠過來擁攬著我的左手臂，緊緊地，緊密到都能真實地感覺出綉沂右邊乳房的彈柔。那是我跟綉沂最具戀人意象的時刻，即便照完了相，綉沂仍然沒有鬆開手，那支左手臂依舊被她緊緊地擁攬著，彷彿那是上天賜與她的寶物；那是她的，此刻只不過是暫時懸吊在我的肩胛上而已。

已經想不起來當時是怎麼撿拾回自己的左手臂，只記得那天綉沂笑得好嬌豔，一直都是，恍若那天畢業的人是她，不是我。看著照片裡那個笑得很嬌豔的綉沂，我納悶著，十二年之後的重逢，綉沂是以什麼樣的心情將這張照片夾在喜帖之內寄給我呢？這是她對於我當時那句「蛤，為什麼？」最後的抗議嗎？抗議我無視於她那考慮了很久、下了很大決心之後才說出口的「如果你要我留下來，我就留下來」的癡心；或者，只是想將過去那些年少錯愛的浮生夢影，在這結婚前夕歸還給我這個從未將關愛灌注在她身上的無緣男子？

那個在青春更早
就過往了像是
約定奈何橋之前竟忘掉
見與不見
諸如，算不上遺憾的此類」

我後來跟漢雄說了這件事，他笑了笑，嘆了口氣，寫了這幾個句子，說是要送給我和綉沂。

第二章

我沒有出席綉沂的婚禮。沒什麼複雜的理由，就那天剛好中了諾羅病毒，出不了家門。但緣份並沒有就此定格，綉沂在她婚禮過後的第十五天，忽然來到我這個鄉下學校，而且沒有事先通知我就直接來敲我辦公室的門。

「來也不先說一下，還好我下午沒課在家，不然妳就白跑一趟了。」一抬頭就看見她帶著促狹的笑容站在門口，倒是把我嚇了一跳。

「我有先看過你的課表，確認你今天只有上午有課，所以下午應該會在學校，至少是在學校附近。」綉沂繼續帶著惡作劇成功的笑意邊說邊走了進來，清脆的喀喀聲，提醒我注意到她今天穿的是一雙細跟的白色尖頭高跟鞋，搭配著一身粉嫩裸色系的西裝套裝，中分的長髮往後梳攏出一束俐落的馬尾。

「算妳冰雪聰明。今天不會是度蜜月剛好路過吧？」

「蜜月就三天，到沖繩晃晃而已，我忙他也忙，蜜月這東西太奢侈了！萬事起頭難，之前光弄 P2 實驗室就快把我搞瘋了，這幾天又加上要直接外購一台雷射共軛焦顯微鏡，我簡直想辭職了。所以今天早上我跟自己說，我一定要離開實驗室出來走走，不然我一定會遞辭呈。」綉沂走到我的辦公桌前，在我還沒有意識到應該請她坐坐的時候，她已經逕自拉了桌旁的板凳坐了下來，帶著自嘲式的語氣回了我這一串。

「哇，那我要倍感榮幸了。妳一走就走到這裡來。」平常辦公室裡除了我自己坐的辦公椅之外，就只剩她正坐著的那張板凳。看著說得上是盛裝而來的綉沂坐在那張其實有些長短腳的圓板凳，怎麼看都很不搭調，當下立即下了個決定：「既然這麼榮幸，走吧，我帶妳去海邊喝咖啡。」

雖然這個學校離海邊沒有很遠，不過就三十分鐘的車程，但出發前心裡還是對即將在車內的共處有些尷尬的不安，總覺得，是不是該替十二年前那個少尉預官向她說聲抱歉。

不過一上了車，才發現我可能想太多了。

事實上並不是我有那麼榮幸，綉沂這趟來有四成的原因的確是散心舒壓，但另外六成則是來跟我談談研究上合作的可能。她說上次在研究院我跟她說了我目前研究的東西，她覺得跟她現在想做的事情有一些合得上的地方，所以來找我談談，看看是不是就一起寫個計畫跟國科會要些錢。

「所以妳說的 chimeric virus 並不是讓病毒的核酸形成嵌合體，而是真的把兩隻不同種的病毒接在一起，像露營拖車那樣，轎車後面拖掛個車廂，變成雙聯病毒？」

「嗯，我現在用來做神經迴路追蹤用的單純疱疹病毒，如果跟你正在用的腺病毒能夠形成雙聯載體的話，那麼我們就有可能不需要動到開顱手術，也可以同時將多個外來基因一起送到特定的腦區，甚至特定種類的神經元裡面去。」綉沂帶著得意的微笑說：「在我離開英國之前，我已經成功的在一組單純疱疹病毒的包膜上鑲嵌了 TSC 受體，另一組單純疱疹病毒的包膜則鑲嵌上 TSC，初步觀察的確可以將兩隻疱疹病毒接在一起，只不過後來趕著回國任職，還沒測試這樣的雙聯病毒是否也可以在不同的神經元之間穿梭。不過我是偷偷做的，沒讓我的英國老闆知道。」

「但是腺病毒沒有外套包膜。」

「這的確是個問題，我在想，或許可以穿插在它的蛋白質外鞘。不過這有可能會破壞它的正二十面體結構，但是也很難講啦，總之要試試看才知道。」

「如果真接得起來，妳打算用它們來幹嘛？」

「還沒有去想特定的用途，現在就是以發展一種新的神經迴路追蹤方法，或者說是發展一種新的基因治療的投藥方式為目標。反正，就是先以技術發展的角度來做，若是真的可行，再來看看有哪些實際的課題可以應用。而且，一旦談到應用，就免不了要作疾病的動物模式，到時候就得要量測動物行為、神經訊號的東西。我目前做不來那麼多，你那邊應該也做不到這些清醒動物的事情吧！」

「嗯，我這邊也做不來，不過我隔壁系館有個人做得來，或許我們可以找他一起來談談看。他叫陳漢雄，作電生理的。這傢伙還蠻好相處的，本事也強，應該會有些新點子。」

綉沂不置可否地點點頭，顯然對我剛剛的提議不怎麼感興趣，一下子我不曉得該再接上什麼話，所以兩個人之間就出現了有些尷尬的沉默。

如果是十二年前那樣的年紀，那馬上找到話接上去以避免這樣的沉默就不是問題。畢竟那是一個單純的時期，就像是面對一個有明確邊界條件、有明確規則的事務，一定可以寫出個演算法做最佳化排程那樣地理所當然；而今天，我與只差三歲的百分之九十七女孩都已經被包圍在各自生活的複雜系統中，加入了各式路人甲乙丙的人際互動，因此我與那個只差三歲的百分之九十七女孩是否還能夠單純地互動，就變成了很有問題的問題。

但是從上車出發算起到現在坐著看海喝咖啡的此刻，兩個人獨處的時間已經超過一個半小時了。在這一個半小時多一些的時間內，應該足以讓我確定跟這位只差三歲的百分之九十七女孩之間，已經沒有那麼單純了。雖然在這個沉默出現之前，我們一直保持著流暢的談話，不過那是種刻意的流暢，刻意到讓談話的人在精神上有些緊繃。我猜不只我這樣覺得，從綉沂每次都加快語速以確保無時間差的接上話，以至於在接話的瞬間會突然急促地呼吸這點，看得出來她的緊繃。我們都好像在確保這段獨處的時間內不存在任何雜思妄想出現的空檔，彷彿企圖以這樣無縫接軌的對話作為證明：兩個人僅僅是為了談論研究合作上的公務而再度獨處，跟十二年前那句「如果你要我留下來，我就留下來」所對應的任何情感都無關。

我忽然想起了那一年被綉沂緊緊擁攬的左手臂上所感受到她乳房的彈柔，不自覺地，便將視線從眺望遠方潾洵起伏的海面拉回到綉沂的，乳房，把沉默停駐在之後一直無緣再碰觸到的起伏。沒有激起什麼遐想，也沒有任何性生理反應的只是單純地凝望，凝望著綉沂那對客觀來說其實是極其誘人的第二性徵。

這其實是滿奇怪的事情，就生殖系統的結構與功能來講，性器官的設計，包含那些相關的荷爾蒙支援系統，都是為了確保群體中的多數個體會主動尋求異性配對以完成生殖目的；但是「人」這種動物的腦袋，卻發展成了一個超動態的不穩定系統，在遺傳天生的神經網路之原型下，搭配了隨時可以消滅與新生的突觸，讓本來相吸之後必定肉體相結合的事件，出現了無數源自於腦袋的艱難險阻，甚至足以剝奪已經處於性交當下所該出現的愉悅，代之以猜疑與不安而中途收場。

所以，如果那些艱難險阻的確是源自於腦袋內神經結構上的問題，那麼只要鑽研導引神經網路成型的技術，是不是就可以讓配對完成生殖這樣的事情隨心所欲、毫無阻礙地發生？那這樣，關於求偶這件人生的大事就變成了一個很具體的研究課題：關於百分百女孩或男孩的認定與追求，有哪些腦區中的哪些神經元牽涉其中？膜電位訊號以及突觸的化學資訊在其中的流向、編碼與解碼的方式又是怎麼操作的？然後，綉沂這套雙聯病毒夾帶多重基因的載體系統，就可以用來當作改造神經迴路的工具了！

只是，如果讓天下全部有情人都成眷屬的話，會不會變成一個更混亂而難以收拾的世界？基本上，一個人一輩子可能會喜歡上很多人，或許，腦袋中的這些艱難險阻，就是演化出來阻擋世界變得混亂的解方。

對於自己居然可以思考出這樣以「演化」入句的結論，讓我在盯著綉沂那對於我心中已成艱難險阻的雙峰之同時，輕輕地點了兩下頭，以示對自己的讚許。而綉沂原本在兩人突然沉默的當下，是以稍微側坐然後端起咖啡杯眺向遠方啜飲的方式來渡過，可能是我點頭的動作被她眼角的餘光瞄到，綉沂隨即偏過頭來看著我。在意識到她偏頭過來的瞬間，我只能立即將頭壓得更低，順勢端起我眼前的咖啡喝了一小口，然後說：「如果就發表的角度來看，只是發展了一個新方法，很難上得了前三名的期刊，一定得找一個具體的應用項目同時來做，這樣才有機會出運。」

綉沂抿了個淡淡的苦笑，不知道是因為撞見了我望向她胸前曲線的癡態，還是對我說的這句話感到窒礙難行？由於一下子無法判斷出她苦笑裡的意涵，只得先停下話，再喝一小口咖啡。

「是不是每種新發現都要找到它應用的價值？」綉沂放下咖啡杯，忽然用了個非常認真的眼神看著我問了這一句；認真到，時間一下子躍回十二年前的成功嶺營區門口，讓當年還沒掛階的預官少尉一下子不知道要怎麼應對這突如其來的問句，只得「蛤」了一聲，就連咖啡杯也呆滯在離嘴三公分的半空中。

「我能不能只是很想知道說，如果事情這樣做的話，可不可以呢？」綉沂將雙手交叉在胸前，略微前傾地靠近了我問。那對被交叉的雙臂托得更渾圓的乳房在我眼前一下子繃緊充滿了起來，讓當年還沒掛階的預官少尉只能無意識地複誦了一句「可不可以呢？」

「是啊，你說，可不可以呢？」綉沂退回前傾的身子靠在椅背，但依舊不放棄地問；雖然雙臂仍托著渾圓的雙乳，不過畫面上就沒那麼讓人心旌動搖的密實了。

「當然可以啊。不過，我們現在考慮的是頂級的發表。」我深呼吸了一口氣，趕走那位還沒掛階的預官少尉，回到不惑之年的腦袋說。

「這不是我考慮的；我考慮的只是我們可以一起合作什麼。」說完，綉沂又抿了個淡淡的苦笑，不是對著我，而是對著杯內咖啡液面的臉孔倒影。

「就單純一點，合作不是一件簡單的事情，成功或不成功都有很多麻煩的人情世故要處理；我在瑞士和英國見過一些合作者撕破臉的例子，在台灣我想應該會有過之而無不及吧！我才剛回來，對現在台灣的學術圈還不熟，不想一開始就外擴得太大，跟自己不熟的人合作。」綉沂看我仍然以略微疑惑的眼神望向她，好像意會到我可能是誤會了她的意思，所以又再加碼說：「因為我們比較熟，所以我才想說先不要再找其他人，就我們兩個人先試試看，這樣我比較沒有壓力。只是這樣而已，沒其他意思。」說完，綉沂忽然笑瞇著眼，補問了一句：「應緯學長，是吧，我們應該很熟吧？」

這的確是個好問題，我們很熟嗎？認真說來，我們真正相處過的時間只有十幾年前她在實驗室那兩年的期間，接下來就空白式的快轉到一個半月之前的一個小時跟現在的一個半小時。我完全不知道她這些年在瑞士、在英國是怎麼過的，也不知道十五天前跟她結婚的那個男人究竟長什麼樣子；我不知道她想經營一個什麼樣的實驗室、想達到什麼樣的目標、想要擁有什麼樣的人生，以及，她是不是想藉由這樣的合作，重溫、延續、或是，報復我什麼？

「嗯，很特別的一種熟！」我避開她笑瞇著的眼，讓視線越過她髮絲的最頂端望向眾雲羅列的海天交界，自言自語式地回了自己這一句。

「怎麼特別法？」綉沂略微鬆開笑瞇著的眼，睜出一個期待的眼神。

「不熟的熟；只是覺得應該熟，但客觀來說並不熟。不過那些客觀說來並不熟的不熟，並不妨礙我們之間覺得很熟的熟。大概就這樣，熟我們覺得該熟的，其它細節式的不熟就算了。」本來想看著綉沂的眼睛說，不過一接觸到她散發企盼的目光，卻又有些心虛地將視線再度拋向眾雲羅列的海天交界。

綉沂沒有回話，只是撇過頭去，順著我眼神的方向，跟我一起注視著那眾雲羅列的海天一線。不過此時眾雲漂浮的速度已經有些分歧，原本緊湊的隊伍漸漸拉長了距離，雲朵與雲朵漸行漸遠，兩兩之間已經完全沒有任何交集。

我們就在兩朵雲的分離中結束了十二年後的第二次談話。本來想說直接開車載她回新竹的家，但她堅持不要我這麼麻煩的來來回回，還說，坐客運一個人安安靜靜地晃回家也是一種難得的悠閒。拗不過她，只好開車載她到就近的礁溪轉運站。一路上兩個人沒有再多談什麼，她只是斷續地又絮叨了一些徵人與採購上的牢騷，不過在臨下車之際，綉沂忽然大幅度的擺回頭來問我：「你有看到那張照片嗎？」

「夾在喜帖裡面的那張嗎？有。」我雖然也轉過頭去對著她，但眼神是朝著座位旁邊的排檔桿，怯於相望。

「那就好。」說完，綉沂開了車門，下了車，在揮手道別之際，綉沂又說了句：「換你保管囉！」然後朝我點個頭，抿了個淡淡的微笑，離開了今天，離開了重逢。

接下來幾個月的時間裡，綉沂的實驗室之整備進度算相當順利。該買進來的設備、工具、耗材，在她積極且強勢的努力之下，很快地就克服各種採購與會計程序的障礙，迅速設置妥當。而最重要的人力，包括一名博士後、兩位助理，也都招聘到看起來還不錯的人選。我也把我僅有的人力，就兩個碩一的學生也都放到那邊去，綉沂還很細心的幫我那兩個學生申請到研究院的宿舍。也因為我算是把僅有的資源都灌注到綉沂這裡了，所以後來跑竹苗的時間就多了。

說來也算汗顏，來這個鄉下學校奮鬥了快五年，還是沒能建立起一個像樣的實驗室，一直像個遊牧民族般的逐資源而居。而綉沂只不過回到台灣還不到半年的時間，就已經把實驗室弄的萬事俱備。雖然機構資源的差異是個重要原因，不過個人的衝勁以及折衝任事的能力恐怕才是關鍵的因素吧。

若從這個角度來看，現在的綉沂是我完全不熟悉的綉沂，跟昔日那個整天跟在我旁邊東問西問的小妹妹截然不同；而唯一還熟悉的僅是：她在叫我「學長」的時候，語音裡仍然有著濃濃撒嬌的味道。

在她的領導之下，不到一年的時間，就初步證實了那天我們在海邊咖啡屋的猜想。成功的在一種腺病毒的蛋白質外鞘嵌入了 TSC 蛋白，也成功的讓這個改造過的腺病毒透過 TSC 蛋白與另外一隻包膜上鑲嵌了 TSC 受體的單純疱疹病毒接合，形成了雙聯病毒體；而且這樣的雙聯病毒體確實能夠感染神經細胞株，而且是整組一起進入到細胞內。更重要的是，單純疱疹病毒可以拖著腺病毒穿透突觸而精準地傳染到相接壤的神經細胞，維持其作為神經迴路追蹤工具的特性。

研究進行到了這個階段，就面臨到一個「如何獲利」的抉擇時刻：發表或不發表？

以現階段的成果來說，只在細胞株上成功，固然可以發表在等級還不錯的期刊，但是沒有在完整動物上試驗過，基本上無法被更好的期刊接受；但是如果先按下發表，繼續試試在完整動物上的可能性，那麼就會面臨到可能不成功的風險。屆時若是不成功，那麼一個無法在完整動物上操作的病毒體，就意味著它的應用價值極低，這樣就變成了連等級不錯的期刊都無法發表；到時候我們也不能假裝沒做過完整動物的實驗，因為那是違反學術良心的。

在幾次實驗室成員的內部討論中，我是覺得可以先等等，試試看完整動物的結果再說，畢竟難得有一次可以叩關頂級期刊的機會，如果就這樣中途退縮，那就太可惜了。不過綉沂和那位博士後曉韻卻都傾向現階段就發表，不過兩個人的理由各異。綉沂是著眼在她目前可以掌握的資源無法進行完整動物的實驗，如果真要做，勢必要求助於外人，也就是她一直想避免的「跟自己不熟的人合作」。特別是目前已經有不錯的成果，若此時才跟外人合作的話，那麼對方參與的動機就可能更複雜，將來在利益分配的時候就更麻煩。

曉韻雖然是博士後，但已經是第五年的博士後了。她的博士學位是在台灣拿的，畢業後就到美國做了四年的博士後研究，其中有一年還是在一家規模頗大的藥廠裡面工作。不過她在美國一直找不到正式的學術職缺，最近因為父母健康的關係，不得已只好回到台灣；可是在台灣也找不到合適的學術職缺，所以就先到綉沂這邊工作。

曉韻是主張現階段發表論文和申請專利要同時進行，但以專利的申請為主，而且不只是台灣的專利，更重要的是美國、日本和歐盟的專利也都要申請。她覺得這個研究有相當大的應用潛力，但有可能會衍生出許多安全性的問題，這大概不是像我們現在這種小規模的研究團隊所能負荷的。所以與其承擔將來的風險，倒不如申請到專利，再等著看哪家大公司願意花大錢買我們這個專利。

畢竟我是個掛單在綉沂實驗室的客卿，而且研究的原始點子是綉沂發想的，所以我並沒有太多堅持。倒是都以現狀為停損點的綉沂和曉韻，對於是要先申請專利或是先發表，卻有著相當歧異的看法。

雖然專利的申請有所謂的優惠期，但因為我們目前的研究只要一發表，所有關鍵的研究細節就會全部曝光。或許在台灣的競爭者不多，不用擔心成果被半路掠奪，但是國外實力比我們強大數倍、數十倍的實驗室所在多有，屆時如果別人在國外的專利申請搶了先機，又或者是對我們的方法做進一步的衍生應用之後再申請專利，那麼不管是拼速度或是打官司，我們必定成為人單勢孤的一方。所以曉韻的意思是先按捺住不要發表，等專利申請過了再說。

而綉沂的意思剛好相反，她覺得這個想法當初在英國她就做了些嘗試，雖然沒有讓她的老闆知道，但是她與同實驗室的幾個同輩朋友都有討論過這個構想，所以她也不確定這些人是否也會著力於這個題目。而這些人都是高手，如果有人也著手做類似的研究，那麼一旦發表晚了人家一步，不只專利沒了，連成為此類研究第一人的先機都被搶走了。更何況專利在審查期間，那些審查人還是有可能走漏風聲甚至是監守自盜，所以，如果不搶先發表，風險太大了。

我問了漢雄的看法，本來想聽到的是他贊同我的意見，然後再想辦法跟綉沂推薦他加入我們的研究行列，並且由他來負責完整動物的實驗，一起拼拼看登峰頂級期刊的可能。不過漢雄在聽完我們目前已有的研究成果以及綉沂和曉韻各自的考量之後，反而是站在她們那邊，潑了我一頭冷水。

「如果不是單純疱疹病毒拖著腺病毒走，而是腺病毒拖著單純疱疹病毒走，結果變成可以經由飛沫傳染的病原體，那怎麼辦？」漢雄仍是以他慣有凝視虛空的渺茫神情說出他的問句。

「這點我們有考慮到。我們有用幾種神經細胞以外的細胞株，甚或是初代培養的細胞去測試；特別是那些原本腺病毒可以感染的、但單純疱疹病毒沒辦法感染的細胞株或初代細胞，結果都沒辦法被我們的雙聯病毒感染。」我略帶得意的笑容說：「其實這也是一個值得大書特書的重點，就是說，或許插在腺病毒蛋白質外鞘上的 TSC 蛋白發揮了神奇的抑制效果。」

漢雄點點頭，但還是以不置可否的表情說：「即便是初代細胞培養的結果，仍然很難說在完整動物身上會是什麼樣子。我以前在做癌症動物模式的時候，就見過一個很具代表性的例子。」

漢雄難得把眼睛直望向我，以看起來算是認真的表情繼續說：「如果把病人的肝癌細胞注射到裸鼠皮下，肝癌細胞會在皮跟肉之間長出一顆腫瘤，但就只是一顆腫瘤，不會轉移；但是如果把這些肝癌細胞直接種到裸鼠的肝臟內，那麼這些癌細胞不僅會在肝臟長成一顆腫瘤，而且是會轉移的惡性腫瘤。也就是說，雖然是同樣的癌細胞，但落到不同的組織環境中成長，之後的表現就不同。」

「所以，這得試了才知道，要不要就這樣，這個重責大任就交給你了。我再去跟綉沂說說，反正不管是要先發表或者之後再發表，完整動物的實驗一定得要進行，那是早晚的事。怎樣，有沒有興趣？」

「至少在現階段看起來，你們的確發展出了很厲害的工具，我光剛剛隨便想了想就冒出了一些有趣的題目。像是說把那一系列紅橙黃綠藍靛紫的螢光蛋白基因都放進去，然後把一些可以條件式控制基因表達的東西也放進去，或許我們就有可能把一條神經迴路上的每個神經元都染上不同的螢光顏色，屆時再以腦部活體切片的技術處理，就可以在神經細胞都還活著的時候，觀察它們的連接方式。」

漢雄的眼神漸漸地又飄開我這邊，回到那個凝視虛空的渺茫模樣，不過語氣倒是有著跟平常不一樣的力道，帶些熱情繼續地說：「甚至可以裝進去一些跟多巴胺代謝有關的基因，然後放到跟巴金森症相關的那些中腦的黑質細胞裡面，或許就會有意想不到的療效。」

「嘿，這個好！關鍵字『巴金森症』，聽起來就很有前途，這個好！這個好！」

找一個重要的疾病當作標靶來打，一直是寫計畫搶錢、寫論文搶發表的主流作法。不過因為是「人的疾病」，也因此在使用老鼠當作疾病的動物模式時，就有很多繁文縟節需要處理，以確保所觀察到的老鼠之病徵的確是跟人的疾病可以相提並論。而那些繁文縟節所牽扯到的專業之複雜與工作量之龐大均是不能小覷的負擔，這也是綉沂一開始對實驗動物的使用持保守態度的原因。

漢雄當然比綉沂更清楚那些繁文縟節所需要花費的各種人力、物力以及時間的成本，所以雖然我對於「巴金森症」的應用叫好，但是他老兄只願意先試試看以螢光蛋白追蹤神經迴路的事情。雖然不是首選，但我想想這樣也好，畢竟是較為單純的神經解剖，即便沒有「巴金森症」那麼聳動，也總算是往活體動物推進的嘗試；如果成功了，也是個極具發表價值的研究。

更重要的是，因為沒有太麻煩的繁文縟節要處理，對綉沂來說，應該是個比較容易被她接受的選項。

事情就這樣繼續下去。綉沂畢竟是老闆，而且她所顧慮來自國外的潛在競爭對手，也的確是極可能會碰到的問題，因此就照她的意思，我們開始著手寫作發表用的研究論文。而在我帶著漢雄到研究院跟她當面討論了之後，她也同意漢雄關於螢光蛋白實驗的構思，歡迎他的加入，擴大了我們這個合作團隊的規模。

但是就我的評估，僅僅只是在活體切片上看神經迴路，是絕對上不了最頂級的期刊，了不起就只是在一些登峰但還沒有造極的期刊發表而已。我仍然念念不忘漢雄提的那個「巴金森症」的主意，有一次我跟曉韻談到這件事，她也覺得這會是個非常有價值的研究，因為她父親目前就正為巴金森症所苦，這也是她被迫回國最主要的原因：照顧家人。

後來我才知道其實曉韻一年前回國的時候不是沒有找到教職，只不過願意給她聘書的是比我這個鄉下學校更鄉下的地方。在衡量交通與照護的需求之後，她還是忍痛放棄正式教職的機會，選擇離新竹住家比較近的工作地點。問她是否還有其他兄弟姊妹可以一起分擔照護的責任？「我弟弟在美國，剛結婚也剛有小孩，所以我回來就好。」曉韻邊笑著說邊從手機裡滑出一張照片給我看，那是她的小姪兒，一歲大左右，的確可愛到讓人看了就開懷。

說起來曉韻並不是一位外表討喜的女生，她的身型略微高挑，雖然還不到一百七，但看起來就跟一百七十五公分高的我差不多。這樣的視覺效果某種程度跟她極為削瘦的身形有關，雖然不是極瘦，但是皮膚似乎留不住體內的光采，彷彿新竹的九降風就要將這個在地女兒的外表風乾了那樣。

不過相處久了，當這些第一眼關於體型與膚質的印象俱成了背景雜訊以後，她在傾聽別人說話時的那種專注而不銳利、溫柔又熱切的眼神，似乎要將她的誠懇透過她的視線直送到對方心底的溫柔，反而有種讓人樂意與她親近的吸引力。

有一次我才剛到研究院，停好車，正要走進研究大樓的時候，就看到曉韻匆匆忙忙地跑出來，原來是她父親不小心摔倒了，她媽媽無力扶起他，只好打電話求援。那天剛好她的機車送修，而研究院所在的園區叫計程車不方便，當下我拉著她迅即跑回停車場將車開出來，載著她趕回家，為此，我還接到一張超速的罰單。就這樣，算是個開始，我跟曉韻之間的距離一下子就拉近，脫離了那種我算是她半個上司的隔閡，與她比較能夠自由地談些屬於公務以外的私人事情。

也因為比較能聊了，我才漸漸了解到她其實是個倔強又有決斷力的女人，很難跟她黝瘦的外表以及溫柔的眼神聯想在一起。

有次聊天時她說了從美國辭職回來台灣的那段過程：「就在我決定的那一刻開始，我沒有跟實驗室內的任何人講，便馬上整理實驗室裡面所有歸我管的公物，包括實驗數據、相關器材以及各種跟公務有關的信件什麼的，然後列個清冊寫清楚。為了不讓自己有猶豫的時間，那天我從下午一直整理到隔天早上，通宵，沒有睡覺，就一直整理，不讓自己有停下來再猶豫的機會。等我老闆早上一到，我就當面跟他說明我的決定。結果他聽完，就先打開 e-mail 秀出一封今天早上他出門前剛收到的信，寫說我們之前投稿的一篇論文被接受了，是一本排名在前十名的大期刊，而且我是第一作者。然後他要我好好考慮，不要那麼衝動。」

「然後呢？」

「然後我就把那份整理好的交接清冊遞給他，跟他說，我已經好好考慮過了，交接的東西也都整理好了。雖然忽然說要離開，對實驗室造成很大的困擾，我非常抱歉，但還是希望老闆能夠成全我。結果我老闆深深地嘆了一口氣，跟我說，好不容易妳的最新代表作終於出來了，還沒用到就要離開這個環境，妳不覺得很可惜嗎？我跟他說，也不錯啦，這時候離開美國算是華麗退場，感覺還蠻優雅的，至少不是因為一事無成而狼狽退場的逃回台灣。聽到我這樣講，我老闆又再嘆了一口氣，說，好吧，既然妳這麼說，我也只能祝福妳。」

「是真的很可惜，其實那時候我已經在跟一家還可以的美國大學談到薪資以及研究經費的階段了，不過一想到如果就這樣留在美國，那家裡那兩個老人怎麼辦？所以，只好這麼毅然決然。」曉韻又補充說了這段。雖然是千斤重的割捨，不過臉上卻只有抹過一點點愁。

即便我跟曉韻只算是很一般的朋友，而且也都是在職場內的自然互動而已，頂多有時候中午會在院區附近的餐廳一起用個餐，但我還是會有個莫名的警戒，不時在心中仔細評估著綉沂的感受，估量著我跟曉韻兩個人之間的互動會不會讓她產生什麼懷疑。

其實每週這麼頻繁的長距離來回兩地，我自己知道絕對不是只為了那個攀上頂極期刊的夢；我相信真正的動力，還是來自於我對於綉沂有著很難言喻的遺憾與愧疚，迫使我非得以這樣頻繁到已經超乎常理的努力奔波，來彌補我對於當年那個年輕的綉沂所造成的虧欠。

但是我「遺憾」的是什麼？「愧疚」的是什麼？而「虧欠」的又是什麼？說真的，我自己也沒辦法說出個所以然來。或許我辜負了她曾經單戀著我的心，但是在道德上我並沒有任何做錯的地方。而讓差三歲的兩個人在冥冥中相遇然後沒有結局的分開，真要追究起來，不是我的錯，也不是我祖母的錯，只能說那是老天的安排，不是我們這樣的凡夫俗子能夠翻轉的命運。

何況綉沂已經結婚了，即便我曾經有過那麼一點點虧欠她的地方，至此也應該都成為如煙的過去才對。而且，如果想得複雜一點，我這種有點超乎常理的頻繁進出她的實驗室，時間久了，即便我們兩個人之間坦蕩蕩，但看在外人眼裡，也還是會引來一些流言蜚語吧！就像最近幾次我在這棟大樓的門口遇見在這裡任職的學界朋友，他對我短暫的寒喧已經不是「你好，今天怎麼有空過來啊」，而是「林P真是幸福，有你幫她管著實驗室。哪天我們也來談談合作吧」。

我沒有跟綉沂談過這些。人與人之間不是每件事情都可以攤開來講，也不是每件事情都應該攤開來講的。某種程度，我覺得我跟她都在享受一種只有兩個人才能領略的曖昧，曖昧在不需要言語表達、曖昧在不需要肢體碰觸、曖昧在甚至不需要眼神有什麼交流；只要我在她看得到的空間裡出現，她也在我看得到的空間裡出現，如此，那個屬於兩個人的軌域就被填滿了，就算是自旋的方式不一樣也無所謂。

我相信這樣的「曖昧」應該不是我個人想像出來的感覺而已，因為於每週我出現在綉沂實驗室的那三天裡，那三天，綉沂幾乎都不會安排任何外出的行程；即便有時候我是週六才到實驗室，她也會在那天駐守於實驗室裡面。雖然一整天下來我們幾乎是各忙各的，沒有什麼談話的交集。

我不知道跟綉沂之間這樣的曖昧可以持續到什麼時候，基本上那是需要小心翼翼維持的，維持在眾人面前的我們之間，沒有任何破綻出現的可能。畢竟實驗室裡不是只有我跟她，還有曉韻、還有兩個助理、兩個學生，一堆人整天在這些有限的空間裡面流流轉轉，我們得隨時注意不要讓任何人看出我們有任何多一點的談話、多一點碰觸、甚或是多一點的眼神相對，因為，那都有可能讓我們之間的曖昧曝了光。

然而不只是警戒著那樣沉默的曖昧不要外露，也得警戒著不要讓綉沂覺得在這個兩顆電子穩定存在的軌域外面，有著讓我這顆電子忽然逃逸出去的誘惑威脅。而曉韻，就是我這個軌域裡的電子能否繼續安於其室的潛在威脅；她是個誘惑，一個因為在實驗室裡鎮日工作所擠壓出來的誘惑，一個我不知道能不能抗拒得了自己的誘惑。

雖然曉韻的外表不是那種令人垂涎的玲瓏曲線，平常也都以認真嚴肅的莊重表情工作著，但實驗室的空間就這麼大，工作的時間又那麼長，兩個人整天在裡面轉來轉去的，長久下來就有充足的機會從各個角度看到這個人，也會有夠多的零碎時間有一搭沒一搭地加起來變成很多搭的隨口聊聊。於是乎就會漸漸發現，看似削瘦平板的身材剛剛好足以襯托出她胸前雙丘微幅隆起的圓轉，而在長時間嚴肅的表情稍微鬆懈的片刻，實驗室裡就彷彿被帶入了一道陽光那般地溫煦。

表面上實驗室是一個設計上開放的場所，但實際上卻是一個以工作為由將大家軟禁在裡面的斗室。我們被迫長時間在這裡仔細地端詳著對方，被迫到想辦法從對方身上挖掘出足以讚賞的優點，居然變成了我們逃避枯燥日常的小小樂趣。以致於，如果互相端詳著對方的兩個人都不是一無可取的人，那麼在彼此心中漸漸升高的好感將是無可避免的；而好感到了臨界點，就成了誘惑。

曉韻之於我，甚至在我的直覺裡，我之於曉韻，兩個人之間的好感，都已經增長到了接近那個臨界點。

第三章

這一年王建民在美國大聯盟二度拿下十九勝的成績，郭泓志也打出台灣球員在大聯盟的首支全壘打。雖然稍微扯遠了一點，但在這雙喜的鼓舞之下，我也覺得距離登峰頂極期刊的時間不遠了。

漢雄的眼光的確精準，也的確是高手，待在這個鄉下學校也的確是埋沒了他。在他的建議之下，我們讓一株雙聯病毒體攜帶了三種不同顏色的螢光蛋白基因，以微量注射的方式注入老鼠三叉神經的上頜分支在體表的感覺接收處；另一株雙聯病毒體則攜帶了另三種顏色的螢光蛋白基因，然後微量注射到同一隻老鼠的初級感覺皮層中與體表感覺接收有關的腦區。最後再將這隻老鼠腦袋內的視丘取出做活體切片，觀察這兩路病毒體在視丘匯合的形式。

距離雙聯病毒體合成出來之後才半年，我們就得到令人振奮的結果。那一張張諸多神經元交錯如網卻又線路分明的照片，證明了我們新設計的病毒體的確能夠在完整的活體動物中發揮功能，得到了前所未見的腦部結構影像。

不過，此時卻遇到個尷尬的問題。

由於漢雄的判斷精準、手藝也高，而且又親力親為，加上曉韻在攜帶螢光蛋白基因的雙聯病毒體之構築與生產上相當順利，及時提供了漢雄足夠的材料進行多次的嘗試，所以在這幾張前所未見的腦部結構照片出爐時，我們那篇關於雙聯病毒體在細胞株的測試結果之文章，才剛剛收到C這本大期刊的第一次審稿意見。

四位審稿者的意見都很正面，雖然還不算被接受，但因為不需要額外再做什麼大實驗，只需要再補個不是很複雜的對照組，然後對分析方式和統計的參數再多做一些說明即可，因此，被這本大期刊接受是指日可待的事情。

雖然不是聖母峰，但眼見就可以攀登到安納布爾納峰，也算是人生一大樂事。但，漢雄的照片出來了，那我們要不要放棄安納布爾納峰，直接集結新產出的動物實驗結果，一舉攻向聖母峰？

我的直覺反應當然是將論文從C這本撤回，然後加上漢雄的新鮮結果，一舉朝向聖母峰攻頂。曉韻也相當贊成我的想法，不過，其他兩人卻都不是這麼認為。

綉沂和漢雄都覺得之前那篇還是讓它在C先發表，只是兩個人的理由並不一樣。綉沂是認為這個方法在投稿到C期刊的那一天起就算曝光了，而且從四位審稿者所寫的意見看起來，這四位都是行家，而且至少有一位看起來目前也是在做類似的研究；因為他寫的意見中，有一些正是我們在研究過程裡所碰到的那種很細節式的技術問題。所以，如果我們現在臨時撤回論文，等到集結好新出爐的資料，重寫好一篇再投稿的話，時間上至少要多拖三到四個月，到時候，發表的先機很可能已經被那位審稿者搶走了。

漢雄則是從實驗設計的角度來看。他覺得目前的結果頂多只能說這樣的病毒體的確可以達到我們預想的效果，但是卻不保證不會出現我們預想以外的效果。這次我們只是很精準的將病毒注射到神經突觸密集的區域，而且目前我們只有檢查腦袋內病毒體在神經迴路的分佈以及螢光蛋白的表現狀況，可是我們還沒有確定病毒體會不會流竄到其他組織，也不確定在細胞內表現出來的除了螢光蛋白之外，還有哪些我們意想不到的蛋白質也會冒出來。這些，都是漢雄覺得不能在現階段就發表動物實驗結果的理由。

一個是當家的老闆，一個是照片的生產者，兩個人的理由雖然各異，但最後的決定一致，所以我跟曉韻也只能接受他們的決定，就先爬到安納布爾納峰再說。

「我覺得，我們可以同步開始另外一個層次的研究。」在帶著有點失望的心情步出會議室，才剛走到實驗室門口的時候，曉韻忽然停下腳步，下定決心似地對我說。

「哪個？」我也停了下來，望著她那充滿決心而堅毅抿著的嘴唇。

「我們談過的，巴金森症。」曉韻稍微擺頭，示意著我們繼續往實驗室裡面走。到了她的座位，我拉了椅子坐到她對面。兩人都坐下後，曉韻雖然面對著我，但視線卻是沉思般地望向我左邊的地上，繼續以充滿決心的語氣說：「在構築給陳老師用的那些病毒體的時候，我覺得同時放五個蛋白質的基因進去應該沒問題；而且陳老師後來利用不同頻率的電刺激以及與 c-fos 耦合的方法，去誘發那些被攜帶進去的基因各自在不同的神經細胞內表現，是個很妙的辦法，就像讓載滿貨物的車子開在顛簸的路面上，然後沿途掉東西下來那樣。」

「所以」曉韻頓了一下，隨手拿起桌上的筆敲了敲桌面，然後稍微抬起頭，以她溫柔但依舊充滿決心的目光看著我說：「我想把神經細胞內用來合成多巴胺的幾個酶的基因，送到那些跟運動控制有關的黑質細胞裡看看，或許可以解決掉巴金森症的問題。」

「直接注射到腦袋內的黑質緻密部嗎？」

「不是，這樣可能不夠精準，畢竟黑質這個腦區不是只管運動而已。我覺得陳老師在螢光蛋白這個實驗用的方法很好，從週邊打或是從大腦皮層打，都有可能越過幾個神經元到達深層腦區的。接下來只是要如何準確定位注射的位置，確保打的地方就是跟控制某個肢體運動有關的地方。」

曉韻稍微挪動了座椅靠近我一些，然後隨手抄起桌上的白紙，在上面畫了個簡易的老鼠腦袋，並且迅速地標示了幾個腦區，以稍微高亢興奮的語調說：「我有問過陳老師要怎麼決定腦核中的哪塊區域是管運動的？因為這不像感覺區的決定，可以在體表敲敲摸摸就探尋的到。陳老師說，可以用很小的電流對這個腦核的各個區域做地毯式的刺激，看電到腦核的什麼地方，我們要的那個肢體的肌肉才會抽動，就這樣子找。」

「聽起來有點麻煩！那就要有個很厲害的電極，既可以通電刺激又可以注射病毒體。」一說完，我不禁稍微用力吸了一口屬於青春肉體散發出來的香味。畢竟，曉韻很少談話時跟我靠得這麼近，讓香味可以擴散這麼足夠的濃度過來。

「嗯，的確。不過陳老師說他做得出那樣的電極。」曉韻將目光從紙上移向我，雖然只是很輕微的擺頭動作，還是送來第二波青春肉體的香味。「我跟陳老師說，我想跟他學學這個，然後啊，雯郁說她也很有興趣，她也想跟陳老師多學一些作動物實驗的手術；她說這個助理的工作告一段落後，想再唸個博士班，以後應該會用得到這些技術。」說完，曉韻以她充滿決心的微笑看著我，很近地，注視著我的眼睛。

「所以，妳是想自己來做這些動物實驗嗎？」很少這樣近距離被曉韻注視著，致使我不由自主地在說話的瞬間，稍微向後調整了一下自己的坐姿，也順勢望向實驗室門口，警戒一下會不會這麼巧綉沂就剛好經過？

還好！沒人。

在確認沒有人的瞬間，自己居然有種鬆了一口氣的感覺。

「是啊，照剛剛大家在會議室討論的結果，看起來陳老師應該還是會先以完備那個螢光蛋白的實驗為主。而他每週能夠來到這裡做實驗的時間有限，我覺得他應該不可能有時間同時兼顧這件事情，所以應該得要我或是雯郁來做。」

「不過，這有兩個問題要考慮。」我又深吸了一口源自於曉韻身上的香味，心裡忽然納悶起這是她自然的體味或者是香水的味道呢？思緒正要閃神出去的剎那，曉韻一聲簡短的「你說」迅即把我拉回當下的現實。

「首要的問題是：綉沂會答應嗎？畢竟現在的工作都還不到完成的階段，特別是螢光蛋白的動物實驗，照漢雄所說的那些對照實驗，工作量之大，也不是他一個人這樣來來去去就能完成的。所以，如果妳們能做動物實驗，那綉沂應該會要妳們去支援漢雄的工作吧？」說完，我再深吸了一口，讓香味的感覺仔細跟腦袋中的氣味資料庫比對，旋即輸出來的答案是：體味跟香水各半。

「這的確要跟綉沂仔細商量。我想，我會以這樣的切入點跟她說明：正因為我們的人手不足，才更需要在此刻就開展新的戰線。照綉沂說的，其實那篇雙聯病毒體的文章到了那些審稿者的手裡，就已經算是洩密了。你可以想像，在世界上的某個實驗室，甚至是某幾個實驗室，可能也都已經在進行類似的實驗了。而這些人大概會估算說，如果只做跟我們一樣的事情，在發表上一定不會勝過我們，因為我們已經投稿了嘛，那個優先權在我們手上。所以，他們會怎麼想？一定是趕快進行下一個階段的研究，就是在完整動物身上的作用嘛。當然，陳老師選了個容易觀察的系統，也想了些很妙的招數建立了這個系統，但是，這畢竟是一個談生理問題的系統，而不是一個談病理問題的系統。那，你說，回答生理的問題跟回答病理的問題，哪一種比較引人注意？哪一種比較容易賣個好價錢？」

曉韻的語調雖然回到她慣有的溫柔，但卻很有勁道地輸出，好像要把這些語句的字詞直接銘刻在我的大腦組織裡那樣有力地帶勁。我忽然想到朱銘的那座「太極」雕塑。

「病理，世俗需要。」我注視著曉韻的黑眼珠，也簡潔有力地說。

「是嘛，病理，大家比較需要。所以，一定有實驗室思考的方向是直接找個病理的疾病動物模式，來試試我們這種大運量又可以追蹤迴路的新載體，看看它用在基因治療的可能性，對不對？」曉韻稍停了一下，沒等我回應，就又語氣堅定地補了一句：「如果我是老闆，我一定這樣做。」

「但是人力不足是現實啊！」

「正因為人力不足，所以我們才需要開兩條戰線並行推進。你想想，如果要等到陳老師的螢光蛋白實驗都做完了，寫完論文投稿出去之後再開始新的實驗，那會遇到什麼樣的問題？是不是我們剛剛在會議室討論過的那些麻煩都會再重現一遍？那些審稿人一拿到我們送審的論文稿件，馬上就知道了陳老師那些利用不同頻率電刺激以及與 c-fos 耦合的巧妙方法，結果關鍵秘密洩漏了，而別人家的實驗室規模又比我們大，這樣在病理或醫療應用的研究上，我們還有什麼競爭的本錢去搶第一？」

曉韻又暫時停頓了一下，放鬆了一些臉部緊皺的皮膚與肌肉，以更柔緩的語調說：「所以我們得同時並行。這樣，雖然可能會拖延陳老師那個實驗的進度，但是當陳老師的東西完成時，我們在巴金森症的研究也到了差不多可以收尾的程度了，屆時，就有可能將兩篇論文接連緊湊地發表，沒有提早洩密的危險，可以確保我們第一的位置。」

說完，曉韻帶著有些得意的微笑，望著我，自我肯定地點點頭；那眼神，透露著極度希望得到我即時的肯定與讚賞。

「好，這的確是個好理由。不過，還有個更麻煩的技術上問題。」

我重新對焦到曉韻的黑眼珠，她也沒有迴避地直接迎上我的眼神，以溫婉但透著熱切期待的表情聽我說：「漢雄是個屬於老天爺賞飯吃的那種天賦異稟的人，兩隻手又穩又巧，那些看起來很神奇的手工細活，不管是拉塑玻璃電極、灌藥進電極、顯微手術或是做那種可以同時打藥和電刺激的電極，在我看來，對我們這些拿慣 pipette 的人來說都是高技術門檻。不是我對妳沒信心，而是我跟漢雄認識這麼多年，看過很多他做實驗的樣子，我覺得那真得不是短時間內就能速成的，特別是要達到跟他一樣品質的水準，除了努力，可能還需要相當的天賦。更何況，一旦做了巴金森症的動物模式，那麼就不只是做活體切片在螢光顯微鏡底下觀察而已，而是有著許多煩人且複雜的動物行為測試要做。我以前做過強迫症的研究，後來搞了一年多就放棄了，原因就在於一旦碰到動物行為的實驗，那個人力、財力以及時間的成本都太高了，高到讓人受不了。所以後來關於精神疾病的研究，我都只做些藥理機制上的東西就好，動物行為能不碰就不碰。」

曉韻溫婉的面容開始凝結些嚴肅，不過依舊沒有霜冷掉她的熱切表情，仍然以充滿信心的語調說：「這我知道，陳老師的工作是藝術品的層次，我當然很難企及。不過，科學實驗如果不那麼講究美感，只求達到符合測試目的等級的話，我想，不管是我或是雯郁，應該都還是可以做到的；頂多只是慢一點、醜一點、傷口大一點，但還是可以達到該有的基本規格啦！然後，關於動物行為，前幾個月剛好研究院的實驗動物中心買了一批測試動物行為的公用儀器，我確認過了，就巴金森症的動物模式所需要測試的東西，動物中心現有的設備是足夠應付的。而人力的話，前天有一個T大的博士生跟一個Y大的碩士生來跟綉沂談說想要加入我們實驗室，那個T大博士生以前是做生理心理學的，對動物行為的測試還蠻有經驗的；我想，如果她們也都加入的話，人力是夠的。」

儘管心裡覺得哪裡還是不太對勁，但曉韻充滿決心的目光一直堅定地投射過來，看著她削瘦的身軀卻承載了這麼熱情的衝勁，讓人覺得此時若再以任何理由質疑她的想法，就是蓄意阻擾科學的進步！

「好吧，我想不出可以反駁妳的理由。這樣吧，趁今天漢雄還在這裡的時候，我們就跟綉沂還有他再好好商量，看看妳能不能也說服這兩個人。」我一說完，曉韻馬上用力地點了個頭，然後送出一個燦爛的微笑給我。雖然已經是位過了三十四歲的輕熟女了，但是剛剛那彷如二十歲女孩燦爛的微笑，還是青春洋溢到讓我冷不防地心旌動搖了一下。

我把已經到了動物中心正準備穿著防護裝的漢雄叫回來，四個人又重回到會議室中討論。在曉韻熱情的陳述中，綉沂聽得幾度眉頭深鎖，我注意到她不時望向我這邊，雖然那像是在沉思中無意識地轉頭而恰巧將目光停駐，但表情中所透露出的卻又有些質問的味道；或許是我心虛多想，但是當視線對上綉沂眼神的時候，我忽然害怕起她是否會從我的腦海中窺見剛剛我深吸了曉韻身上香味後的慾念。

不過當曉韻一說完，先發表意見的倒是漢雄：「巴金森症的主意以前我跟應緯也談過，不過後來我決定先暫緩。動物行為的實驗有許多眉眉角角的繁文縟節很麻煩，這是個原因，不過更重要的是，這個雙聯病毒到底有多安全？這仍然是個沒有確切答案的謎；畢竟，兩個子病毒體都做了不小的修改，連結的樣子也是前所未見的特別。所以，我的疑問還是一樣：如果不是單純疱疹病毒拖著腺病毒走，而是腺病毒拖著單純疱疹病毒走，這樣最後到底會不會變成了逸出動物體而四處傳染的病原體呢？我想在座的三位也都無法給個斬釘截鐵的答案吧。所以，我才會想說用螢光蛋白看活體切片就好，這樣動物只需要在原來的籠子活個三到四天，不用取出來做行為實驗、也不用再多做其他手術，可以將可能污染的環境範圍減到最少。說真的，即便是這樣的實驗設計，我自己仍是做得提心吊膽，深怕過程中一失手就有將病毒散播出去的可能。」

漢雄仍然是以慣有的凝視虛空之渺茫模樣，獨白式地自言自語般的說話，讓人覺得不管是坐在他身旁或是對面，都跟牆壁桌椅沒什麼兩樣，俱成了背景顏色的一環。

不過一說完，他倒是將頭擺回正常水平，直視著曉韻接著說：「妳和雯郁這段時間跟著我做動物實驗，應該會覺得我像個很會挑剔又碎碎唸的大叔吧！其實，真的，不是我規矩多，而是，我覺得這株病毒體有風險，而動物實驗的行為箱跟手術台不像在實驗室裡的細胞培養箱和無菌操作台，風險等級是不一樣的。所以，如果真得要做，在安全考量方面，我們得做更多的沙盤推演。」

漢雄這一席話並沒有澆熄曉韻充滿熱情的鋼鐵意志，在綉沂開口表達意見之前，曉韻便急著回應說：「我了解，所以我有盡力的學習與遵守。那……」

「不光只是實驗操作有沒有遵照規矩的問題而已。」漢雄打斷曉韻的話，繼續以直視著曉韻的專注表情說：「還有 P2 實驗室配備的問題。」

「現有的 P2 實驗室塞了那些切片機和螢光顯微鏡之後，空間已經十分擁擠，如果要再擺進那些動物行為的測試設備，一定塞不下。此外，那些設備目前算是公用的東西，應該也不能搬進我們的空間吧？」漢雄把頭轉過去看著綉沂，臉上回到那副沒什麼特別表情的樣子。

「嗯，這的確是現實上的大問題。」綉沂蹙著眉頭快速地望向曉韻再望向我，左手食指與中指輪流在桌面上敲啊敲了幾下，然後長長地呼出了一口氣，說：「我能理解曉韻的考量，那的確是在國際競爭中該考慮的事情，當然，我想曉韻還有個更大的動機，就是要為家人解除病痛的使命感，是吧？」綉沂轉向看著曉韻，帶著詢問的眼光輕輕地朝她點了一下頭，算是示意曉韻得回答這個問題；曉韻也輕輕地連續點了幾下頭算是回應，但一臉嚴肅，抿著嘴，不講話。

綉沂也對曉韻再點了一下頭，然後將視線轉向漢雄，說：「回國這一年多以來，我一直在想，做研究的目的是什麼？我拿了那麼多納稅人的血汗錢，又該以什麼樣的研究成果來回報他們？我做研究的目的能夠只是為了滿足自己的好奇心嗎？還是為了自己能不能升等、能不能拿到傲人的頭銜？我記得當初曉韻來應徵的時候，她的一句話讓我深受衝擊，我問她『為什麼選我這邊的工作？』她說『一方面要照顧父母，一方面我是來找希望的！』曉韻說她的父親正被巴金森症折磨著，所以她想要找出對抗這個疾病的方法；即便她的父親來不及用到，但將來還是可以幫助其他家庭免於受到像她一樣的苦，幫他們對人生重新充滿期待。」

綉沂將眼神轉回到曉韻身上，像是對著曉韻說：「就是妳這句話一直支持著我在這段時間內不斷的超時工作，讓我有那個勇氣不斷的去尋找各種資源、衝撞各種限制，讓我們的實驗室能夠快速成長，能夠盡快產出對社會、對納稅人有實質貢獻的東西。我相信妳在這裡幾乎是以拼命的方式在工作，也應該是靠跟我一樣的想法在支撐著。」

曉韻點點頭，看起來是含著淚光。而此時的我則是滿心疑惑，想著，這幾年我到底在幹嘛？我追求的又是什麼？那些一直盤旋在我腦子裡的頂級期刊、升等、出一口氣，還有班師回朝，可以拿來當作我為什麼這麼努力做研究的理由嗎？

我瞄了一下漢雄，這位老兄還是那副沒什麼心情起伏的樣子，仍然維持他一貫凝視著虛空的渺茫模樣，看不出有什麼感動或反省的表情呈現。或許吧，經歷過他的未婚妻忽然出家的折磨，他對人生的悲歡離合應該看得比我們都淡些吧？但也可能不是淡，或許是更悲觀也說不定。

「所以，我同意曉韻所提的努力方向，但接下來我們要如何在現有資源的限制下，設計出能夠馬上執行的實驗，協調出大家都可以接受的新工作模式，在這一兩天內我們得要有更多腦力激盪的討論才行。」

綉沂環視著大家，以鏗鏘有力的語調做了以上宣示，臉上展現的盡是領導人的氣魄與擔當。那一刻我在想，或許當初我對那位說了「如果你要我留下來，我就留下來」的綉沂頭也不回地揮揮手就離開是對的，因為如果不那樣，就不會有今天這樣的綉沂站在這裡了。

「其實，我還蠻想跟納稅人講，不要對我們的研究成果抱什麼期待。」在這個讓人動容的當下，漢雄這傢伙居然冒出一句既煞風景又無厘頭的話，讓三對眼睛頓時都齊望向他。

「如果我們不能一舉完勝那個疾病，結果只是讓病人本來會死變成不會死，但死不了也好不了，就在那邊要死不活地拖著，這樣到底算是醫學的進步還是醫學的殘忍？那做研究的人取得了這個『增加存活率』的成果，究竟是算不負納稅人還是辜負了納稅人的期待？」漢雄完全不理會投向他那邊的三對眼睛，仍然凝望著他右上角的虛空，彷彿那才是他說話的對象。

漢雄停頓的這一下有點久，頭就這麼一直略為上揚地對著右上的虛空，臉上露出的是正傾聽著某人說話的皺眉表情；然而我們三人皆是沉默無聲，都好奇地等著在他這個動作之後，又會冒出什麼句子？

「好，就這樣，沒事了，只是說說我自己的感想。最近帶學校社團的學生去幾個安養中心當一日志工，有感而發，沒事。那個那個那個曉韻說的巴金森症，我會好好挑個適合的動物模式來做，盡可能挑個最低時間、人力與空間成本的模式。其它那些像是病毒裡該裝哪些基因、怎麼裝好那些基因，以及怎麼配合 c-fos 的耦合進行表現，就靠三位多費心了；那些分生的東西我懂得少，沒辦法多給意見。」漢雄像是忽然回魂似的，又像是終於得到來自於右上方虛空角落的神囑，旋即返陽宣布他的頓悟。

「啊，還有，關於安全，說真的，我還是覺得跟這些加工出來的病毒打交道是件很毛的事情，如果妳跟雯郁那個小女生想要自己動手來做這件事，那我得要特訓妳們一下，不能讓妳們覺得在旁邊看幾次就可以自己上戰場那麼簡單。時間我等等再跟妳們商量。」漢雄側過頭直接跟坐在他旁邊的曉韻說；曉韻顯然被漢雄這突如其來的近距離面對面說話嚇了一跳，只能反射式地說「嗯，好，謝謝老師」。

那天我在實驗室待得比較久，一直跟綉沂還有曉韻討論工作上的細節。後來曉韻的母親來電要她回家幫忙收拾她爸爸剛打翻的東西，所以實驗室就只剩下我跟綉沂。看看時間，已經晚上八點半了，難怪助理和學生們也都溜了。

常常是這樣子，在實驗室裡只有燈光沒有陽光，久了，就不曉得白天跟黑夜到底是怎麼切換的。

「妳不用回家煮飯嗎？」

「為什麼是我煮飯？」

「喔，好。那，妳不用回家吃飯嗎？」

「為什麼吃飯得要回家？」

「喔，好。那，妳晚上需要吃飯嗎？」

「要啊，當然要啊！這是什麼問題？」

「那，不用跟先生一起吃嗎？」

「你是什麼年代的人啊？學長！」

「喔，舊石器時代。」

「其實，我們很少一起吃飯。他在園區工作，晚上十點還在開會是常態；所以我們在實驗室中覺得很忙的忙，跟他比起來，根本不算忙。」

綉沂以有些落寞的聲音收尾，讓四周的靜寂更加靜寂。

「不過這樣也不錯啦，兩個人還是各自保有很大的私人空間，有時候忽然可以一起吃個晚餐，還會有那種戀愛時期的驚喜呢。」綉沂微了個不怎驚喜的笑容，輕描淡寫地說。

「喔，好，那，晚上想吃什麼？」

「八點半了，這附近可以吃飯的地方應該都關了吧。」

「應該是，得開車到市區了。」

「不用那麼麻煩，我這邊有存貨。」綉沂走到壁櫃前，打開門，秀出一堆泡麵：「學長，要不要也來一碗？」

我們就在會議室裡共進晚餐，各自端著泡麵，在會議室的長條桌比鄰而坐。一年多來這算是第三次跟綉沂在這麼晚的非開放空間內單獨共處，但之前兩次都是在實驗室內各自忙著自己的實驗，而這次是難得的坐在一起，吃晚餐。

當綉沂秀出那一櫃泡麵的時候，其實我是有些猶豫的。卸下領導人的氣魄與擔當，此時的綉沂顯得有些疲憊，剛鬆開的馬尾飄了幾根髮絲若隱若現了領口露出的鎖骨，眉上的瀏海凌亂地參差，上午周身流順的雪紡衫在腰際與肩腋處已經有些不整的皺褶；然而那樣略為慵懶站著的綉沂，卻散發出比平常更誘人的吸引力，迫使我將目光迅速移到那一櫃的泡麵，以爭取些時間去壓制想要將她擁入懷中的念頭繼續滋生。

所以我在那櫃泡麵前面呆站了一些時間，不是在挑麵，而是在腦海中迅速地評估著，一但我伸手拿了，那麼接下來可能的發展，會是怎樣不可收拾的狀況呢？

後來是綉沂伸手幫我挑的：「就這種好了，前天實驗室小朋友們去採購，他們極力推薦的。」然後也不管我同不同意，就逕自拆了外包膠膜遞給我，完全不給我任何拒絕的空間。

其實這樣兩個人單獨在夜裡比鄰而坐的邊吃邊聊，是我應該要避免的事情。畢竟她是位已經結了婚的女生，而且是位年輕美麗又極富魅力的女人；更重要的是，在這個單位裡，她是位耀眼明亮的年輕新秀，而且是研究能力與表現已經耀眼明亮到讓其他研究員倍感威脅的程度。特別是她為了她的使命感，過於積極的爭取經費與空間，已經踩到了某些既得利益者的紅線。

而要撂倒這樣一位強勢又有能力的女性，最簡單的作法，就是攻擊她的私德。

雖然綉沂不以為意，但是早在半年前，就開始有些流言蜚語冒出來，暗示我跟綉沂之間有著某種不可告人的曖昧情事。也因此，我更加小心翼翼地斟酌著跟綉沂之間的互動方式，盡可能不要讓任何人找到可以放大渲染的機會。我覺得那是我的責任，雖然我們無緣成雙，但是不能讓這鵲橋相望的機會也被好事者剝奪。

有次我跟漢雄談到這些閒人閒語的困擾，他老兄倒是很乾脆地說：「生篇 Nature 出來，而不是生個兒子出來，事情就解決了，怕什麼。」

不過漢雄後來還是正經八百地對我說了一番大道理，不過長達三十分鐘的論說文如果濃縮起來，其實就只剩一句話，「管他們去死」。只不過這次漢雄用了長篇大論來解釋「管」、「他們」、「去死」的分段意義，而不是隨口丟一句就算了。這也算是他對於我這個老朋友所遭遇到的新困擾，表現出最大誠意的獻策了。

「學長，我今天忽然覺得曉韻其實跟漢雄很配耶！你有沒有覺得啊？」才剛準備向綉沂稱讚這泡麵好吃，就聽到她先開口問了這個讓我腦袋瞬間三條線的問題。

「怎麼會？漢雄那傢伙？長相配不配我是沒什麼意見啦，不過那傢伙個性又傲又怪，而且他未婚妻出家對他的影響，我看啊，那個陰影一直都在。我猜他大概遲早也會出家當和尚，妳就不要亂點鴛鴦譜了。」

「不會啊，我看今天他們坐在一起的樣子很登對耶！而且，你有沒有注意到，每次漢雄在跟曉韻講話的時候表情都比較柔和，不像跟我們講話那樣，總是一副不曉得在酷什麼的冰冷；冷到有時候我都很想K他，好像外面都世界大戰了也不關他的事一樣。但是，你看，他跟曉韻說話的時候雖然看起來也是酷酷的，不過味道就是不同，就是充滿了關心的樣子。」

「啊，先吃麵吧，都快糊掉了。」一下子不曉得要怎麼回應，只好先呼攏一句。

其實綉沂的直覺是對的，漢雄的確對曉韻比較禮遇也比較照顧，只不過我覺得不是她所想的那樣。我跟漢雄提過曉韻的坎坷，他聽了之後說他很佩服、也很不捨這樣為家庭犧牲的女生，他說他的親戚朋友間也不乏處境跟曉韻類似的女性，而且說著說著那傢伙居然眼眶就泛淚地紅了起來。那是很難得見到的景象，之前即便跟他談論他未婚妻出家的事情，也沒見過他這樣一副要掉淚的樣子。或許這觸動了他某些更深層的傷痛吧，不過那已經是非常隱私的事情了，我也不想再進一步求證。

我猜就從他知道了曉韻的犧牲與辛苦之後，他對曉韻的態度就改變了。在我看起來，那是一種疼惜，就像我們看到很努力往前跑的小女生最後卻在終點線前跌倒而痛失金牌之後，總會想要做些什麼事情來安慰她鼓勵她，那樣地，疼惜。

「學長，那，這樣子好不好，你去跟漢雄說，我來問問曉韻，看看他們雙方是不是都有意願進一步交往？我覺得啊，他們兩個人的個性都這麼的矜，如果沒有人在旁邊推一把，他們鐵定就這樣一直矜到無疾而終，這不是很可惜嗎？所以啊，就這樣子好不好，學長，好不好嘛，我們來當媒人？」

我聽得一愣一愣的，對於一下子從氣魄與擔當的林P變回那位說了「如果你要我留下來，我就留下來」的小女生綉沂，我的腦袋實在無法即時切換過來。

我端起麵碗，喝了口湯，利用緩緩吞下的時間接受了眼前這位的確是已經變回喜歡八卦的小女生綉沂之後，說：「好啊，反正又沒本錢，我今天晚上回去就問他『嘿men，你覺得曉韻OK嗎？介紹給你當女朋友如何』然後看他怎麼說。」

「別鬧了，學長，我跟你說認真的啦！我跟你說，你就稍微不要那麼直接地問啦，你就先問漢雄說他覺得曉韻這個人如何啊？然後再跟他說曉韻目前沒有男朋友喔；這個我可以確定，上週我才跟她再確認過的。然後啊，你再跟他勸進一下，說，總是要有人主動嘛，啊那個現在畢竟你在輩份上算是比曉韻高的人嘛，對不對，所以啊，要曉韻主動追你就不太合理嘛，所以啊，你就叫漢雄應該要主動才對。」

「喔，那，請教一下，林大媒人，啊妳會怎麼跟曉韻說啊？」

「嗯……我會跟她說，不要看漢雄那副老氣橫秋的樣子，其實他也沒多老，才四十出頭而已。啊他這個人怎麼樣，經過了這段時間以來的相處，我想，妳也應該覺得不錯才對吧。然後啊，就我的了解，他目前也沒有女朋友喔；怎麼樣，妳可以接受跟他交往看看嗎？」

「林媒，妳還真直接啊！」我皺了個嘲笑式的眉頭給她，然後就繼續吃我的麵。

「林媒，我還『靈媒』咧，學長，你不要搞笑啦！對啊，就是要這麼直接，機會稍縱即逝呢！」綉沂用很嬌縱的語氣說完，接著又很嬌縱地瞪了我一眼，然後端起桌上的泡麵很嬌縱地吃了一口。

應該是因為此時只有我們兩個人獨處的關係吧！而且是在這麼安靜的夜晚，這麼近的距離，所以那個整天跟在我旁邊東問西問的綉沂小妹妹回到了這裡，假裝這個男人沒有傷過她的心，正以當年他們兩個人所熟悉的彼此幸福地抬槓著。

但是，要將漢雄和曉韻送作堆的念頭，是今天綉沂的臨時起意嗎？或是，她早已經感覺到我跟曉韻在彼此心中漸漸升高的好感，以致於她必須在那個好感質變成誘惑之前，想辦法不露痕跡的阻止？而今天，漢雄跟曉韻兩個人的並肩而坐，剛剛好拿來當作是一個水到渠成的好理由？

當綉沂這句「對啊，就是要這麼直接，機會稍縱即逝呢」出口的時候，同一時間，她會不會也感傷起多年以前的那一幕，如果她說出口的不是「如果你要我留下來，我就留下來」，而是「應緯，我愛你，請跟我結婚吧」那麼，當年的準少尉預官是不是就會把她擁入懷中，破解掉那個差三歲不可以在一起的聖諭？

或許這就是人生。

十七歲那年聽到阿嬤在病床上孱弱地說出的一句話，二十七歲的我就錯過了二十四歲的綉沂，讓二十八歲的我拒絕了二十五歲綉沂的含蓄告白，以致於四十歲的我掛單在三十七歲綉沂的實驗室，結果造成了一個叫陳漢雄的路人甲跟一個叫王曉韻的路人乙相遇。

每一個都是過程，每一個也都是結果，而每一個都有遺憾。

第四章

本來要上高架走快速道路，遠遠看好像車子堵到都上不去了，便臨時將車子閃到外車道，過了路口，直接走橋下的平面道路。沒想到橋上堵車，橋下倒是順暢得很，加上一連兩個搶在黃燈變紅之前通過的路口，算算從停車場出來到現在總共暢行了五個綠燈，時間至少節省了六分鐘，顯然不僅可以準時，而且還極可能提早個五分鐘到達。

沒想到之後交通繼續加碼，接下來的綠燈一直連著亮，一度讓我產生了享受總統特勤開道之尊榮的幻覺。更幸運的是，一到了距離她開會地點的大樓不到十公尺處，一部車子剛好駛出路邊的停車格，讓我得以來得早不如來得巧之無縫接軌地遞補進去。看看時間，結果整整早了十四分鐘到達目的地還兼停好車，可以好整以暇地站在大樓門口等著，不必把車停在紅線上打著雙黃燈隨時擔心被拖吊。

也因為多了這十四分鐘可以站在路邊無意識地左顧右盼，很快就發現在大樓旁邊有家花店，紅、藍、粉、橙、紫、黃、白各種顏色的玫瑰花嬌豔錦簇地羅列於靠近門口的櫥窗內，在日落前的餘光潑灑下，映照朵朵成了婉約的遊龍，迴掠出靚到震懾的婀娜。當下心念一轉，沒有再多想其它的，實際上也沒有多少時間可以再猶豫，一決定便快步走過去，進了店裡面，請有如玫瑰一樣亮麗的店員幫忙揀選一束有不同色彩的玫瑰花。

「要送女朋友的嗎？希望的價位是多少？」

女朋友嗎？好問題！但顯然已經沒有多少時間可以思考合適的答案了，「是的，女朋友。價錢沒關係，看起來精緻高雅就可以了。」

有如玫瑰一樣亮麗的店員很燦爛地笑了，應答了聲「好」，就走到眾玫瑰前，快手揀選起玫瑰。約莫五分鐘，一束以紅酡為基底、點綴一兩朵粉紅與白色的玫瑰花，外搭一些滿天星和俐落包裝的花束就展現在我面前。

的確精緻而高雅，當有如玫瑰一樣亮麗的店員將花束遞過來的時候，那瞬間，我覺得也應該送一束這樣美麗的玫瑰花給這位有如玫瑰一樣亮麗的店員。

「好，那同樣的內容，再包一束。」

有如玫瑰一樣亮麗的店員稍微瞪大了眼睛有些疑惑地望著我，問說：「所以是兩束嗎？都一樣的內容？」

「是的」

當我付完錢，便順手把其中一束玫瑰花遞給有如玫瑰一樣亮麗的店員，同時說了：「送給妳，謝謝！妳幫了我一個大忙！」

在有如玫瑰一樣亮麗的店員還來不及反應過來而眼睛瞪得更大、只能「這，啊，那個」的時候，我已經迅速地走到店門口。在跨出門口的剎那，我又轉回頭跟還沒有搞清楚是怎麼回事而繼續瞪大眼睛的那位有如玫瑰一樣亮麗的店員說：「謝謝妳，真的！妳幫了我一個大忙！」然後，她終於回過神，給了我一個比玫瑰還亮麗的燦爛笑容。

就這樣我在五點二十六分從店門口走出來，正值下班時間，從大樓出來的人開始多了起來，好幾位從旁邊經過的淑女們都不約而同多瞧了那束玫瑰花一眼，也順便打量了一下我。這些帶點異樣眼光的注視倒是提醒了我，於是我快步走回車子，開了車門，小心地將玫瑰花放在車後座，再快步走回大樓門口。剛剛好，曉韻也同時從大樓內走出來。

「等很久了嗎？」

「沒有，算剛到。」

「車停哪裡？」

我指了指在路邊車格內的車子，曉韻有點驚訝的「哇」了一聲說：「這裡很難停車耶！」

「來得早不如來得巧」我邊說邊開了副駕駛座的門，沒料到才一開門，濃郁的玫瑰花香立即撲鼻襲來。曉韻坐進去看到後座擺放的盛艷玫瑰，轉頭給了我一個既訝異又驚喜的眼神；我對著她點點頭，關了車門，走到車身的另一邊，進了駕駛座，側身伸手拿起後座的花束遞給她，以聽起來沒什麼情緒的語調說：「剛看了這些玫瑰花很漂亮，就覺得應該去買一束；那，我想說妳比我更配得上這些花，所以，送給妳。」

曉韻很欣然也很理所當然地接過了花，徐徐地深吸了一口花香，然後微笑地問說：「旁邊這家的花嗎？」

「嗯」

「這家的花都好漂亮呦！我每次來開會都想說應該要買一束帶回家，不過每次想到要拿著一束很漂亮的花坐客運晃到新竹然後再騎機車一路震回家，就覺得好懶。」說完，曉韻又低下頭仔細端詳了花，溫柔地如同品嚐百年名酒的濃醇；看得出很滿足，那種滿足的表情，應該很難用演的演出來。

而且，真心滿足地抱著一束玫瑰花的女人，看起來就是特別嫵媚，尤其是從側面望過去。

在開上去高速公路之前的二十分鐘，由於市區車多走走停停，我一直專注在路況，所以兩個人沒有聊些什麼有意義的。大部分的時間裡曉韻都是帶著微笑若有所思地看著那束嬌豔的玫瑰，偶爾冒出一句諸如「哇，今天車子還不少」、「不錯，趕在紅燈前通過」之類無關緊要的句子。比較切題的，只有在車子終於搶進了排隊上交流道的外側車道，她開口問了：

「今天很忙喔？謝謝你還特地繞過來載我；還有，這束玫瑰花。」

曉韻今天代替綉沂到台北開會，向提供經費給她們實驗室的基金會報告期中進度；我則是臨時被徵召到我博士後的老闆那邊，幫他搞定新買的螢光顯微系統在影像處理上所遇到的問題。所以中午她就搭我的便車過來台北，傍晚再一起回去。

這幾個月我跟漢雄算是卯足了勁過來研究院這邊工作，後來綉沂乾脆幫我們兩個申請了單身學人宿舍，讓我跟漢雄更有理由在這裡晚上加夜班熬夜，搞得我跟漢雄的正職彷彿是綉沂的博士後，而鄉下那邊的學校，只不過是兼任上課的地方。

會忽然變得需要這麼拼，最重要的原因是我們那篇產製雙聯病毒的論文不僅被C這本細胞分子生物學的大期刊接受了，而且還被選為當期的封面；不僅綉沂任職的研究院發了正式的新聞稿，連我這個共同第一作者所在的鄉下學校，校長還叫主秘找了地方新聞的記者前來採訪拍照。雖然這樣的招搖我實在覺得很尷尬，但也不是全然不好，至少系上那些看不慣我常常不在家的地頭蛇大老，最近就安靜多了。

也由於這篇論文的電子版全文很快就上線了，因此我們倍感壓力；畢竟，此時的競爭者已經不只是那些審稿的人，而是全世界做這行的各個實驗室了。

「等等要不要在新竹先找個地方吃完飯再回家？」

「不用了，我得先回家。今天有便車搭，我跟我媽說應該在七點半之前就可以到家，我媽就叫我回家吃飯，她說她會煮我的份。」曉韻仍然抱著那束花，以很憐惜的語氣說：「我也要早一點回到家，趕快找個花瓶把它們插起來，免得失水太多枯掉了。」一說完，曉韻略微擺頭向著我，送出了嫣然的微笑，補充說：「車子裡開冷氣，很乾呢！」

「好，那就先送妳回家，現在這個車況估計起來，七點半到妳家沒問題。」

曉韻很嫣然地朝著我說了聲「謝謝」，就又調回往前望的坐姿，再輕輕聞了一下花香。誘惑，遊走在兩個人之間有默契的曖昧，浮不出、也沉不下。

那天，跟綉沂在會議室吃完泡麵之後，回到鄉下，我還真找了漢雄跟他說了綉沂要我打聽的事情。漢雄聽完後馬上就以賊賊地輕蔑眼神斜睨著我說：「你是真的問還是在裝傻拖我下水？」

「幹，就真的好心問你，你那什麼表情？」

「明明兩個女人你都喜歡，然後看起來兩個也都喜歡你，所以這個三角問題你自己解決，不要拖我下水。」

「幹，你說的那是什麼話，什麼三角問題！」

「好朋友才跟你說這麼白！好啦，就當你是當局者迷，我是個旁觀者清。因為客觀來看事情就是這樣，所以現在我明白告訴你了喔，你可以自己跳出來好好的想一想了。」

「等等、等等，好，我跟綉沂是舊識，而且算是很熟的舊識，所以表面上看起來我們的互動較為自然，甚至有些不拘小節，以至於會引起某些誤會。這我可以理解，以後我也會更小心拿捏分寸，畢竟綉沂是結了婚的人，我不能讓沒有的事情變成她要承擔。」

漢雄還是以一副似笑非笑賊賊的表情睨著我，看得我實在有些火大，但是又不曉得要怎麼對他發脾氣，只好繼續耐著性子說：「曉韻，我就不知道你是看到或聽到什麼了？我們就只是在同一個實驗室內工作，就只是那樣的，算同事，或者是說算朋友那樣的關係而已啊！我自認在言行舉止上沒有任何踰矩或者是輕佻的地方。某種程度，我算是她半個老闆，我們在大學教書的，對於跟女學生之間該有什麼分寸我很清楚，這點，我實在不知道你是看到什麼、聽到什麼？」

「啊，人的心很難清楚的說，人的事很難清楚的理，所以稱得上『經典』的書本字數都不多，要求解惑，只能自己多揣摩、多思考、多自我詰辯。感情我想也是吧，很難清楚的說、清楚的理，所以『感情』如果真要明白，其實也沒什麼好講的，只能自己多揣摩、多思考、多自我詰辯。」漢雄收斂起那副似笑非笑賊賊的表情，忽然一臉正經地說。

「幹，你說了還是等於沒說啊！就，到底我是哪一點讓你覺得：啊，露餡了，被捉包了喔？如果真的有，看在朋友一場，你也得明白地提醒我啊；你這樣，我很不服氣耶！」

「昨天我剛好跟我博士班的老闆談到大腦皮層或視丘的神經元，對於特定刺激的反應型態總是很分歧，有的興奮、有的抑制、有的不變；興奮的又有許多不同時間、不同強度的差別，而且老鼠從麻醉醒過來以後，有許多神經元都變成了隨便哪種刺激都會有反應的隨便。

今天早上我開始有個想法，這些感覺神經元的角色需要重新界定。以初級感覺皮層來說，它那塊尾巴區域內的感覺神經元，要處理擠壓、觸摸、振動、溫度、疼痛這些不同樣態的感覺刺激，所以如果尾巴皮膚內的每個受體所傳進來的資訊都必須要有一個神經元來專門處理的話，那麼神經元的數目就不能太少；而且，如果每種感覺都只有專一對應的神經元來處理的話，那麼因為單一神經元動作電位的頻率變化之樣態有限，所以能編碼的訊息也有限。

我剛剛才寫信跟我老闆說，或許初級感覺皮層的尾巴區域，那些神經元可能被分成了幾個處理單元組，一個單元組裡面有好幾顆神經元，共同處理不同品質的感覺種類及強度。比如說，那個操作的方式也許就像一組6進位法的方式，假設是六顆神經元一組，那這組還沒受到刺激前的活性狀態是333333，痛覺刺激後是545312，舉例啦，就是說那些數字代表每顆神經元不同的頻率型式，然後觸覺是342353。就這樣，這些分歧的興奮、抑制、不變以及甚麼都會反應的現象就變得合理了；而且這樣的方式還可以增加有限神經元編碼訊息的複雜度。」

「停停停停，陳老師漢雄，我現在不是在跟你討論神經編碼的問題，我是在問你到底我是哪一點讓你覺得我跟曉韻之間有什麼？請你就重點回答我，好嗎？OK？」

「我是在回答你啊，李同學應緯。我現在是在譬喻，譬喻，好嗎？也就是說，那些神經元你拿任何一個時刻的任何一個放電樣態來看，它都是不準的；即便你拿某幾顆的狀況一起看那也不一定準，因為搞不好它們之間的時序關係也要考慮進去。所以，我要說的是，你跟曉韻之間在我的觀察裡面為什麼會是一對正在曖昧中的男女呢？啊那就是我腦袋裡面一大堆神經元接收到ABCDEFG等等資訊之後所作的綜合判斷啊，就綜合，不能分開來看。但是你現在非要我說A說B說C的，那不準啊，我說了A你接下來就只會往A想，說了B又往B想，然後都只在一顆一顆的神經元身上打轉。我幹嘛，這樣一個一個說，結果提醒你反而就變成誤導你，那我幹嘛說？」

「幹！陳老師漢雄，你繞了一個這麼大的圈子，結果就是你沒有證據嘛，講那麼多，幹！」

「好好好，就沒證據，反正當事人又不是我，我也不想進入那個多邊關係。我就是直覺，但我的直覺正確的可能性很高，你愛聽就聽，不中意就擦掉；反正你有你的腦袋，你就按照你的規矩處理資訊就好。」

雖然對漢雄那樣無厘頭又打高空的猜測很不服氣，但隱隱約約卻又好像被他戳到痛點那樣地無法理直氣壯起來，只好草草結束這次刺探軍情的行動。

兩天後我到綉沂實驗室去，綉沂還特地把我拉到細胞培養室去問我勸進的結果怎麼樣？我只好兩手一攤說應該是妳看錯了，漢雄那傢伙根本一點意思也沒有；當然，我沒有把漢雄直指兩個女生我都喜歡，然後兩個女生也都喜歡我的這段謬論說出來。

綉沂聽完，顯然對漢雄的拒絕感到很失望。她說明明看起來他們兩個人都應該互有好感才對啊，怎麼會這樣子呢？因為她昨天也問過曉韻，結果曉韻說：漢雄是很好的人，也是個很特別的人，她很尊敬漢雄，甚至尊敬到有點怕漢雄，所以她很難想像跟漢雄約會到底是一個什麼樣的狀況！

「唉，好吧，真無趣，本來以為撮合他們在一起可以增添一點生活八卦的樂趣說。」後來綉沂是以很失望的表情下了這個結論；但那個失望是真的很失望的樣子，不像只是因為少了些八卦的樂趣而隨口發點無味的牢騷那樣地單純。

或許漢雄的直覺是對的，綉沂不是那麼單純地只是覺得他跟曉韻很登對而已。

不過還好接下來的幾個月裡我們進入了火力全開的狀況。在漢雄的建議與規劃下，我們選擇了平衡桿行走和滾輪跑步這兩種動物行為測試，而在剛出版的那篇C期刊論文之加持下，綉沂也跟所方再要到了一筆經費和更大的空間，擴張了我們P2實驗室的規模，也買了相關的行為設備進來，解決了漢雄原本最擔心的空間與設備的問題。關於這一點，我實在是非常佩服綉沂，今天如果換成是我來當家，我絕對沒辦法在短時間內就搞定這麼多需要到處折衝的事情。

就這樣，以綉沂為首的四個青壯年科學家，加上六個年輕學生與助理，十個人就在這層樓的幾個房間內整天轉來轉去，幾乎忘了外頭還有陽光。這都因為眾人有了共同的夢，一個即將登上頂級科學殿堂的夢。工作雖然忙碌，但那樣的工作真是人生的幸福時光，一段眼見夢想就要成真的幸福時光。

但那樣的幸福對我來說，卻也帶來了另一種高度的感情壓抑。本來曉韻最早的想定是她跟漢雄學學動物實驗的技術，然後由她來負責巴金森症的動物模式。後來試行了幾回合的流程之後，漢雄決定讓曉韻跟我還有綉沂，三人一起專心發展新型載體，想辦法製造出內含多種基因組合的各式雙聯病毒。他覺得病毒體的設計與製造，才是整個工作成敗的關鍵，所以一定得由經驗最豐富的熟手親自動手才行。而動物實驗的部分，他自己一個人可以搞定所有跟手術相關的精密手工，剩下一些例行的行為測試與紀錄，以及最後的組織切片與染色等日常事務，就可以交給助理雯郁和新來的博士班學生筱美負責即可。

不管是我、曉韻或是綉沂，對於漢雄這樣的安排本來都有點抗拒。曉韻是想學動物實驗，綉沂還是想把曉韻跟漢雄送作堆，而我，經過漢雄那麼一說，也害怕起跟這兩個女人在同時間、同一個房間內三人共處的感覺。

不過漢雄的決定算是合情合理，也的確是目前有限的時間裡能夠發揮最大戰力的方式，所以儘管大家心裡都有那麼點不滿意，也就只能接受了。也因為這樣，從此讓我得在綉沂與曉韻常常會一起出現的空間中工作，逼得我得時時注意如何在與她互動時，不會有讓另外一個她產生誤會的可能。

說起來，或許我現在正在忍受的奇怪焦慮與沒來由的恐懼感，正是來自於漢雄這個決定所帶給我的壓力所造成的。

這個壓力想起來其實承受得有點冤枉。因為我從來沒有想過要腳踏兩條船，甚至只是跟曉韻或是跟綉沂兩者擇一交往的念頭也沒有過。對我來說，她們應該都只是很好的朋友而已，而且都只能是好朋友而已。雖然我對她們都有極大的好感，但也只能止於好感，我不想、也不敢跨越那些橫亙在我跟她們之間的紅線；橫在我跟綉沂之間的是她的婚姻，而在我跟曉韻之間的，則是綉沂。

雖然我自以為已經將我對她們的好感隱藏得很好，但漢雄的那句話逼得我不得不正視事情可能不是我想像的那樣。即便我自認沒有任何外露的痕跡，但外人可能已經看得出來；而如果像漢雄這樣的局外人都嗅得出味道，那麼綉沂與曉韻這兩個當事人可能早已了然在胸。但我無法向綉沂或曉韻求證這樣的事情，因為連我都不知道該向誰開口求證，或說，哪個人才是我真正想要求證的對象。

把鴕鳥的頭從沙坑裡拔出來，讓鴕鳥面對真實的壓力，漢雄真是一個讓人痛恨的人。

但儘管他是一個讓人痛恨的人，不過他的工作效率還真得是不合理的高。在我們將幾個多巴胺代謝相關的酶的基因全部塞入雙聯病毒體之前，他已經補完搭載螢光蛋白的雙聯病毒所需要的老鼠實驗。確認它不會穿透呼吸道或消化道的皮膜組織而進入動物體，而且將雙聯病毒直接注射到老鼠的皮下組織，病毒體也只會從神經的末梢竄入神經組織裡，對於肌肉與結締組織的各種細胞均無感染能力。

這是大獲全勝式的結果！除了證明這個病毒體在神經系統應用上的卓越專一性之外，蛋白質外鞘嵌入了 TSC 蛋白的腺病毒，其感染能力居然受到如此巨大的影響，則是一個具有重大價值的意外收穫。更重要的是，這讓我們在製備病毒時的安全疑慮，頓時減輕了不少。雖然基於人類跟老鼠之間構造上的差異，不能完全排除這個病毒體還是有可能透過呼吸道或消化道感染人類，但至少「不會」的機率大增，在工作過程的安全防護上就不用那麼如履薄冰了。

實驗時的安全防護要做到什麼程度，一直是我跟學生以及助理們最容易發生衝突的導火線。實驗室有實驗室的規矩，這些規矩絕大部分都是為了確保實驗室安全而設定的；但也因為要「確保」安全，所以這些規矩通常很繁瑣。所以如果全部都按照規矩來做的話，那些確保安全的程序，其工作量與花費的時間常常比操作真正的實驗內容還多。也因此，不要說是學生或助理，有時候連我自己都懶得樣樣遵守，特別是在趕進度或是已經極度疲累的狀態下，那些確保安全的程序更容易被晾在一邊。

光是在細胞培養室中處理病毒時，若有需要臨時穿脫手套或是戴卸口罩，那些標準的穿脫與載卸動作是否有確實做到，就常常是我們爭執的熱點。以前處理一些沒什麼感染問題的材料時，或許我會睜隻眼閉隻眼地頂多隨口唸唸就算了，但這次處理的是我們首創的東西、完全不知道會不會有意料外風險的東西，因此我在安全動作的要求上就嚴格了點，嚴格到讓這些學生或助理覺得我是不是吃錯藥了。

這一點我就很不服氣了！若說嚴格，漢雄可以說是比我還龜毛，但那傢伙長得就是一副不怒而威的樣子，就像曉韻說的，即便他不罵人，光板起臉狠狠地瞪你一下就夠讓人心裡發毛了。所以只要漢雄在實驗室內，小朋友們都乖乖的不敢造次；但如果換成是我，即便我覺得我已經很疾言厲色的發飆了，一開始小朋友們或許還會買帳，但後來就常常跟我抬槓。

有次助理靚蕙在使用桌上型離心機的時候沒有照規矩，讓含有病毒體的培養液噴濺的整個轉子都是，但被我痛罵了一頓之後居然不是先收拾殘局，而是跑去跟綉沂哭訴，把場面搞得好像我性騷擾她一樣。

所以，漢雄的那些感染途徑的實驗結果對我來說是重要的，雖然該要求的安全程序還是得要求，但是如果小朋友們依然故我的話，至少我不用太緊張兮兮擔心會出什麼接觸感染的問題。

在台灣來講，綉沂回國才一年半的時間便產出一篇純本土作者的C大期刊論文，而且漢雄的這些成果將來即便上不了Nature或Science，至少另一本也算大咖的N期刊一定沒問題。依照我們原先的規劃，接下來就是要讓巴金森症的實驗能夠無縫接軌地跟上，把握住攀登 Nature 或 Science 這等頂峰的機會。如果這些都能順利達成，那麼綉沂幾乎就可以算是台灣第一人，將來在台灣學術界一定會是院士等級的閃亮明星。

這樣說來，我算是造王者囉！

當然在這個過程裡面，我有得到我在鄉下學校永遠拿不到的學術利益，但是，若要認真地算計我所貢獻的與我所得到的，顯然我應該再拿到更多才對。綉沂雖然是位優秀的人才，但是論起學術的創意發想以及執行實驗工作的能力，若誠實地評比起來，在我們四個人之間，她算是最弱的。基本上這一年多來的研究，除了最原始的構想，就是將兩種病毒像加掛車廂那樣地接在一起是她提出的以外，其餘的執行細節有一大半都是我幫她規劃的，然後加上曉韻在實驗方法上的靈巧設計與運用，才能夠在這麼短的時間內有效率地完成。更遑論在漢雄加入以後，於完整動物的實驗上所取得的重大進展，完全是漢雄的功勞。

只是我們都把首功歸給綉沂而沒有多所計較。我是因為我與她的「特殊」朋友關係；曉韻是感謝綉沂沒有把她當下屬看，給了她跟一般 PI 一樣的尊重和禮遇；而漢雄，這我就不知道了，或許是看在我的面子上，也或許是因為他對世俗名利的無所謂。綉沂曾經提說要把共同通訊作者的位置給他，但他老兄只是淡淡地說：「不需要，擺個第三就可以了。」

「漢雄是這樣跟我說，即便我不是找他來做這些實驗，我也一定找得到其他人來解決這些問題；因為他所做的這些實驗，本質上都不算是什麼創新的東西，只不過是把新材料套到既有的研究框架裡面而已。所以在這個研究中，他的角色認真算起來，也只不過是個技術員而已。他之所以會這麼投入這個研究，僅僅是他覺得很有趣、很想要知道結果會是怎樣，所以才會積極參與，好加快它的研究進展而已。」綉沂轉述了有次她跟漢雄談到將來論文作者排序的問題，漢雄是這樣對她說的。

「不過那些電刺激以及 c-fos 耦合誘發表現的方法是你原創的啊！而且，如果沒有使用這些方法，所有的動物實驗就不會這麼順利才對。所以就這點來說，你至少也應該是共同第一作者，第三作者不僅太委屈你了，也不合理。」綉沂說她當時是這樣反駁漢雄的。

「如果今天寫的是一篇專門談如何在不同神經元之中，選擇性表現外來基因方法的論文，那麼的確我應該是第一作者或是通訊作者。但是今天的研究主軸不是這個，將來論文寫作的重點也不會是這個，所以這些電刺激以及 c-fos 的方法在這個研究中的價值就跟我一樣，是技術；不是那種依存這個研究主題才發展出來的技術，而是跟這個主題無關的研究也能夠使用的技術。所以當這個技術不是主角，而僅僅是這個研究裡面所使用到的一個技術的時候，那它的地位就只是寫在『材料與方法』中的一個段落而已，了不起只是字數多一點的段落而已。就像是，妳的研究中依賴螢光顯微鏡的時候很多，但是發明螢光顯微鏡的人不需要成為妳論文中的作者，是吧？啊，我只是比螢光顯微鏡的發明人跟這個研究的關係再密切一點，所以我可以是作者之一，但不會是、也不應該是主要的作者。」

綉沂說她當時聽完漢雄的這番說詞之後，一時間還真是愣在那邊不知道要說什麼。她說她在學術圈也不是一天兩天的時間了，像發表到這些大期刊的論文，從來只聽說過大家為了搶第一、搶通訊而撕破臉，但像漢雄這種照規矩堅持要謙讓的君子怪人，她還是第一次見識到。

她說，漢雄最後還補充了一段：「妳就放心、放膽自己當通訊作者，那正是妳的角色。天下雖然是張良、韓信、蕭何打出來的，但劉邦才是真皇帝；因為沒有劉邦，張良、韓信、蕭何都成不了大事。」

這讓她覺得更啼笑皆非了，一下子好像自己變成了專業能力最弱的那個劉邦。

「哈哈，這的確很陳漢雄。他的名字就叫漢雄嘛，所以用個漢朝的開國英雄來譬喻也是理所當然的啊！」一說完，綉沂就白了我一眼，朝我左上臂用力打了一下說：「要死了，正經點啦！」

「好啦、好啦，正經點。妳就照他的意思就好了，第三就第三；反正妳已經仁至義盡了，他不接受禮遇妳也不能逼他啊，是吧？」

「但我還是覺得這樣很怪耶，好像我佔了他很大的便宜那樣。像我們所裡面的其他 PI 啊，現在都知道漢雄在我這邊做實驗，他們也都知道這些很厲害的動物實驗都是漢雄做的，所以如果將來論文發表了，結果他只排在無關痛癢的第三作者的話，這樣我都不知道別人會怎麼講我啦？搞不好傳一傳我就變成了強佔人家功勞的壞人了！」

「套一句漢雄的話，『管他們去死』！」

然後接下來的十分鐘，我借用了上次漢雄對我宣導過的論說文，再加上自己的領悟與註解，詳細地跟綉沂闡釋「管」、「他們」、「去死」的分段意涵，以及匯整成一句話之後的綜合意義。

十分鐘內，綉沂至少有三次笑到岔氣而不得不要我暫停一下。

「誒，你真的很搞笑耶，學長！好啦、好啦，將來我就管他們去死好了。」

綉沂好不容易止住了笑，在我說完後，下了這句總結。接著在兩個人微笑相視沉默了十秒鐘之後，綉沂忽然轉了個很溫柔的眼神輕聲地說：「學長，真的很謝謝你，如果不是你，這一切不會進展得這麼順利，也不會有漢雄這樣的怪人來幫我。」

在我一下子還想不出什麼適當的話語來應對這突如其來的溫柔甜馨時，綉沂又迅即轉換了個慧黠的眼神說：「學長，當初如果不是你剛好在這裡碰到我，而是經過輾轉聽說才知道我回國了，那，你會主動來找我嗎？我說的『主動』就是那種，在我都沒有跟你連絡的狀況之下，你自己想到說一定要來找我的那種主動喔！」

「嗯，應該會，吧；就，如果，剛好來這邊口試的話，就，會上來看看妳那樣，吧。」

我稍微避開綉沂刻意直視著我的眼神，學漢雄擺出一副往右上方斜睨的沉思模樣，假裝這是一個經過仔細評估之後的答案。

「蛤啊，不是特地喔！」綉沂故意以噘嘴的唇形冒出的嬌嗔，拉長了語調說著，完全脫離了那個精明幹練的林P，又回到當年整天跟在我旁邊東問西問的小妹妹的樣態。

「當然是『特地』呦，而且是一種比較自然的特地。不是說一定要先打個電話或寫個e-mail給妳說『喔，好久不見了耶，我要來找妳了喔』那樣才叫特地，因為那很怪啊！兩個人十幾年沒聯絡了，忽然間打個電話過來，說，啊，妳好不好啊，我要來看妳了，那，這通常不是要來借錢的就是選舉要到了，不是嗎？依我的台灣經驗，通常就是這樣。所以啊，有個很自然的理由說『啊哈，剛好我來這邊口試學生，所以就順便過來看看妳一下』這樣子就很自然了。表面上看起來很自然，但其實我已經想很久了，甚至連口試這件事情有可能也是我主動要求朋友安排的。所以，如果是這樣，妳說，算不算『特地』？」

「好吧，算你會說，好『特地』喔！」綉沂瞇了一個不算滿意但還能接受的笑眼，把那個「喔」拉了個很長又很嬌縱的尾音，但接下來，又是兩個人相視不語的沉默。我看著綉沂原本為了維持笑臉而緊抿的嘴角肌肉漸漸地放鬆，雖然仍看得出笑意，不過已經漸漸形變成落寞的意象。

臉上化了些淡妝的綉沂，今天穿的是粉杏略紅的百褶連身裙；V領裸露的肌膚處繫了一條環頸項鍊，上面的單鑽吊墜優雅地綴躺在她迷人的鎖骨中央。在週六的上午，她通常是以這樣非工作樣態的裝扮來到實驗室陪我，大部分時間她會坐在落地玻璃隔間的小辦公室裡，邊忙邊看著在實驗室裡忙碌的我，也讓我邊忙邊看著在辦公室裡忙碌的她。

週六上午的實驗室，除了我們兩個人以外，幾乎不會有其他人過來；即便有人週末要加班，也大都是下午才會出現。因此，週六上午的實驗室，就是我們兩個可以名正言順獨處的地方；形式上是個開放空間，但實質上，是屬於我們的私密場所。也因此，我們越來越珍惜這樣相聚的機會，兩個人在週六上午到達實驗室的時間，不約而同地從上午十點鐘、九點鐘一直提早到現在的八點鐘。

此刻互相沉默的兩個人，互相靠近的距離已經到了稍一插腰手肘便會碰到對方的程度；在這樣的距離看著她的眼，同時也可以感覺到她長呼出來的氣流，柔弱如絲地溜滑過我的手臂。

「學長，你為什麼要這麼努力的幫我啊？」綉沂的聲音很輕，輕得像羽毛在空中漂浮。

「因為我在幫我自己啊！如果不好好利用妳這邊的龐大資源，我在那個鄉下學校就算待到退休，也弄不出一篇能刊在C這本神級期刊的論文啊。說起來，是妳幫了我大忙才對，怎麼會是我幫妳？」

「但你真的是幫了我太多了啊！我是說，如果只是為了發表，你可以不用做這麼多的，但是你卻比我還拼命地幫我做了超多的事情，那些可能我自己來的話，需要花到三年、四年甚至更久才辦得到的事情，而你卻在短短不到兩年的時間內就都幫我建立起來。我真的，真的不知道我為什麼這麼幸運能再遇到你，然後遇到的是一個完全只為我著想的你。」

綉沂有點自言自語似的聲音多了一點點重量，剛好讓羽毛盪落在手上，停也不停地於掌心中漂浮打轉。

「還是為了我自己啊！妳想想，現在是C這本，如果幾個月後出現的是Nature或Science，那麼我鐵定就可以離開那個鄉下學校，重新回到京城落腳；或者，就可以到這裡跟妳當個真正的同事也說不定。所以，幫妳就是幫我，反正我沒結婚，時間都是我自己的，不利用這個時候多拚一些的話，要等到什麼時候才又有這種好機會。」

「那，學長，如果說，我現在還沒有結婚的話，你會追我嗎？」綉沂略微低下頭，避開我一直注視著她的目光，語調認真且緩慢地說出了這句話，像是緊緊握住了那根漂浮的羽毛。

「嗯……」我停頓了一下，深吸了一口氣，眼睛順著她低下頭的方向望過去，剛好瞥見在她鎖骨中央肌膚上的鑽石吊墜，在燈光下耀得晶瑩剔透。

「這是個好問題。嗯，我，我覺得，嗯，我想，應該是這樣說：不是兩個半填滿的軌域碰在一起就一定會攜手成為共用一對電子的共價鍵；有『會』的本質，但不一定遇得上

『會』的條件。嗯，如果，啊，如果妳現在還沒有結婚的話，我應該就是一個半滿軌域裡的電子，而妳是另一個半滿軌域裡的電子，然後我們現在碰在一起了，但能不能形成共價鍵混在同一個軌域裡，那就，那就不是，不一定是，我們能夠決定的。」

「但我問的不是本質、不是能不能，而是，你會不會『決定』追我？」綉沂抬起頭重新凝望著我，眼睛裡水汪汪地晶瑩，比頸上的鑽石還剔透。

「妳現在是極性分子裡的原子，我是只能在妳外面遊蕩的帶正電離子，我們都已經無法『決定』什麼了。」

我伸出右手的食指輕輕沾走滑到她嘴邊的淚，於滴下之前塗在我的唇，當作是一個吻。

第五章

隨著研究的進展越推越接近成敗的關鍵時刻，我那個焦慮到需要不斷重複查驗動作的心理煎熬就越嚴重，最近甚至還幻化衍生出不同型態的焦慮。

我發覺這幾天只要身體的任何地方與外界有預期以外的擦碰，例如走進教室的時候，手指頭不經意地碰到門框邊緣，即便是極其輕微的，仍然會在我的腦袋中激起強烈的受害意識，迫使我得不斷地確認沒有任何像是病毒培養液或是溴化乙錠這個致癌物沾黏到那根手指頭。就算我在理智上完全清楚，這間教室的門框上絕對不會有病毒的培養液或是溴化乙錠沾附在上面，但是那個強烈的受害意識，仍然會繼續迫使我不斷端詳那根手指頭。

即便反覆確認了在手指皮膚上的任何地方都沒有沾附到可疑的東西，但是那種害怕沾黏到有害物質的恐懼仍然不會消失，除非，又發生了另一次預期以外的擦碰，把受害的恐懼轉移到那個新擦碰到的地方，如此，對於這根手指頭的恐懼才會消失。

雖然舊型態的恐懼以及新型態的恐懼至目前為止還在我可以忍受的範圍之內，也還不至於干擾到我的工作與生活的腳步。但是隨著研究工作的內容越來越複雜、工作量越來越大、實驗室內的人際衝突又越來越頻繁的時候，偏偏我那個鄉下學校最近也被通知了要準備教育部的評鑑，一下子又多了許多無中生有的文書作業。在這樣的多重壓力之下，我自己是否還有足夠的意志力去壓制住那些莫名的恐懼，讓自己能夠繼續維持理智與夠高的工作效率，好應付這些紛至沓來的考驗與雜務？說真的，我是越來越沒有信心了。

如果仔細爬梳最近的生活與工作，我想，會讓我「病情」加重的原因，主要應該還是來自於實驗室一些意料外的突發狀況吧！

之前為了讓雙聯病毒所攜帶的螢光蛋白基因，能夠選擇性的在迴路中的不同神經細胞內逐一表現出來，以方便鑑別迴路中的各種突觸之連結型態，所以漢雄採用了電刺激和 c-fos 耦合作為病毒載體沿途卸貨的方法。但這一次針對的是巴金森症的治療，我們的策略是在每個神經細胞都要一次性的全部卸貨，讓病毒載體所攜帶的六個和多巴胺製造與代謝相關的基因，在所經過的每個神經細胞中，都能夠全部的表現出來。因此用來刺激卸貨的方法就不能沿用之前的經驗，而必須要想出新點子。

這是整個研究成敗最關鍵的步驟。漢雄的建議是調整電刺激的參數，並且經由一些抑制鈣離子通道的開啟來延長 c-fos 耦合的持續時間，好誘導那六個外來基因都在同一個神經細胞裡面表現出來。也因此，曉韻和我幾乎是兩個星期不眠不休地想破腦袋、拼命試驗，終於設計並組裝出一套只需要利用細胞株，就可以先進行電刺激參數與抑制劑使用劑量的最佳化測試，如此，便可以增加在動物的成功率，好減少使用動物的數量，以節省大量動物實驗所耗費的時間。

在這個系統的研發過程中，需要大量感染了雙聯病毒的細胞作為材料，也需要對蛋白質的表現種類進行大量的鑑定工作，也因此，不只我和曉韻沒日沒夜地工作，包括其他學生和助理也幾乎都卯起來加班趕工。時間緊湊加上趕工壓力，因此許多該謹慎的安全環節就容易被忽略掉；好幾次我在一般物品用的水槽和垃圾桶內，就發現沒有經過高溫高壓消毒過的感染性廢棄物。

最嚴重的一次是我發現一個被打破的細胞培養皿，在上面居然還有細胞明顯沾附的狀況下，掉在無菌操作台邊的椅子底下卻沒有人去處理，直到我晚上進去細胞培養室之後才發現。隔天一早等大家都上工後，我不只對肇事的學生，也對其他視而不見的學生和助理們發了一頓很大的脾氣，最後還是綉沂出來打圓場，才把火爆的場面暫時壓制下去。

後來好不容易把參數測試系統建置完成，而且第一批動物實驗的結果也頗令人滿意。但是就在大家覺得終於可以鬆一口氣的時候，第二批老鼠的實驗卻完全失敗，在細胞株所獲得的參數不僅無法促成基因組的全部表現，連沿途卸貨的功能也打了大折扣。在實驗室的檢討會議中，漢雄覺得如果要再重新修改細胞株的篩選系統實在太花時間了，而且也不保證能夠成功，那在這個與時間賽跑的當下，既然都有點碰運氣的成分，要不要就乾脆直接以老鼠來對決？

雖然這是有可能在短時間內突圍的戰略，但是對於曉韻和我來說卻是個嚴重的打擊；特別是曉韻對此結果感覺到非常沮喪，畢竟這是我們熬盡心力想出來、試出來的方法。而且若是直接以鼠海戰術來測試，那就意味著我們的病毒生產量需要立即提高到現行的五倍以上，以配合大量動物實驗對於劑量的需求。那麼，以目前實驗室的人力來說，我跟曉韻也得被迫加入這個例行生產行列，跟助理與研究生們做同樣的例行性工作。

這其實對我、對曉韻來說都是很不公平的。在那次實驗室的檢討會議中，對於漢雄所提出來的這個建議，我算是強烈反對；至少在言詞與表現出來的態度上，我是強烈反對的。雖然我在心裡有那麼點覺得漢雄說得也很有道理，也覺得照他說的那樣去做未嘗不是個更快的方法，但是看到坐在我對面的曉韻那種極度受委屈，卻又礙於對漢雄的敬畏而不敢多所堅持的痛苦表情，很自然地，就激起了我非得為她仗義執言不可的豪氣。

只是這豪氣遇到古怪的漢雄，卻有點像打到棉花裡的直拳。

「在回答應緯對於測試系統選擇的問題之前，我想先說一下我以前的天兵史。1990年我考上碩士班之後，就到了S研究院做實驗。那時候我老闆給了我很豐厚的助學金，也給了我很充足的資源和自由，允許我買東買西的做各種嘗試；那種嘗試，以我現在當老闆的眼光看來，那真是敗家子的行徑。但是我老闆對我則是，實驗成功加以鼓勵、實驗失敗也加以鼓勵；所以我現在的脾氣跟我老闆比起來實在是太差了，常常罵人，這不對，這點我將來會改。後來在碩一升碩二的暑假，有一天我忽然覺得每天都跑電泳實在是很無趣，就跑去跟我老闆說，我不做分生了，想換個可以做做整隻動物的實驗室。」

說到這裡，漢雄忽然望著右上角的虛空處乾笑了一聲，像是對著當年的那個陳天兵發出他的嘲笑。

「我老闆跟我聊完後，笑了笑沒多評論什麼。他要我先去找找其他實驗室，如果有感到興趣的，就去試試，然後那個月仍然給我豐厚的助學金。後來我就到之後唸博士班的老闆這邊，跟新老闆說，我想用整隻老鼠做做與記憶學習有關的題目。新老闆說，好，雖然他研究的重點不是記憶跟學習，不過可以讓我從神經解剖的角度去試試看。結果兩個星期之後，我覺得做切片染色的實驗，好像也沒有比跑電泳更接近生命，想想，還是回去原來的老闆那邊好了，感覺比較有可能在兩年內畢業。所以我就跟新老闆說我不幹了，想再回去舊老闆那邊繼續做完。新老闆跟我聊過之後，也是笑了笑沒多評論什麼，就要我先去找舊老闆談談，如果舊老闆同意的話，就回去繼續，然後那個月仍然給我豐厚的助學金。所以我就又跑回去跟舊老闆說我要回來，老闆仍然一貫微笑地聽我講完，就答應我回來繼續。之後的一年，一樣有豐厚的助學金，一樣沒有進度壓力的讓我東試西試。」

漢雄頓了一下，又乾笑了一聲，不過不是對著右上角的虛空處，而是對著坐在他旁邊的曉韻。

「以我現在看來，那年的我真是天兵白目加三八；現在我自己當了老闆，還是覺得那樣的際遇很不可思議。這麼多年來，我一直在揣摩，當年我的兩個老闆心裡到底在想什麼？那時候的他們都還是剛回國任教沒多久的年輕人，比現在的我還菜，大概就跟綉沂現在差不多菜；然後實驗室也都還沒有什麼規模，也不過就幾個碩士生可用，完全就是慘澹經營的時期。那他們為什麼可以容許一個天兵這樣來去自如？後來我漸漸發覺他們都有個類似的信念，那就是，自然太複雜了，強求也沒有用；常常所謂的發現，都不在意料之內，所以隨緣，也可以是一種積極。」

漢雄轉頭過來看著我，算是換了張比較誠懇的面容說：「所以我現在也是在隨緣，既然前個緣份沒有那麼剛好，然後又剛好想到這個，那就試試看；或許新的緣份弄一下之後也不太對，這時再回過頭去看看舊的那個，說不定就會看到以前沒有發現的問題。不過，這還是得看老闆的意思，畢竟錢都是綉沂出的，還是得老闆來做決定。」

漢雄稍微偏了點視線的方向，看看坐在我旁邊的綉沂說了最後那一句；同一時間，包括曉韻，我們也都望向綉沂。

綉沂沒有立即答話，抿著嘴一直望向她眼前的那杯咖啡，像是期待著液面下等等會不會浮出什麼答案似地望著。

「那就照漢雄的建議吧。病毒的製備工作，也算我一份；大家分工一下，應該還是辦得到的。」

在長長的深呼吸之後，綉沂環顧了一下大家，說出她的決定。曉韻的表情雖然沒有剛才那麼痛苦，不過還是很落寞地低著頭，讓人很不捨地想現在就過去摟著她，拍拍她的肩，安慰她。

不過我暫時沒辦法這樣做。會議結束之後，漢雄留住曉韻要跟她再談談一些實驗上的細節；看著曉韻雖然無精打采卻又得要強作鎮定地應對漢雄，實在讓人益發不捨。若是平常的話，我一定會馬上靠過去加入他們的討論，以防這位陳天兵又說了什麼白目加三八的話傷到曉韻。不過在我準備起身的時候，綉沂拍拍我的肩膀跟我說：「一起去吃個飯，我有事要跟你討論。」

雖然才十一點，不過綉沂執意現在就過去，我只好依依地望了曉韻一眼之後便跟著綉沂離開。綉沂挑了個離研究院較遠的市區餐廳，由我開車載她過去；一路上她先扼要地跟我說了一些等等要討論的事情。

「我覺得實驗室現在的工作節奏有點亂掉了，特別是幾個小朋友都感到壓力很大，情緒波動也很明顯，連曉韻也是。昨天純菲和巧悅這兩個小女生一個上午、一個下午，都跑來跟我訴苦；巧悅還說她去看了身心科的門診，結果醫生說她可能已經是強迫症了，還開了些藥給她。所以，我在想，我們是不是應該稍微調整一下近期的工作目標，不要把大家都逼得那麼緊。因此我剛剛在會議上才會先答應漢雄的提議，想說這樣也好，先讓分生細胞這邊的人稍微鬆口氣。如果你也同意，我也想說下午再跟漢雄好好談談，實驗不用那麼趕，不要讓他也壓力爆表。」

「漢雄那傢伙妳倒不用擔心，他說有辦法就是有辦法，他沒辦法的話妳逼他他也不會甩妳。倒是跟他說不要那麼拼也好，不然分生細胞這邊的壓力還是會很大，因為那麼大量的病毒體不僅要生產、每一批的品質也都要控管檢查，那也是很操的事情。」我降下車窗伸手按了停車場的入口按鈕，等入口處的欄柵升起，將車子滑進餐廳的停車場之後，接著問：「純菲和巧悅這兩個小女生有說她們為什麼壓力很大嗎？」

「應該是你害的吧！」綉沂邊說邊開了車門下車，等我也下了車，兩個人並肩走進餐廳的時候，她繼續說：「她們說你對病毒培養的程序要求得很嚴格，把這些病毒體說得好像隨時會從各種方向鑽入她們的腦袋似的，害她們隨時隨地都很害怕不小心沾到或吸到病毒。像那次培養皿掉在椅子下的事情，她們說不是沒看見，而是不知道如何、也不敢去處理，可是又害怕你知道了以後會飆人，所以大家就只好裝傻。」

「飆人？媽的，我跟以前我們老闆比起來，和藹可親多了好不好！」我實在是很不服氣，提高了點音量說：「要是以前我們老闆，這些人都要捲鋪蓋走路了。」

「欸，小聲點！我就知道你會跳起來，所以才不要選在研究院附近的餐廳，免得被熟人聽到。」綉沂用力拍了我一下肩膀，邊說邊瞪著我。

「還有啊，老師對我們很好，才不像你說的那樣。你怎麼可以這樣詆毀我們老師啊，學長！」在進入餐廳的門口之前，綉沂又補了一句，還特地把「學長」兩個字加重語調地拉長尾音。

「啊，妳在老闆實驗室才不過待兩年，哪像我跟在他身邊這麼天長地久的了解他。老闆是標準的重女輕男，只要是女生，就當成掌上明珠來呵護。哼，妳自己說嘛，妳在那邊兩年，不用加班、不用做放射線、也不用帶實驗課，然後我們這幾個男生就該一直操一直操，他都沒在客氣的。妳啊，是身在福中的千金大小姐，哪裡能體會我們這些臭男生兼苦力求生存的卑微與艱辛。」

「哪有，學長！欸，我那時候報帳，看到老師給你們幾個博士班男生的錢都很多好不好！我那時候是專任助理耶，薪水都還沒有你們的多欸！你們多做一點也是應該的啊！」

「欸，綉沂小妹妹，要不要算算工時再除一除，認真算一算，論時薪，我拿的可能還沒有妳的一半喔！」

「這有什麼好比的！你是學生欸，離開的時候有博士學位，啊我只是個助理，離開的時候只有一張離職證明。那有你們好，是你身在福中不知福好不好！」

「好啦好啦，總之，老闆就是重男輕女，啊不，重女輕男；這是事實，不用爭辯。」

「齁，學長，你很那個耶！你再說，下週老師生日，我要回去跟老師告狀！」

雖然還不到打情罵俏的程度，但是我們兩人之間所擁有的這些共同回憶，而且回憶的都是美好的共同，可以讓兩個人在許多尷尬或爭執擴大之前，適時地把我跟她都拉回到平和的狀態。

不過從用餐時綉沂所敘述純菲和巧悅這兩個小女生的詳細狀況，我心中隱隱有些不安。基本上她們兩個人所焦慮與恐懼的內容，以及為了去除焦慮與恐懼而作的行為樣態，本質上都與我差不多。或許只是因為我比較耐得住壓力，所以還不需要向外求援，獨力忍受至今而沒有外露顯現出來。

「妳剛說幾個小朋友都壓力大到情緒明顯波動，連曉韻也是。曉韻也有找妳說這些嗎？還是妳從哪些地方看出的蛛絲馬跡？」

「曉韻的狀況比較特別。她最近是有跟我提到她父親的狀況越來越嚴重，她母親一個人已經有點招架不住了；而最近的實驗常常趕工到很晚才回家，所以她都覺得很對不起她母親，工作起來也不太能夠專心。我是建議她看要不要找個外籍看護來幫忙，她是說她已經託仲介了，正在找。我想如果找到了，多一個人進來幫她，她的狀況應該就會好一些。」

服務生端了一道炸蔬菜的天婦羅上桌，打斷了綉沂說話。我將蘿蔔泥拌入醬油內，夾起一塊炸青椒邊沾邊輕聲地說「先吃吧」，於是綉沂也跟著將蘿蔔泥拌入自己的醬油碟中，但是沒有動筷子夾菜。

「我看得出來曉韻很急，她很希望在短時間內就能夠有多一點的論文發表，最好還有專利。她是說，她在新竹 Th 大和 Ct 大的同學跟她說，明年這兩個學校的生科相關系所都會開缺。她覺得如果能夠應徵得上，對她來說是最適合不過了。所以她很希望在明年之前多發表幾篇論文，前天她還問我說，關於 TSC 蛋白能夠改變腺病毒的感染能力這件事情，可不可以獨立出來交給她來撰寫？我是跟她說，我個人沒有問題，但 TSC 的東西你跟漢雄都有相當實質的參與，所以得徵詢過你們兩位的意見之後再說。」

「我也沒有問題，漢雄那傢伙應該更沒有問題。連要投 Nature、Science 這種等級的期刊他都只要第三就好，那這種頂多到 V 這本的東西，他大概會說不用，都不用，算我送給大家好了。」

綉沂趁我說話的時候夾了塊炸茄子沾醬吃，所以沒有立即回我的話，只是帶著微笑稍稍抬頭看了我一眼，很嫵媚地。在跟她短暫對望的時候我才發現，她今天也戴了條項鍊，但不是她常戴的那條吊墜是單鑽的項鍊，垂依在她頸胸上的是一顆蜜黃色的貓眼石，金亮的眼線如麗莎般的微笑貫穿圓滑的弧面中央，讓戴著它的主人，也閃耀著如貓般的神秘。

「很好看，很漂亮，很適合妳。」

「蛤，什麼？」綉沂邊嚼邊不解地問。我用手指了指自己的脖子，她馬上意會過來，先給了我一個迷人的微笑，等到完全吞下那塊茄子之後，她才燦笑開來說：「我老公送的，他說他最近又加薪了，不敢亂花，所以就先存在我脖子上囉。」

「妳戴起來真得很高雅啊，款款動人呢！怎麼妳把它形容的像一串新台幣似的俗氣。」綉沂還是以笑臉看著我，不過那笑容已不若剛剛那麼燦爛。敏感如我，馬上就察覺到這很細微的心情切換。

「怎麼了？好好好，不是新台幣，是歐元。」雖然我知道這忽然來的陰霾不是新台幣或歐元的幣值，但也只能先以這樣的小玩笑過場，讓她自己說出她忽然襲來的情緒是什麼。

「不是啦，學長。是前天我老公問我說，我有沒有可能考慮轉換工作到台南去，就找個台南的學校或者是研究機構什麼的。他說他們公司在徵詢他的意思，想派他到台南科學園區去負責建廠事務；如果他答應的話，不管是職位或是薪水，都算是三級跳的升遷，而且去那邊是獨當一面的官，機會很難得。」

我點點頭表示了解，但一下子不曉得是要出聲贊成或反對，便只好再夾一塊炸蕃薯片遞入口中以爭取些緩衝的時間。

「我是跟我老公說，我來這邊快要兩年了，好不容易在大家的幫忙之下，實驗室終於進入了穩定運作的階段。如果現在又說要走，先不管自己兩年來的心血是不是就都白費了，光是對不起這段期間這麼多大力幫忙我的人，就叫我不知道要如何開口。何況以這兩年我在台灣所看到的，要找到比這個研究院更好的研究環境大概也很難，對不對？更不用說台南對我來講，是個完全人生地不熟的地方！對嘛，學長，如果我到台南去，你應該就不會跑那麼遠來幫我了嘛，對吧？」

「台南是有點遠啦，不過……如果……若是妳需要的話，我還是會去啦！」

「就算你肯來，我還是不敢請你啦，那真得很遠耶！」綉沂帶著滿意而嬌縱的眼神邊笑邊睨了我一眼，也順手夾起一塊炸蕃薯片，才剛要沾醬，卻又停下筷子在空中懸了一下，就直接把它放到面前的盤子裡，說：「其實，就算他去台南，大概跟現在也不會差多少；我是說，我跟他之間的關係與家庭生活。」

「喔？」我大概知道她想說的是什麼，但還是得裝出有點好奇的樣子問：「為什麼？」

「就你也知道的啊，他很忙，比我還要忙很多。常常我們一天能夠真正坐下來講講話的時間不會超過二十分鐘；即便在一起坐下來了，講不到兩句話，不是他睡著了就是我睡著了。有時候我也很懷疑說，我們兩個人這樣子結婚為的是什麼啊？感覺上，結婚前兩個人每天講的話還更多一些。所以我想啊，那他去台南而我留在這邊的話，這樣子可能也不錯，搞不好到那時候我們講電話的時間可能比現在面對面講的還要久。」

綉沂再度伸出筷子碰了盤子上的那塊炸蕃薯片，但是並沒有立即夾起它，只是在盤子上把它翻一翻面，像是在確認表面那些酥脆的麵衣是否完全涵蓋了整塊蕃薯片。

「學長，我問你喔，但是你可以不用回答，如果你不想回答的話。我是想問說，你為什麼到現在還沒有結婚啊？啊你現在真的連女朋友都沒有嗎？」

「沒有，真的沒有。但這是為什麼呢？真是個好問題！大概就，一開始算是被實驗室耽誤了吧，妳看，老闆就把我們一直操一直操，啊就整天關在實驗室裡面，怎麼交。然後，到了這個鄉下學校，接下來就算是被這個鄉下學校耽誤了吧，啊就地方小，沒什麼對象好交往的，也不敢搞師生戀，大概是這樣子吧，就遇不到，就耽誤了那樣。但是，這樣說又好像是在推卸責任，畢竟實驗室那麼多人都結婚了，鄉下學校裡的教職員也大都是結了婚的，而且也都不是師生戀；喔，漢雄也沒結婚，不過那不算，嚴格算起來，他也是結婚了，只是老婆出家了而已。所以，我想還是我自己的問題吧，可能就沒什麼『應該』要成家的念頭，那，自己不積極，拖一拖，就拖到四十多了。」

綉沂沒有立即答話，只是若有所思地夾起那塊翻來翻去很多次的炸蕃薯片，在醬碟裡反覆地沾呀沾地，直到有些麵衣剝落漂在醬油上了，她才把蕃薯片送入口中，很細很細地嚼。

我看著她，看著那顆蜜黃色貓眼石中央如麗莎般的微笑隨著她的咀嚼起伏閃耀；不說話，就這樣靜靜地，看著她。

「學長，如果說，曉韻她喜歡你的話，你會接受嗎？」我的蒙娜麗莎忽然看著我的眼，認真地問了這句話。

「我說，綉沂小妹妹，不是，妳現在應該是林P上身，請問您是要改行開婚姻介紹所了嗎？之前漢雄不行，現在把腦筋動到我這邊來了？」

「不是啦，學長，你不要鬧了，我是說真的啦。其實曉韻人很好，也長得不錯啊，年紀跟你也不算差很多，還好啦，就七歲而已。那，大家也都相處一段不算短的時間了，我是想說，如果你不排斥結婚，我覺得曉韻是個很不錯的對象啊。而且我也覺得，曉韻對你的印象應該很好才對，像最近的篩選系統，我就覺得你們其實搭配的很好，合作的很有默契。所以，你要不要考慮一下？」

「親愛的綉沂小妹妹，我想妳也了解，結婚不是件容易的事情。兩個對的人碰在一起，不一定就能結婚；兩個對的人碰在一起，也不一定得要結婚；還有天時地利人和這些因素需要考慮，不是嗎？是啦，曉韻很好，的確她也對我不錯，但這不代表我們就可以談談結婚這件事情啊。其實妳應該自私一點想才對，妳想要撮合我們，萬一不成功呢？那不是很尷尬嗎，到時候不是她離開就是我離開，不然，整天碰面多尷尬啊。所以啊，妳應該要自私一點，現在很好啊，大家彼此都有那麼一點點好感，但都有那麼一點點距離，所以彼此都有那麼一點點吸引力，但又不會因為太靠近而變成排斥力，這樣才是工作上最容易搭配的夥伴，不是嗎？」

「我哪有辦法自私！你們又不是一輩子都會待在我這邊，也許明年曉韻就會去 Th 大或 Ct 大，啊你這樣長途來來去去是又能撐多久？搞不好這個雙聯病毒的研究告一段落之後你就不會來了，至少，不會那麼常來了，不是嗎？」我的蒙娜麗莎低著頭，很緩慢又輕聲地說了這段話；很輕，輕到一個字、一個字接連在水杯裡的綠茶液面踩踏跳過都激不起一絲漣漪。

我能伸出手去握握她的手或是摸摸她的臉頰嗎？在什麼承諾都無法做出的此時，我還能怎麼安慰她呢？

「好，沒事，不要想那麼多，先解決眼前的問題最重要！學長，就麻煩你去跟漢雄商量商量，調整出一個剛剛好的進度規劃，既不要太緊也不要太鬆，反正就是要兼顧發表時間跟小朋友們能夠承受的壓力範圍；就找個平衡點啦，吼！這很難說啦，所以我也不知道要怎麼跟漢雄說啦。所以學長你就去幫我跟他說，好不好啦？反正你就全權代表我啦，你們兩個當學長的一起喬一喬就好了，我們這些當學妹、當學生的就都照辦，好不好啦？學長！」

說話的不是憂鬱的蒙娜麗莎，也不是精明幹練的林P，而是我那個喜歡整天東問西問的綉沂小妹妹。

所以當天下午兩點回到實驗室之後，我就把漢雄拉到會議室談談調整進度的事情。在我說明來意之後，漢雄便擺出一副未卜先知的樣子，以他慣有的似笑非笑之表情說：「我剛剛坐在這裡跟曉韻討論的，也是這件事情。」

漢雄端起他的卡布其諾小嚐了一口，繼續以他似笑非笑的表情說：「昨天雯郁跟我說，她覺得做病毒那邊的人好像都快要爆炸了。前幾天她還陪巧悅去醫院看身心科，醫生說可能是壓力太大了，所以暫時有些強迫症的徵兆。她也覺得純菲可能也出問題了，只是她跟純菲的交情沒那麼好，所以不太知道實際的狀況。因此從昨天我就在想，得想個法子來踩點剎車。說真的，到現在我還是對這個加掛車廂的病毒列車感到怪怪的，即便現在的實驗結果都顯示可能沒有比原有病毒增加什麼危險性，但那畢竟都只是在老鼠身上的實驗結果而已。」

漢雄放下他的卡布其諾，換了一個比較正經的面孔繼續說：「安全還是第一，欲速則不達，小學課本都有寫。所以速度的確該放慢一點，大家壓力小一點，安全程序多注意一點，反正又不是在做什麼拯救地球的工作，也跟今年度的國內生產總額沒什麼關係，那麼拼命幹嘛？所以我剛剛跟曉韻在精算接下來要使用的病毒量，我要分階段，小量小量的精緻化處理；我不想用快速篩選那一套概念，又不是什麼大藥廠，幹嘛一定要玩快速篩選這種浪費物資的遊戲。所以我跟曉韻說，我的需求量就是，妳們火力全開之後的最大產量之一半，我就用這樣的病毒供應量來規劃要做的實驗。」

「曉韻怎麼說？」

「怎麼說？她的第一反應當然是問說這樣會不會太慢了，怎麼說。我能理解她對於論文發表的焦慮感，她是說她想要明年去申請看看Th大或Ct大，所以在今年她一定得要有夠好、夠多的論文發表才行。我說，妳今年已經有一篇C大期刊第一作者的論文刊出來了，而且是純台灣製的；在台灣，那已經夠屌了，至少打趴九成現職的教授，很厲害了。結果她馬上回說，但是我同學他們回來台灣找工作的時候，有好幾個身上都背了兩篇以上的Nature或Science，即便是這樣的份量，也不一定能保證，那，我才一篇C而已，而且只是共同第一作者，在份量上是絕對不夠的。哈，她就這樣說。來，該篇論文的共同第一作者請先發表一下你的意見。」

漢雄又回到他那似笑非笑的表情，很賊地看著我，好像等著我乖乖把贓物交出來認罪那樣地賊。

「幹！在C、N、S這三本內有名字在上面就已經很厲害了好不好，何況還是第一作者！共不共同那不會有問題的啦，這我來跟她說。」

雖然嘴巴上為了抗拒漢雄的賊樣我得如此講，但其實心虛得很。共不共同對已經有教職的人來說是沒差多少，大家都心知肚明那是怎麼一回事：本來就很厲害的人，分給別人共同，大家還是覺得你很厲害；本來就不太厲害的人，跟別人掛共同，大家還是會覺得你不太厲害。但是對於要靠這個找工作的年輕人來說就有差，因為那是你個人武功高不高強的證明，證明你是釘孤枝打來的江山或只是靠打群架才贏的。

雖然作者怎麼排名常常脫離真正的分工事實，但沒辦法，外人就只能以這僅有的序列來判斷。

「媽的，你還嘴硬。當初就跟你說過這些論文是這些年輕人的命根子，她們得靠這個才能站穩腳步。我們都已經到了副教授，排名這種事情就看開點，反正我們是來幫忙的，真的產出的量夠多了，要沾光再來沾光，初期的這幾篇就盡量給這些年輕人去用。幹，你就是不聽！媽的，你第一天在台灣混啊，找教職，去我們那種鄉下學校是沒問題啦，但她要的是四大天王的學校，共不共同不會有問題，最好是！」

「我是照規矩來的啊！那篇論文的工作，我就真的貢獻了夠份量當共同第一作者的東西啊！而且當初綉沂原本是要把第一的位置給我，曉韻當共同第一，是我堅持換過來，把第一的位置給曉韻，我當共同第一就好。欸，我也是有考慮到年輕人的需要好不好！」雖然想極力辯駁，不過說得很心虛。

但是，事實上我根本不用感到心虛才對！照學術界的規矩，我一點錯都沒有，甚至還多了一點謙讓與提攜後進的美德。不過面對漢雄的質問，我就是無法理直氣壯起來。

「對啦，照規矩。我不是說你在律法上有錯，也不是說你在學術倫理上有錯，我只是想問你，你來這邊做實驗的目的是什麼？一年多來你幾乎把這裡當成是自己的地方在拼命，為的又是什麼？你自己說，看你是要以李教授應緯的身份，還是應緯學長的身份，或是應緯的身份來說？啊你不要跟我裝傻喔，曉韻叫我都是叫陳老師，但叫你都是叫應緯喔，你不要裝傻喔。」

「幹！」然後我就接不下去了。漢雄這個惱人的傢伙的確問了我一直不想回答的問題，甚至，連想都不想去想的問題。

是啊，我究竟是為了什麼而來的？

「幹！那你說，這半年多來你也同樣拼命，也拼到都住在這裡了，那你又是為了什麼？論文要給你掛大位你也不要，要你追曉韻你也不要，那你來幹嘛？難道你喜歡綉沂？還是雯郁？」實在是受不了漢雄這傢伙越來越賊的眼光一直盯著我，好像我已經把皮扒下來了他還是覺得我的肉裡面藏有偷來的金塊，因此只好以其人之問反問其人。

「這裡是會議室，我不想在這裡跟你大小聲，馬的，我還想要有點老師的形象，不要破壞我的氣質。不過李同學應緯我可以跟你講，我為什麼要來，還很拼命的來，那是因為我覺得這樣子很爽。『爽』你知道吧，就是『很爽』的那個『爽』。我是來享受『幹，原來我會的東西還可以這樣用』，也是來享受『幹，這東西就這樣弄就好了嘛』的感覺，你懂了嗎？我更是來享受『哇！陳老師您好厲害喔，我都沒有想到』的這種感覺，很爽，幹，你懂嗎？

我升到副教授之後我就想通了，他馬的不要再去幻想是不是還有什麼機會可以離開那個鄉下學校，除了辭職以外。倒過來想，鄉下有什麼不好，空氣好、風景好、物價便宜，而且全台灣國立大學的教授薪水都一個價，馬的，算一算物價水準，你在鄉下的大學教書實質上薪資所得還比在四大天王的大學高咧。

所以我就想通了，做研究為的是什麼？如果我的研究拯救不了地球、拯救不了世人，也提高不了國內生產總額，那我做研究幹嘛？那就回到那個『爽』的初衷嘛！你說孟德爾在那邊算豌豆幹嘛？我就不相信他在那邊算豌豆的時候，心裡想的是拯救地球、拯救世人或是提高國內生產總額。好玩嘛、有趣嘛、爽嘛，就只有我知道原來老天是這樣子設計我們這些芸芸眾生的，光這個『我知道』就很爽嘛！

幹，在鄉下學校升教授哪需要 CNS，時間到了，一些有的沒有的 data 收一收寫個幾篇不上不下的就升了嘛，就鄉下學校嘛，這樣就很厲害了啊！在鄉下學校有什麼不好？我管他 CNS 去死，用不到嘛，那我幹嘛跟年輕人爭？幹，最好他們都到四大天王的學校去、到這個研究院來，不要到我們那個鄉下學校去。他們不來，那最好，都沒人來跟我比，這樣我還可以嘲笑學校裡那些混得更久、更兇的人說他們都不做研究。

所以，我為什麼要來，為什麼這麼拼命來？我沒有拼命啊，我只是時間多！我沒老婆、沒小孩、不用照顧爸媽、不用養家，馬的，我就是時間多。待在鄉下也是做實驗、待在這邊也是做實驗，馬的，在這邊做實驗還不用花我自己的錢咧，住這裡的宿舍也不用錢，都綉沂付，那我為什麼不來？在這裡每天還有很厲害的人可以討論、很認真的助理、學生可以使喚，那我為什麼不來？我來，划算的很，我為什麼不來？

幹！李同學應緯，你他馬的問題就是什麼都想要、什麼都放不下；你來這邊本來是要來幫助你學妹、你的學生還有你……的女性朋友，結果你看看、你自己捫心自問一下，現在是什麼樣子？馬的，變成是你學妹在幫你、你的學生在幫你、你的紅粉知己在幫你！幹，你是誰啊？如果是學長，就要有個學長的樣子，不要一臉懷念舊情人的鳥樣；是老師，就要有老師的樣子，學生兩年到了該畢業就讓人家畢業；想當人家男朋友，就乾脆一點明說明做，不要搞得人家替你顧慮東顧慮西的。馬的，幹，要不是當初我到鄉下去的時候你還蠻照顧我的，不然我才懶得跟你說這些。」

接下來，會議室安靜了一分鐘，沒聽過他說這麼多聲「幹」和「馬的」的漢雄，在丟給我一個嘲諷我連當賊也不配的奚落笑臉之後，就逕自開門出去了。

留下一個什麼都想要、什麼都放不下的我，杵在椅子上。

第六章

「老鼠腦袋裡的視丘，這個位置我從博士班開始做，做了十幾年了，從來沒聽過這種頻率的訊號。不只這隻，昨天有一隻也是。您聽聽看，這一連串的放電應該不是雜訊吧？就這個，這一坨聽起來就是視丘標準的叢集爆裂式放電，對吧？」

「的確是，這不是雜訊。這老鼠有做過哪些處理嗎？基因轉殖、打藥、打病毒，或是電刺激、行為訓練那些的？」

「沒有，就只是埋電極，等三天恢復後才要開始進行病毒注射。今天是第二天，沒想到出現這種訊號；之前一天，也就是手術後的例行監測，沒出現過這種型態的頻率。昨天那隻也是這樣，之前一天沒有，第二天開始異常。」

「所以是這個系列實驗的第幾隻？」

「第四隻，上週跟上上週已經完成兩隻了，都正常，就是以前經驗中的那種亂碼式的無節奏或是某種單調形式的節奏。沒想到這星期的兩隻都這樣，昨天那隻我記了一個小時，是這樣，今天這隻到現在也快一個小時了，也是這樣。」

「都是 Wistar 這個品系？」

「是的，都是十週齡的公鼠。」

「剛給的麻醉藥是？」

「巴比妥鹽，標準劑量，每公斤五十毫克。」

「所以昨天那隻也是這樣八個通道都記得到訊雜比這麼好的訊號，然後有次序的輪流放電，沒有任何兩個通道有同時放電的現象？」

「對！」

「你是用四根一束的四聯電極，兩束並排的那種嗎？」

「對，兩束的高低差兩百微米。」

「那真的怪了！」

「說真的，我心裡有點毛毛的。怎麼想，這種構型的半手工電極不管在什麼腦區都不可能取得這樣的訊號；更何況，不同的老鼠，就算定位再怎麼精準，照理說，都不可能會有一樣的結果，更何況是這麼離譜乾淨的結果。」

「但是這些訊號用看的、用聽的都是真的訊號，應該沒問題。」

「對，我也覺得這的確是真的神經電訊號。」

「馬的，這也太神奇了，難道是老天要送你一篇 Nature ？」

「最好是，我沒那麼貪心，希望不要出什麼麻煩就好了。」

國歆沒有回應漢雄憂心忡忡的回答，而是逕自沿著訊號的接線仔細的檢查了一遍，確認所有線路、開關、按鈕都在該在的位置，才又回到漢雄的身邊站著，一起盯著電腦螢幕內的波形起伏、聽著音頻顯示器響著的聲音，兩個師兄弟一起蹙眉苦思。國歆與漢雄是博士班的同門師兄弟，國歆大漢雄三屆，畢業後到美國做了三年博士後研究，然後順利地回到台灣的T大任教，最近也當上了系主任。漢雄許多功夫都是跟他這位學長學的，今天漢雄特地情商他過來綉沂這邊，看看這兩天遇到的奇怪問題，幫忙想想看有無合理的解釋。

「昨天那隻還活著吧？把那隻再拿上來測一次看看？」

漢雄點點頭，叫筱美把昨天的老鼠按照程序接上所有裝置。即便是在清醒的狀況下，一接通，八個通道的訊號仍然出現一樣有次序的輪流放電節奏，而且雜訊低到幾乎為零；幾近零缺點的訊號紀錄，完美到讓人頭皮發麻！

「真是見鬼了！」國歆在聽了兩分鐘的訊號之後，眉頭越鎖越深地嘀咕了一句，又問說：「行為上有觀察到什麼異常嗎？」

「沒有，我這兩天非正式的觀察都沒有，吃東西、喝水、走路都正常，也沒有看到用前肢抹臉的次數增加。」漢雄轉過頭去看著筱美，問了一句：「對吧？妳看到的？」筱美很用力地點了一下頭，說：「嗯！」

「怎麼辦？老大，您有什麼建議？」漢雄回過頭問國歆，以罕見的不安表情。

「先做個對照測試吧，看看會不會是這套紀錄設備系統性的問題？」

「應該不是設備系統的問題。今天早上我才剛剛利用這套設備和同款的電極，做了一個急性實驗的神經紀錄，結果都很正常，沒有像這類的異樣。」

「這樣啊，那就真的怪了。好吧，這兩隻等等直接灌流，過兩天切片看看紀錄點再說。不要電燒，用普魯士藍染就好，我們要看看那邊的神經細胞形態，必要時得染些其他的東西。」國歆揉了揉眉頭，想了一下，接著說：「等等灌流完，電極小心拔，那些電極我帶回去找人用電顯檢查看看。」

等到漢雄親自把兩隻老鼠灌流、取腦、拔電極都做完之後，時間也將近五點了。這次漢雄邀請國歆前來並沒有事先告知綉沂，還是剛好我跟綉沂臨時有事想要找漢雄談談，兩個人一進動物室才發現來了個長輩級的客人。本來綉沂想要留國歆吃個飯再回去，不過國歆說還得趕回去接小孩，所以也就不勉強他了。等漢雄送國歆離開之後，我們才有機會問漢雄到底出現了什麼問題，居然讓一向恃才傲物的陳大生理學家也不得不搬救兵解圍。

「呵，這可能很難在短時間內就解釋清楚，這已經牽扯到電生理很技術性的東西了。不過問題的形式大概可以用這樣的比喻來說，就是，假如妳跑到一間剛好是下課時間的國小教室內，可以想像嘛，一定很吵，聲音此起彼落的。那妳就站在講台上，兩隻手各拿一台錄音機錄個五分鐘，五分鐘後大概可以猜到說，這兩台錄到的聲音大致上會差不多，就都是鬧哄哄地那樣。但是細節上可能會有一些差別，假設左手邊剛好有個小男生講話大聲一點，所以左邊這一台他的聲音就錄得清楚些；右手邊剛好有個小女生尖叫一聲，所以右手邊這台對這聲尖叫也會錄得清楚些。但是如果把兩台錄到的聲音都播放出來，基本上都是鬧哄哄的大同小異，左手邊這台其實也會錄到小女生的尖叫，右手邊這台也會錄到小男生的大聲講話，差別只在清晰的程度而已。

那我們今天遇到很怪的是，明明兩台錄音機都很正常，但是都沒有錄到鬧哄哄的吵雜聲。而且左邊這台有錄到聲音的時候，右邊這台就都錄不到；當右邊錄到聲音的時候，左邊這台就錄不到。該錄到的，全部都沒有錄到，大概就是類似這樣的情況。」

漢雄對著綉沂說完後，先交代一下筱美準備明天做實驗要用的東西，然後要我和綉沂一起跟他到會議室談談。

「會不會是錄音機位置的問題？就是，剛剛好左邊那台就放在小男生嘴巴旁邊，而右邊那台也貼近小女生的嘴巴，甚至他們兩個人的臉頰根本就貼住錄音機的收音口，所以其他鬧哄哄的聲音都收不到，只能錄到他們的聲音？」綉沂邊走邊急著問，雖然從她所問的問題聽起來，她還是很難理解到底出了什麼問題。

這是很正常的，雖然我們三個人都是生物學科班出身的，但我跟綉沂做的主題都是細胞層級以下的分子生物學研究，而漢雄不僅是做整隻動物的，而且是完整動物腦袋裡面的電生理。也因此，如果討論的是原理、原則方面的東西，大家的知識背景或許都還能跟得上，但如果是比較專門的技術層面討論，就常常力不從心了。這也是綉沂在雙聯病毒的動物應用研究上越來越仰賴漢雄的原因，而漢雄也的確沒有讓綉沂失望。

比如說，漢雄雖然嘴巴上講說不要搞快速篩選那一套，但是骨子裡他還是順應了綉沂和曉韻對於速度的要求，盡量減少實驗停滯所帶給她們的焦慮與壓力。

因此漢雄決定以電生理的方法，偵測神經元在病毒感染前後的活性變化作為指標；有變化的，就直接切片做免疫染色，確認基因殖入的數量與表現的狀況。也就是說，先不管這些基因對巴金森症是否能夠發揮療效，而是先確認哪一種刺激表現的方法，能夠讓殖入的基因在同一個神經細胞內都做出該有的蛋白質酶，並同時檢查殖入的酶是否能夠影響神經細胞迴路的活性狀況。

基本上，可以說是我跟曉韻原先設計的那套篩選系統之升級版，把細胞株升級到使用整隻動物。不過執行這個升級版所花費的時間與功夫遠高於我們的初級版，但還是比直接在動物行為上拼輸贏要來得穩紮穩打一些；至少，不論成敗，完整動物的電生理數據都有發表的價值。

「嗯，妳說的是種可能。」漢雄點點頭「不過另一個奇怪的地方是：就以前錄音的經驗，小男生、小女生都是自己想叫就叫，所以有時候同步出聲、有時候不同步；反正就是沒有約好，隨自己高興什麼時候叫就叫。結果今天錄音機一放上去，這兩個人居然像是說好了一樣，輪流叫。」

「那，會不會是之前錄音機擺的方式，讓兩位小朋友貼近錄音機的姿態剛好是臉朝著相反的方向，所以看不到彼此；而今天擺的方式，剛好讓他們可以看得到彼此，所以就可以用眼神、手勢啊什麼的互相溝通什麼時候叫了？」說完，進了會議室，綉沂拉了最靠近門邊的椅子坐下來。漢雄拉了一張較遠的椅子到綉沂旁邊，自己沒坐下，而是示意我坐到綉沂旁邊，他老兄則繞到環型桌的另一邊，面對著我們兩個坐下；感覺上，就好像我們在口試學生那樣。

不過漢雄坐下後並沒有立即回答，而是用左手掌托著下巴，不語，然後左手的食指不斷摩擦著上唇的鬍渣。他糾結的眉頭宛如綉沂剛剛的假設切中了某個他從未想過的問題核心，但是從他有些渙散的眼神看起來，卻又像是為了不知道該怎麼回應這個完全狀況外的假設而苦惱著。

「呀，這想法有趣！雖然我暫時想不出在電極擠壓下的神經細胞，它們的實體結構要怎麼對應到這樣的想法，不過直覺上，這或許是個可以解釋得通的方向。」漢雄的左手掌沒有離開他的下巴，只是停止了摩擦鬍渣的動作，一雙眼睛直直地看著綉沂；眼神不若剛剛那麼地渙散，像是各自悠遊的眾多小羊忽然被醒過來的牧羊犬驅趕成聚合隊形那般地集中起來。

「說起來似乎也有可能！如果兩顆本來只隔著一點點距離的神經細胞，被兩根電極推擠成貼緊的狀態，那對它們的放電性質會產生什麼樣的影響就很難說了，就什麼都有可能。」漢雄的眼神變得像是所有的羊都集中在一個點那樣地專注，只不過視角變成了俯視。

他看著眼前桌面上的木紋，從面對著綉沂說話的姿態切換成自言自語似地喃喃低語，右手指還重複而緩慢地規律在桌面上敲著。

「不過，八個通道的兩兩之間有可能全部都這麼巧嗎？」這應該是個問句，不是自言自語，因為漢雄邊說邊把頭上揚到對準我們的角度。

「會不會碰到的不是明蝦，而是焗烤起司？」綉沂忽然冒出這樣一句話。

「蛤，什麼？」我與漢雄幾乎是同時冒出同樣的問句。

「就是啊，剛剛問說會不會是那個電極把細胞推擠成貼緊的狀態，然後又問說八根會不會都這麼巧的問題。我剛剛在想啊，會不會根本就不是那些細胞被推擠的問題，而是被什麼東西蓋住的問題。就像昨天我們去吃飯的時候，我點了道焗烤明蝦，如果掀開了那片焗烤起司，其實明蝦的肉和殼是有些分開的；但是在掀開之前，我用叉子在起司上碰碰的時候，雖然肉在動、殼也在動，但是實際上只有焗烤起司被叉子碰到而已。」換成綉沂望著右上角的虛空處兀自說著話；沒想到，漢雄不止語言有說服力，連說話的姿勢都會傳染。

「這是有可能的。一根電極刺到老鼠的腦袋裡面跟一把刀刺到身體裡面都一樣，對身體來說都是傷害。所以身體的那些防護機制，像是凝血啦、發炎啦、免疫用的細胞之類的，都會跑到這些被破壞的地方工作，做些像修補傷口或是攻擊入侵的電極、細菌、病毒什麼的措施。以前就有許多報告說，電極在腦袋裡面如果放久了，腦袋中那些跟免疫、修護相關的細胞和分泌物，就會把這些電極包起來，讓它跟神經細胞的組織分開。這樣子就等於電極被絕緣了，導不了電，也就沒有訊號了。」

漢雄刷著鬍渣的左手指忽然往桌面上用力地敲了一下，繼續說：「所以電生理就有用一種叫做微推進器的裝置，讓埋在老鼠腦袋內的電極平常維持一定的位置不動，但是當時間久了，電極被包住而導電不佳的時候，這套裝置能夠讓電極在腦袋內再往前推進一點點，刺破那層包住它的東西，這樣就可以再重新導電了。」

「不過，那在腦袋中的焗烤起司會是什麼材料做的？什麼樣的東西可以在腦袋中存在、隔開電極和神經細胞，然後還能夠導電？而且以剛剛看到的訊號波形這麼大來說，訊號應該很強，如果真有這樣的物質隔在中間的話，那得是導電性很高的金屬物質才行！但是，這怎麼可能？就算可能，那些金屬的材料又要從何而來？我記得你們用的電極是用不鏽鋼做的嘛，醫療等級的嘛，那就正常來說，這類型的鋼材等級不可能在腦袋裡被電解；即便會，如果真解離出足以形成隔開電極和細胞之間的量，那麼細胞應該早就被大量的金屬離子毒死了，不可能還會有如此活躍的訊號，不是嗎？」

之前在鄉下，我見過幾次漢雄做的電生理實驗，算還有些概念，問出來的問題應該會比綉沂到位吧！

「訊號波形大，不一定代表強度強。因為訊號波形大，有兩個可能原因，一個是訊號真的變強而雜訊不變；另一個是訊號強度沒有增加，只是雜訊變得很小。其實就是訊號跟雜訊之間的強度比例而已。」

漢雄停了一下，回到俯視桌面的視角，換成自言自語似地喃喃：「我昨天檢查過第一隻異常老鼠的訊號強度。記錄到的動作電位強度比以往的經驗值高出十倍左右，而基礎雜訊雖然比以往低一些，但還是維持以前六成左右的強度。也就是說，應該不是記錄的機器設備出了問題，而比較像是電極的紀錄端非常非常地靠近神經細胞，致使訊號變得很大；同時也因為這樣的接近，減少了電極周邊較遠的神經細胞所發出的雜訊傳入的空間。但如果是這樣，問題就變成是電極這麼靠近神經細胞，為什麼沒有傷害到神經細胞？至少那隻在昨天和今天的記錄比起來，相隔一天所記錄到的訊號，它們的強度和波形特徵都相當一致，這顯示神經細胞至少在過了一天之後仍然是健康的。」

頓了兩三秒，漢雄才又無奈地說：「就先放著吧！現在資料就只有這麼多，得等切片染色、電極的電子顯微鏡照片都出爐後再來判斷。」

一說完，漢雄忽然振作起語氣，坐得挺挺的，以很嚴肅的眼神直視著我們說：「雖然到底是什麼原因，得等這些資料出來才能釐清，但我現在最擔心的是，如果跟我們產出的雙聯病毒有關，那怎麼辦？」

「可是有問題的這兩隻都還沒有打病毒啊！」我隨即脫口而出，很直覺地說。

「這就是我擔心的地方：如果沒有打病毒，但是那些異狀卻跟病毒有關，這就可怕了！」漢雄罕見地長嘆了一口氣。

「所以你是覺得這次的雙聯病毒有注射以外的感染途徑？」綉沂也凝起一臉嚴肅的問。

「是的，我是在擔心這個。這兩隻都是手術之前才剛從動物中心領出來的老鼠，不管是外觀或是手術時的狀況，這兩隻應該都是健康的老鼠，在手術前就有奇怪病變的可能性非常低。手術後老鼠就放在動物行為室的隔間中飼養，前一天的訊號都正常，然後第二天就開始出現問題。顯然，問題如果不是出在手術後的感染，就是我們在動物行為室的飼養空間或飼養方式有問題；而且這個問題是鑽入老鼠腦袋內的問題，如果不是手術時經由電極帶入的感染，不管是沾到、吸入或是吃進去的感染，那問題就都大了！」

漢雄停頓了一下，再度深深地嘆了口氣之後，繼續說：「兩位，不管切片和電顯的結果如何，我們必須重新檢視一下所有實驗的流程，包括病毒的製造、包裝、運送、儲存，以及手術的過程、術後飼養的過程和動物屍體的處理，我們需要完整的再檢討一次，確保不會有任何步驟出現可能的安全漏洞。還有，環境也要先清一清。」

「當然，希望最後的結果不是因為病毒的關係。」漢雄補完這句，整個人又從挺立的坐姿回到斜倚椅背的懶姿。

「好，我等等就通知大家，明天一早九點先到會議室來開個會，確認分工，然後明天整天就來個大掃除、大消毒、大安檢。」綉沂一聽漢雄說完，隨即明快地做了決定；漢雄聽到綉沂這樣說，也贊同地點點頭，然後就站起來準備離開。

「等等、等等！好，明天又不是除夕，也不是評鑑，忽然間要大掃除、大消毒加大安檢，那請問我們要用什麼理由跟小朋友們說：啊，明天要清潔消毒加安檢喔！」我看看漢雄又看看綉沂，在他們準備回話之前就搶著繼續說：「病毒嗎？跟小朋友們說，啊，我們做的病毒體可能有注射以外的感染途徑喔，目前有兩隻老鼠疑似感染了，所以我們要來個大掃除、大消毒、大安檢！是這樣子嗎？如果是這樣子，你們猜，明天九點一散會之後會變成什麼樣子？小朋友們會乖乖手套戴著就去掃嗎？我看跑光了還比較快！」

綉沂想要答話，我伸個手勢先制止她，說：「等等，妳先聽我講完。好，即便小朋友們勉強留下來掃，妳猜，隔壁實驗室會怎麼想？難道他們不會覺得奇怪然後就跑來問小朋友們說『欸，你們為什麼忽然要掃地啊？』那妳要小朋友們怎麼說？喔，說『啊就我們家的病毒會傳染啊，所以要消毒啊！』那接下來呢？接下來我看所長馬上就過來了，然後馬上就啟動研究院的生物實驗安全委員會的調查，再然後，妳接下來的實驗就都不用做了！」

漢雄在我說話的時候一度看起來像要開口，不過隨即又退回去坐下來，臉色凝重地直瞪著我；一直到我說完之後，他還是一樣凝重地瞪著我，不說話。綉沂也是一樣沉默而凝重地坐著，憂煩全寫在她看著我的眼神上。

「我的建議是，地還是要掃、毒還是要消、安還是要檢，只是不要用這種大張旗鼓的方式，改用小規模的、局部的、細緻一點的低調作法。就是，看我們哪一個要當壞人，這兩天在實驗室到處東走走、西走走，然後東挑剔西挑剔的；那其他兩個人就當白臉，先安撫一下大家之後，就借托說『啊，大家幫忙一下，不要讓我難做人』，然後就實質督促大家改善。這樣，大概花個三天的時間，便可以分批完成全部的清掃、消毒與安檢的作業。而且，有個說得過去的理由，別人也不會想太多。」

我特別瞄了一下漢雄，他老兄仍然鐵著一張臉，繼續以那罕見的凝重眼神直直瞪著我，像是要隨時抓出我的說詞裡是不是有什麼可以拿來反擊的漏洞。

「當然，像是一些平常就該注意的安全規範，不用黑臉白臉，這些本來就可以嚴格要求的，我們就立即嚴格要求。就這樣，不要引起恐慌，也不要自找麻煩，反正現在到底原因是什麼還不知道，如果在目前這種混沌的階段就把自己給毀了，將來才發現並不是病毒闖的禍，那麼，我們豈不是太冤枉了。」為了補強我的論點，接著我又補上這段話。

空氣在三個人都無語的情況下凝結了一分鐘，我正忖度著要再換哪種修辭來說服眼前這兩個還在掙扎中的頭兒時，忽然冒出個宏亮豪氣的聲音：「好吧，我來當那個黑臉，反正平常就夠黑，比較自然。」漢雄很乾脆地攬下這個任務。

隨即，在今天第三度長嘆了一口氣之後，漢雄站起身來往門口走，邊說著：「我等等會再去拿一隻新的老鼠出來做實驗，在大掃除之前趁所有東西都還一樣的時候試試看，看會不會又出現同樣的結果。這隻我打算七十二小時不間斷監測，連同行為都攝影起來，盡可能收集相關的線索。」

「那就這樣，漢雄，謝謝你！」綉沂看著經過她身旁的漢雄，以非常誠懇與感動的眼神，很真心地說了這句話。

漢雄走出門之後，綉沂忽然小小地「啊」了一聲，轉過頭來問我說：「學長，要不要告訴曉韻剛剛的事情？就是秘密安檢這件事。」

「不用了，她最近夠煩了，就不要再增加她的心理負擔。而且她知道了也沒用，基本上她不是**PI**，學生助理都當她是同輩，扮不了黑臉，也當不了白臉。」

四天前曉韻的父親在家裡摔倒，造成髖部骨折，現在人還在醫院裡面，所以她這幾天忙得快瘋掉了，一天有好幾次騎著機車在醫院和實驗室之間來回跑。我和綉沂都要她先專心在醫院照顧父親，實驗室這邊的工作暫停一下沒關係，但是曉韻堅持說有些實驗她要自己來比較放心，而且她也不想在團隊趕工、每個人都忙碌的情況下，把自己的工作丟給別人去處理。

也因為這樣的心力交瘁，很讓人掛心她是否承受得了這麼大的負擔；而由於這幾天掛心著她的負擔，也讓這掛心成了加諸在我身上的負擔。

像昨天晚上六點多，曉韻忙完一個實驗之後，便匆匆忙忙騎上機車趕去醫院。因為今天的夜間看護無法前來，人力仲介公司也臨時調派不出人手，所以她得接手今晚的陪病任務，讓她媽媽能夠早點回家休息。結果我在細胞培養室忙完之後回到實驗室，經過她的座位旁邊，便發現她有一個旅行背包塞在桌子底下沒有帶走。由於上午我見到她背這個背包進來的時候還問了她怎麼多一袋，她說是因為晚上得待在醫院，所以上班前就順便把一些晚上用的衣物也帶出來，省得傍晚還得多跑一趟。當下我立即撥了電話給她，她一聽才發覺自己忘了東西，但是她那時已經在醫院了，而媽媽也已經回家了。當她還在猶豫怎麼辦的時候，我就說我直接送過去給她；而在她還來不及推辭之前，我便掛了電話，拿起車鑰匙出發了。途中經過一家頗負盛名的麵包店，我還停下來跑進去搜刮了幾個麵包和兩塊小蛋糕。

「不好意思，謝謝你，還麻煩你幫我送過來。」曉韻開了門之後見到我，連忙向我道謝。我微微笑，把右手拎著的整袋麵包、蛋糕也遞給她，她驚喜地「啊」了一聲接過去，用很感動的聲音再說了一次「謝謝！」

「晚餐沒吃的話當晚餐，吃過晚餐就當宵夜。夜班照顧病人很累，營養補給很重要。」

「你這是熱量補給，不是營養補給。」曉韻打開裝著麵包、蛋糕的塑膠袋看了裡面一眼，笑著說。隨後把袋子先擱在桌上，並以手勢示意我到沙發上坐，同時補了一句：「不過我喜歡。」

曉韻的父親住的是單人病房，病人才剛睡著。曉韻拉來一把椅子與我隔桌對坐著，並順手拿起一個麵包就吃了；她說本來想等我拿東西過來之後再到樓下超商買晚餐，沒想到我連晚餐都幫她送來了。

「嘿，好感動喔，這些都是我喜歡吃的。」怕吵到病人，曉韻壓低音量地說。由於刻意壓低了音量，致使說話帶著平常所沒有的撒嬌味道。

「上次妳帶我去買過，我只是照妳買過的口味買而已。」我也壓低音量說。

「哇，你的記性真好，居然都記得！」曉韻盈盈地對我笑了一下，氣音中多了受寵的味道。

我回了她微笑，但沒有回話，只是靜靜地看著她吃；她也不迴避我的直望，在我的目光注視下仍然津津有味地吃著。

「啊！對齁，你應該也還沒有吃晚餐才對，我都忘了！來，你也拿一個。」曉韻把麵包袋推向我這邊，我沒有推辭，直接伸手進去拿了一個，也跟著吃起來。

就這樣兩個人靜靜地吃著麵包，沒說話，就各自默默地吃，偶爾看一下對方。雖然覺得應該邊吃邊聊些什麼，但是看著曉韻帶著疲憊的臉龐一口一口細細地咬著麵包，又讓人覺得不應該在此刻發聲去打擾她療癒自己的咀嚼節奏。

病人忽然挪動身體使得床鋪略為搖晃出聲響，打破了病房內的沉默。曉韻起身去看一下病人，她父親仍然在沉睡中，曉韻順便檢視了一下點滴的流速，才又回到座位旁。不過她沒有立即坐下來，而是把椅子拉到桌子的側邊，好更靠近我一些。從她的表情看起來，我猜她是想要跟我討論些不怎麼輕鬆的話題，因此我便稍微移動一下所坐的位置，從沙發的正中央往左側挪，空出較寬的右側空間，示意她坐到沙發上來。

曉韻點點頭，沒有任何猶豫地便坐下來，雖然手上還拿著一小截麵包，但在坐下後，她就立即說了：「今天早上有會診了神經外科的醫師，他是建議說，看我們要不要考慮腦部深層電刺激的方法。因為我爸目前吃藥的效果越來越差，異動症的副作用也越來越明顯，所以可能要考慮外科治療的處理方式了。我今天有看了一些這個電刺激方法的文獻，好像是個可行的治療方式，但是在台灣這還是個引進沒幾年的新技術，總覺得有不小的風險在，你覺得呢？」

「腦部深層電刺激啊，應該就是DBS，Deep Brain Stimulation，是吧？」我偏著頭問了一下曉韻，她點點頭。

「這個我有聽漢雄說過。去年他跟我提過說，他博士班的老闆要找他一起寫個 DBS 應用的整合型計畫，他問我有沒有興趣，如果有，或許就可以把一些分子生物學的機轉探討放進去。那時候他有向我詳細解釋什麼是 DBS，不過他們想做的不是巴金森症，而是神經痛的治療，但治療的原理應該差不多吧，我猜。我的印象是，殖入的電極品質是個問題，包括這根電極的大小、通電點的分佈，還有電極的材質與腦部組織是否能夠相容；然後，電刺激的頻率、強度設定也是個大問題。也就是說，一開始需要一段時間的觀察適應期，也要克服可能的感染和長期使用的調整問題。不過對於藥物治療已經失效的病人來說，這的確是個可以考慮的方法。」

我再度偏過頭去望著曉韻，下個結論說：「不過細節要如何評估，妳可以問問漢雄。說到電生理，他才是專家，而且那個計畫應該有過，所以他應該有持續追蹤這方面的文獻才對。」

我們兩個人算是並肩坐著，所以曉韻也是偏著頭注視著我，致使她及肩的黑髮有大半因為頭的偏側而從右邊的肩膀流瀉垂瀑，更加映照出她唇色的紅。在我話說完的那瞬間，我有種想要吻上她唇的衝動。

「先吃把！」我把手上還剩四分之一塊的麵包全部塞入嘴巴內，以防堵我真的把唇貼印過去。即便我真的要吻她，也不應該是在這個病房內，在她父親旁邊。

曉韻也跟著將手中剩下的那一小塊麵包送入口中咀嚼。在各自的嘴巴內都忙於切割攪拌食物的動作時，兩個人又陷入暫時的沉默，但這次是肩併著肩，靠得很近，兩對眼睛一起望著垂吊在病人床頭的點滴瓶，看著不斷生成的液滴，以響在心裡的滴答，一顆一顆地落下。

「好，我會再找時間問問陳老師的意見。」曉韻吞下麵包後，望向我說了這句。大概是看到我的嘴巴裡還有未吞完的麵包而無法立即回話，她笑了笑，起身走到小冰箱前，從裡面拿出兩瓶綠茶飲料之後再走回來，遞了一瓶給我，也依舊在我身旁坐下。兩個人各自旋開瓶蓋、喝了一口、又旋緊蓋子、接著前傾身體、將瓶子放到桌上。所有的動作幾乎同時，像是心裡一起默念一、二、三、四，二、二、三、四那樣的律動口令所做出的一致動作。

我們也幾乎同時發現了彼此的一致，所以兩個人又同時笑了出來。

在彼此又都沉默了五秒鐘之後，曉韻忽然大大地吸進了一口氣，然後又大大地將氣呼出，接著以沮喪式的癱軟坐姿將整個人放鬆地擱在沙發上。我看著她放鬆癱軟的樣子，那是種對身旁的人已經沒有任何戒心與顧忌的坐法，於是，我也跟著讓自己以同樣放鬆癱軟的姿態擱在沙發上。

我想，任何人看到以這樣放鬆癱軟的姿態並肩緊鄰而坐的男女，正常的判斷應該都是：這兩個人如果不是情侶，就是兄妹。

「不過我猜，如果妳問了漢雄，大概也得不到什麼斬釘截鐵的答案。」我懶懶地、小聲地說。

「為什麼？」曉韻也懶懶地、小聲地問。

「就是說，剛剛提到的那些電極品質或是刺激條件，都還不是最決定性的關鍵。照那時候漢雄跟我說的神經痛的例子，他說最關鍵的問題還是在於電極到底要電哪個地方、能不能電得到最關鍵的地方。他是說，現在對於腦袋功能的想法，以前那種『某些專責的神經細胞對應某些專門的事件』之想法已經越來越退流行了。漸漸要取而代之的是『某一大群，而且很可能是到處分散的一大群神經細胞，以不同的整體展現方式，對應不同的專門事件』這樣的新想法。

他那時候打的比喻是，就像一個交響樂團，裡面有各式各樣的樂器。一首曲子當然可以只指定由裡面的薩克斯風來獨奏，也可以讓整個樂團一起協奏這首曲子，不過在獨奏跟協奏的時候，薩克斯風的吹奏內容一定會有所不同。而且一個交響樂團可以演奏快樂的曲子，也可以演奏悲傷的曲子；快樂與悲傷，都是同一個樂團所演出，差別只在於裡面每個樂器於兩種樂曲的演奏過程中，有著不一樣的表現內容而已。所以，那時候漢雄是說，他所參與的那個計畫，與其說是要找到神經痛的止痛方法，倒不如說是要找到：腦袋怎麼讓神經痛起來。」

「巴金森症的 DBS 也會這麼麻煩嗎？」曉韻還是懶懶地、小聲地問。

「應該會好一點吧，畢竟臨床都在用了，而且也引進台灣了。我想，如果沒有用，或是說，沒那麼有用的話，應該就不會引進來了吧。畢竟，醫療還是一個市場，如果進口的東西在市場上用了沒效，搞到沒人要買、沒人要用的話，那麼幹嘛進口？所以我猜，DBS 對巴金森症可能不止好一點，而是會好很多點才對。」

「你說的也有道理。那除了巴金森症，還有陳老師他們在做的神經痛以外，還有什麼病可以用電來電電腦袋就能夠解決的啊？」曉韻的聲音越來越懶、越來越小聲，好像快睡著了。

「這我就不知道了，得要問漢雄才知道。妳再順便問問他好了。」我學起曉韻越來越懶的語調、跟她一樣小聲地回她。

「我覺得，我也好想插根電極到我的腦袋裡面，把那些不斷出現的恐怖想法電散掉。」曉韻忽然恨恨地講。雖然小聲，但聽得出咬牙切齒；是真的很氣的那種咬牙切齒，不是開玩笑的那種。

而在接下來的三十分鐘內，曉韻開始抱怨起從上個月開始，她就常常被一些明明看起來是無關緊要的小事，甚至連小事都說不上的日常雞毛蒜皮，搞到快瘋掉。她說那些小事與連小事都不算的雞毛蒜皮只要一發生，就會在她心裡面不斷地被放大、放大、放大到像是某些恐怖的事情即將要爆發的前兆。更惱人的是，這些在她想像中即將要發生的恐怖事情，通常會自動地被設定成不是將要發生在她身上，而是被導向成即將發生在她最親近、最在意的人身上。以致於除了得焦慮那些恐怖的事情是否真的會發生之外，她還被焦慮逼迫到需要不斷找各種藉口聯絡這些最親近、最在意的人，好確認他們目前是否安然無恙。

「儘管在理智上我完全清楚這樣的無限放大是絕對沒有意義的，而且是根本不需要去理會的事情，但我就是沒有辦法、沒辦法去抵擋心裡面那些不斷冒出來的恐怖念頭。我一方面很怕我親愛的人因為我想的這些恐怖事情而受到傷害，但是我也很害怕如果不斷地去聯絡他們，那麼這種不斷確認的舉動一定會變成一種無理取鬧的騷擾，讓他們覺得我是不是瘋了，然後就會一直擔心我。這樣的話，可能恐怖的事情沒有發生，但是那樣的我，就變成破壞他們平靜生活的恐怖事件。我真得好怕，好怕哪一天我終於控制不了我自己，然後我就變成所有人害怕的恐怖！」

「我好累！」曉韻最後下了這句結語，接著，滾了一滴眼淚下來，沾濕了我伸過去摟緊她的手。

第七章

「就姑且先稱它為動作電位。它們的放電頻率大概就落在八赫茲、二赫茲與零點三赫茲這三個頻區，而且是以串組的方式輪番出現；先是八、接著二、再來就是零點三赫茲，各出現十個串組輪過一輪之後，就又重新回到八赫茲的樣態再來一輪。兩隻老鼠都是。」漢雄指著電腦螢幕上那些經由小波轉換得到的時頻域分析圖，邊說邊輕微地點點頭；但不是對著我們，而像是虛空中有什麼人正在跟他對話那樣。

「實在很怪，真的假的！」在停頓了幾秒鐘之後，漢雄冒出了這個疑問式的驚嘆句，然後轉頭對我們說：「不過，機器的問題還是不能排除。我覺得，機器出問題應該還是最有可能的原因，或許只是我們不夠細心沒有發現而已。」漢雄用腳勾了張椅子過來，也以手勢示意我再就近抓張椅子來，讓綉沂跟我都能一起坐下來談。

「我就有過這樣的經驗。去年我有個學弟想試試看能不能記錄到蝦子的心電圖，因為心跳是一個很即時性的訊號嘛，或許可以用來作為養殖時的監測指標什麼的。那蝦子這種甲殼類動物只有一個心室，沒有心房，所以牠們心電圖的樣態跟人的、老鼠的不一樣。我就幫他設計了一款電極，專門給蝦子用的。才發現蝦子的心電圖不是只有一個像QRS的那種大波，而是至少有三個明顯的連續子波，還滿獨特的放電型態。結果有一次，學生正在做溫度變化與心電圖關係的實驗，發現心跳速率忽然出現了非常特殊的變化頻率，很規律的，以前沒看過的。當然一開始看到的第一個直覺一定是想說，啊，遇到雜訊了；不過當我仔細去看每個心電圖的波形，卻都是蝦子會有的類型。這下子本來以為挖到寶了，想說大概可以投個Nature、Science，結果後來把溫度一直升上去之後，那個波形都不變，這時候就覺得怪了；等升到了三十九度，蝦子就掛了，但是心電圖還是一個樣，這時候才知道一定是雜訊。結果左查右查才發現，原來是新買的一根水中電子溫度計搞的鬼。」

漢雄用力拍了一下自己的大腿，以有點誇張的惋惜表情說：「結果Nature、Science只夢了二十分鐘就幻滅了！天底下就是有這麼巧的事情，明明就是個交流電協頻的雜訊，但經過電子溫度計的迴路修飾，變成了絕佳的蝦子心電圖波形。沒想到我看電訊號看了十幾年，差點就被這根電子溫度計毀了一世英名。」

漢雄轉過頭去，看著縮在行為記錄箱內的邊角，眼睛正瞪著我們的老鼠說：「到現在已經是手術後連續第四十小時的記錄了，老鼠正常、訊號正常，所以機器也應該是正常的。依照前兩隻的經驗，接下來的十二個小時可能是轉變的關鍵時間點，所以我會在這裡一直盯著；如果有變化，我想要看到那個變化當下的樣子。」

「現在是下午三點，所以你要在這個動物行為室一直待到半夜三點？」綉沂有點驚訝地問。

「喔，一定會更久吧。如果這段時間都沒有變化，那就要繼續看下去；如果有變化，也要繼續看下去；反正，管它的，就跟它耗，難得遇上一個值得跟它耗的問題。」漢雄笑了笑，完全不當一回事地回答綉沂的驚訝。

「啊，對，明天應該就可以切片染色了，我想就直接用免疫染色，看看腦袋有沒有雙聯病毒存在比較重要；如果沒有，至少放心點，那些神奇的訊號再來慢慢想就可以了。另外國歆學長也託人幫電極照一下電子顯微鏡，他說明天就可以照好給我，所以，明天這件事情的威脅大不大，至少可以做個較明確的判斷。」漢雄用著沒什麼起伏的語調說著，彷彿現在做的只是些稀鬆平常的庶務而已。

「另外，我今天中午趁兩位外出吃飯時，有再去另外一間細胞培養室嘮叨了一陣子，學生跟助理的臉都被我唸得很臭，就麻煩兩位等等去當白臉；還有昨天主實驗室那邊我也罵了，一早又補罵了一次，也請兩位打鐵趁熱，嚴格督促整理進度，不要讓我一直黑到底。」

「漢雄謝謝你，真是不好意思，難為你了，改天一定得要好好請你吃一頓大餐才行。」綉沂以充滿真摯的感激眼神加上她最嬌柔的語調對漢雄的犧牲道謝，不過漢雄那傢伙只是冷冷地看著老鼠說：「大餐你們去吃，我只對小吃有興趣。」

漢雄這傢伙應該是有點故意，中午我和綉沂的確一起出去吃了頓飯，雖然說不上是大餐，不過就午餐的規格來說，算是不便宜的了。會挑這個價位的餐廳，純粹只是因為綉沂忽然跟我說她想要找個安靜點、比較能聊天、又可以吃些有療癒效果的餐點的地方，所以我就挑了這家價位比較高的餐廳。

在開車前往餐廳的途中，綉沂很低落地跟我說了她其實也不是真的要聊什麼，只是這陣子突發狀況的事情多，像是漢雄發現老鼠的怪訊號、曉韻的父親住院，以及純菲和巧悅這兩個小女生的身心狀況，都讓她覺得很不安，而這些事情也明顯拖慢了實驗室的工作進度。她還說昨天下午開所務會議的時候，所長還特別意有所指地說，因為所方把很多資源都灌注到她身上，希望她在今年底的所務評鑑以及明年度的經費申請上，「多加幫忙」。

到了餐廳之後，點完餐，綉沂又開始訴說起讓她更心煩的事，就是她先生決定接受公司的條件，轉換到台南科學園區去籌建新廠。為了這件事情，他們夫妻倆昨天還談到半夜三點多，兩個人討論最多、最久的，還是什麼時候生小孩這件事。

綉沂覺得她自己即將邁入四十歲了，如果再不生的話，又過個兩三年可能想生也生不出來；但是她先生覺得目前兩個人的事業都還處於剛起步的階段，如果有小孩，對現在的兩個人都會是超大的負擔。特別是綉沂決定不跟他一起轉換跑道到台南，這樣一南一北的分隔，如果真的加進來一個小孩的話，那小孩要如何照顧、誰照顧就是更無解的問題了。

「孩子的事情我們已經談了快一年，每次我都覺得非常挫折。學長，不怕跟你說，最近幾次我都很想偷偷把避孕藥停掉，先懷孕了再說，不然的話，再怎麼談都沒有用。」雖然明蝦蘆筍的前菜已經送上來了，綉沂還是很沮喪地講著，並沒有想要開動的意思，我也只好先靜靜地看著她，投以理解與安慰的眼神。

「最近事情這樣一件一件地折騰下來，我都覺得我好像也快要得到憂鬱症的樣子了。」綉沂說完，終於拿起叉子開動。才吃了根蘆筍，她又放下叉子，嘆了口氣說：「從上個星期開始，只要想到很煩的事情，我就覺得好像有什麼東西沾黏在我的背後似地，然後就會很想要去撥掉它；可是明明看鏡子就是沒有啊，而且我心裡也知道一定是沒有的，但是就很想去把它給撥掉。吼！我真的很討厭那種明明知道沒有，卻又不斷地想去撥掉它的感覺。我都覺得我大概也得跟巧悅一樣去看身心科門診了啦！」

「妳給自己的壓力太大了啦！不要把自己逼得那麼緊。先吃東西，吃完了有力氣再慢慢講；我是個大垃圾桶，妳愛怎麼倒就怎麼倒。」我在把蝦子送入嘴巴之前，以自認為是冬陽暖烘般的溫煦表情，說了這段安撫的話。

綉沂點點頭，雖然沒有展露什麼較為舒緩的表情，但總算又吃了一尾蝦子。不過在完全吞下之前，她又嘆了口氣說：「但我也會想說，我真的可以當個好媽媽嗎？其實，我也知道我老公講的不是沒有道理，我爸媽在美國，公公婆婆雖然在台灣，不過是住台北，而且身體都不太好，沒辦法幫我們帶小孩。所以找保姆是一定要的，那依照我們的工作狀況來說，可能還得找個全天候的保姆才行。這樣子的話，除非這個保姆能夠跟我們住在一起，不然我們就沒有辦法每天看到小孩；啊沒辦法每天看到小孩，不就等於只生了卻沒有養他？想想，就覺得這樣很不負責任。」

「有時候，這怎麼講？嗯，我覺得，也不是真的沒有辦法。像我一個同學，夫妻倆也都在上班，很忙，但是剛好他們住的那棟大樓就有個不錯的保姆，所以在接送上就很方便，就坐個電梯而已，而且時間上也很能配合；當然，費用也不便宜。不過我想錢對你們來說不是個問題，有時候，就是個機運，而機運，是在下決定之後才會浮現的。啊，就像愛因斯坦說的那樣，不是實驗數據擺在那邊我們就能拿來建立一套理論，而是我們得先有理論才能決定那些數據代表什麼，我們才能夠看得出那些數據的意義。」

說到這裡，忽然覺得這樣的歪樓還真是有點不倫不類，所以就給了自己一個自嘲式的笑，接著說：「哈，雖然類比得有些怪怪的，不過就是這樣。」說完，藉著將盤子裡僅剩的蘆筍連同醬汁一起快速掃空以緩解自己離題的尷尬，在那同時，仍不忘以眼神示意綉沂也再吃一些。

綉沂笑了笑，也學我用蘆筍刮集盤中的醬汁，然後將沾滿醬汁的蘆筍送入口中。在細細咀嚼的同時，說了：「嗯，好像也是這樣，我幾個有生小孩的同學也都是找到不錯的保姆才撐得下去。希望我將來也有那麼好的運氣。」

我點點頭，給了個贊同的笑容。不過綉沂顯然沒有因此就釋懷，馬上又回到那個煩鬱的表情，搭配著以叉子刮畫盤底的無意識動作，說：「有時候我也在想，到時候是不是就乾脆請個育嬰假好了，但是，又覺得那樣的話，我一定會很不甘心，一定會趕不上人家。」

「趕不上誰？那個『人家』是誰？其實，妳焦慮的也是我最近在想的問題。」

我頓了一下，讓服務生幫我們把盤子收走、將海鮮濃湯送上來。在用湯匙攪拌湯汁散熱的同時，我繼續說：「最近我曾經問過漢雄，問他說為什麼願意答應來妳這邊做實驗，而且還很拼命地來。結果他說『那是因為我覺得這樣子很爽』，他說他是來享受『陳老師您好厲害喔，我都沒有想到』的這種感覺。他還說，當他升到副教授之後就想通了，做研究為的是什麼？如果我們所做的研究拯救不了地球、拯救不了世人、也提高不了國內生產總額，那為什麼要做研究？」

我稍停了一下望著綉沂，然後在自嘲式地笑了笑之後喝了口湯；綉沂沒說話，但表情看起來略微鬆開一些，也跟著我舀了匙湯，慢慢地啐飲。

「漢雄說，他想通的是，就回到那個『爽』的初衷，回到那個『好玩嘛、有趣嘛、爽嘛，就只有我知道』的初衷。他說他哪有拼命，在妳這邊做實驗不用花他自己的錢，住這裡的宿舍也不用錢，然後每天有厲害的同儕可以討論、很認真的助理學生可以使喚，所以他覺得很划算。」

綉沂開始有了些笑容。我就順勢接著說：「所以『趕不上誰』這個『誰』應該得好好設定，是自己所裡面的同事、台灣的學界或是全世界的同行？像漢雄他就說，他覺得他在鄉下學校沒什麼不好，最好所有優秀的人都不屑到我們那個鄉下學校去；他們不來，那最好，都沒人去跟他比，這樣他還可以嘲笑學校裡那些混得更久、混得更兇的人說他們都不做研究。」

「還真有漢雄的風格啊！」綉沂雖然笑開地說，但表情中仍有那麼一點自憐。

「但是，我覺得，我沒有辦法像漢雄那麼瀟灑。」綉沂果然收起了笑容，回到落寞的神情說著。

「我也沒辦法。我們是儒家，他是道家，不同類啊！不過，還是有可以學學的地方啦，就像我來妳這邊，我自己的設定是先不求放眼世界，但拼拼看能不能在台灣獨占鰲頭，至少，佔個前百分之十的位置，不要每年都為計畫過不過而擔憂就好。反正就先看看能不能達到這樣，世界，就之後再說。」

忽然警覺到自己這樣講好像沒滅到火，反而是倒了一桶油下去，所以趕緊接著補充說：「但是經過漢雄那樣的道家啟發，我覺得，享受研究的過程還是應該擺在首位；就，有多少力氣做多少事情，不要太為難自己。其實，停下來想想，真的，我們已經有很不錯的成果了，可以說是站在台灣前百分之十的位置了，所以即便現在稍微放緩腳步鬆一口氣，我覺得也不會說馬上就落到後面去，沒那麼嚴重啦！應該還好啦！」

「但是育嬰假一請至少就一年，一年很長耶，不是一兩個星期那樣子放個假而已。」

「不一定要請育嬰假啊！不要說其他行業，就台灣的學術界，生小孩的女 PI 比比皆是，研究一樣做得很好的大有人在。就剛剛說的，機運，是在下決定之後才會浮現的，到時候總會有解決的辦法。更何況，妳這邊還有我幫妳看著，怕什麼？」

「你又不會一直在我這邊。」綉沂仍然是落寞而且沮喪的語調，右手拿著的湯匙不斷順時針地勻攪著湯，彷彿，湯裡沉有記載今後命運的籤語。「你總會有離開的一天，離開我」綉沂接著說出她在湯裡看到的啟示，神情中有認命的哀怨；那哀怨，一度讓我錯以為我看到的是那位說著「如果你要我留下來，我就留下來」的小女生。

「是不會一直，不過那個『一直』要在什麼時候結束，是妳決定而不是我決定的。」我放下湯匙，雖然是小聲慢慢地說，但語氣堅定而斬釘截鐵；而那樣的斬釘截鐵，連我自己都大吃一驚。

「吼！學長，你這樣會不會讓我太感動啊！吼，你這樣……」綉沂先是愣了一下，然後忽然嘟起嘴來，揚起一張感動中帶有淚珠在眼眶裡打轉的臉。

一看到那即將滿溢出的淚滴，我的斬釘截鐵一下子就變得有些手足無措，只能反射式地說：「好好好，不會不會，哪有什麼好感動的，就自己人，有什麼好感動的；好好好，先喝湯、先喝湯，乖，眼淚不要掉下來喔！」

畢竟，雖然餐廳的桌與桌間隔夠寬，也沒有看到任何我們認識的人，不過這裡怎麼樣都算是個公共場合，如果讓別人看到對坐的男女兩人中的女生邊談邊掉淚，那很容易引起別人的遐想與誤會。而且，餐廳內還是可能有那種我們不認識他，但是他認得我們的路人甲乙丙；而綉沂是位已婚的女生，在公共場所面對一個不是親人的男人落淚，萬一讓無聊的閒人看到而到處傳閒話，這總是不好的事情。

我的手足無措倒是讓綉沂勉強止住了繼續分泌的淚水，擠出了一絲笑容，微微地點點頭，開始喝起她的湯。

雖然暫時讓伊人稍微平復了情緒可以繼續用餐，但是看著仍然在她眼睛裡打轉的淚水，我的內心開始不安了起來：我這算是承諾嗎？

「如果非要在這份愛加上一個期限，我希望是，一萬年」這是我現在所說的話裡面的意思嗎？今天這樣的承諾，會是成功嶺門口的那個少尉預官對於當年「曾經有一份真誠的愛擺在我的面前，但是我沒有珍惜，等到失去的時候才後悔莫及」的贖罪嗎？而這兩年來因為偶然的重逢而得以再相聚的日子，是上天給我再來一次的機會嗎？如果是，我可以重新對站在營區門口的這女孩說「我愛妳」嗎？

我的紫霞仙子正低頭沉默地喝著湯，寧馨如此，若止了漫天烽火與夫亂世征戰的喧嘩，靜看黑夜裡被輕雲彷彿掩著的明月。而洩影在這裡的兩個人的此刻，是五百年前的五百年後，或是，五百年後的五百年前？而我們在這個年代的重逢，又是五百年前的因所結出的果，或是，為五百年後的果所種下的今日之因？

我是拔出她紫青寶劍的如意郎君嗎？而上天給我們的註定又是什麼？是那個差三歲的宿命嗎？

這頓飯我們一直吃到下午兩點店家都要打烊了才離開。將近兩個半小時的用餐時間，我想，我應該有盡到稱職的垃圾桶角色吧！裝了綉沂對未來滿滿不安的恐懼，不管是害怕家庭、害怕工作，甚至是，害怕自己。

就像在最後，當我們結完帳從餐廳走出來，進到了我的車子裡面，兩個人之間的距離比在餐廳內更靠近的時候，就在車子發動後剛踩下油門的那一剎那，正看著右邊窗外景物的綉沂忽然像是囈語般地說：「學長，我好害怕，我好害怕我到現在還是愛著你，怎麼辦？」

她語氣悠悠的，如一根綿長的絮絲在無風的空中盪呀盪地，落不下、上不去，也不知道要飄向何方，連風都沒有給指引。

這不像昔日那個留或不留的含蓄問句，當下也沒有個營區大門可以轉頭離去不用面對，就在這個狹小的車內空間，兩個人並肩的距離不到三十公分的緊鄰下，這個貌若游絲但實則巨大的情緒垃圾就這樣拋了過來，接得我握住方向盤的手掌瞬間就冒出汗來，差點在所握的輪盤上打滑。

「不用害怕啊！為什麼要害怕？愛，是我們心底的感覺，又不關別人的事，為什麼要害怕？」垃圾桶就要有垃圾桶的專業水準，得先想辦法將問題丟到最近的資源回收桶，稍後再找為什麼丟到這項分類的回收桶之理由即可。以免出手的瞬間稍有遲疑，漏接了，垃圾掉地上濺灑開來造成更大的問題。

「但是如果沒辦法只讓愛放在心底，而讓它跑出來了，怎麼辦？」綉沂仍舊讓她的聲音像絲線般地細緻，但在她稍微轉頭望向前方的同時，她及肩的髮絲在迴轉間所旋盪出的逆時針氣流，帶動了這些漂浮的語聲連同她的髮香一起朝我襲來。

無可迴避，直見性命。

「妳這樣說就讓我想到有一次我跟漢雄聊到『記憶』這件事情。我們在聊說到底什麼叫做『記憶』啊？他那時候舉的例子是他身上的一顆隨身碟，他問說，如果這顆隨身碟裡面存了一百個檔案，那能不能說這顆隨身碟就記得了一百件事情？實際上來說，應該算有吧，對不對？大部分的人應該都會同意。但是，有個前提是，得讀得出來；也就是說，如果沒有透過電腦，我們就不會知道這個隨身碟裡面到底記憶了什麼，對吧？不過即便找到了一台電腦，但是電腦裡面灌的軟體版本不對，檔案開出來都是亂碼，完全看不出存在裡面的是什麼，那這樣，這個隨身碟還算是有『記憶』嗎？或是，它真的有記憶了該記憶的東西嗎？」

「記憶還是在啊，只需要找個相容的軟體版本就可以了啊！」綉沂的聲音開始有了一點點重量，不再那麼地氣若浮絲。

「對，妳說的跟我那時候回漢雄的是一樣的想法。但漢雄又加了刁難說，如果都找不到合適的版本，例如，年代久遠加上廠商倒了，市面上根本已經看不到可以讀這種格式的軟體了，那，怎麼辦？漢雄又加碼說，如果都沒辦法，那不然這樣好了，就用他現在做實驗的那種邏輯，啊就把殼撬開，用顯微鏡檢查裡面的電路結構，然後用電極記錄通電時的迴路開關動態，那這樣，既看得到隨身碟的所有組成細節，也描述了運作時的電流迴路，這樣實體結構的靜態、動態特徵都了解了，那我們就能夠說，喔，我已經了解了隨身碟裡面的記憶嗎？」

「大概沒辦法吧？記憶怎麼說還是一種認知層面的東西。」綉沂擺頭看著我，臉上有一抹苦笑，背襯著她說話時依然帶愁的輕聲。

「對，認知。也就是說，即便我們找到了正確的版本開出了檔案，但那個檔案傳遞了什麼樣的訊息出去，這不是隨身碟加電腦就可以決定的，最後還得看是誰接收了這些訊息才行。所以那時候我想到的是《金剛經》裡面說的『如來說一切諸相，即是非相』。」

「所以，你是說，我說了我愛你，但是在你的認知裡，我愛你的『愛』，跟你心裡面覺得我愛你的『愛』是不等價的，所以我怎麼想是我的事情，完全不關你的事？」綉沂的聲音又多了一點點重量，聽起來是因為加了點嗔怨上去。

「關我的事啊！因為妳愛我，那個受詞是我，所以就是我的事。只是今天妳傳達這個『愛』的媒介是聲音，所以要把妳傳過來的『愛』讀出來的最佳系統裝置，應該是跟聽覺有關的迴路系統；所以我就選擇從聽覺相關的迴路系統出發，來認知妳對我的愛的含意。也就是說，如果要對『愛』這個超級複雜的感情字眼做精準的判讀，一開始接收到什麼樣子的訊息得仔細分疏，不只訊號本身，還有訊號發出的地點、時間、背景條件等等都得納入考慮，以免誤判資訊的意涵。就像是，你不能把 PDF 檔用 WORD 去開，結果開出一堆亂碼，就說這文章根本在亂寫那樣，也不能拿 1.0 的版本去開 2.0 的，然後說怎麼格式這麼亂。」

「好，那然後呢？你的聽覺系統解析出了什麼？」綉沂的嗔怨又加了點「好啊，我看你怎麼掰」的挑釁重量；基本上，那游絲已變成了一條細繩，等著什麼時候套上來勒緊我的脖子。

「妳愛我，而且像我愛妳那樣愛我，所以我們的愛是等價的。」開口的瞬間剛好在紅燈前面停下來，所以這句話我是特地轉過頭去看著她說的。我這輩子大概沒有用過這麼誠懇的語調了。

「學長！吼……你就是……你就是這樣啦！」綉沂很嬌嗔的瞪了我一下，似喜若怒地欲言又止，那條細繩迅即圈捲成一朵棉花糖。

「所以我就放心了！因為我們都是同樣地小心、謹慎、細心、珍惜、克制與努力去維護我們之間的愛，不讓我們的愛再去承受任何外來的、現實的攻擊。所以妳選擇無痕式的語音傳遞，而我接收到了，也放在心上了。因此妳不用害怕，妳就儘管愛我吧！」我在五十四秒內說完這段話，接著紅燈轉綠，我轉頭向前，繼續讓車子前行。

而我的紫霞仙子掉淚了，我聽到了，那滴在我心底的巨大回音。

我與我的紫霞仙子在下午兩點三十分又進到研究院，兩點四十五分回到凡人的身份一起進了動物行為室，在三點十五分被漢雄以大餐與小吃暗諷了一下之後，綉沂去開會、我回到主實驗室。

一進門就看到幾個小朋友正在哀怨地打掃。他們說漢雄早上在這邊飆了一頓，中午又去細胞培養室那邊飆了一頓，他們說，從來沒看過漢雄那麼兇過。我問說漢雄到底在飆什麼？小朋友們就開始七嘴八舌的爭相告狀。歸納起來他挑剔的主軸一個就是實驗室太亂太髒，如果再不清，早晚會有汙染的問題；另一個是他覺得目前已經有汙染的徵兆了，因為動物手術發現有不明原因的發炎，他懷疑就是實驗室太髒、太亂、有太多死角造成的藏汙納垢所造成的。因此他要求每個瓶罐的外部以及桌面的每一寸地方都要用酒精噴灑消毒過、地板要用漂白水拖過，而且包括離心機內部、細胞培養箱的內部也都要清潔消毒一遍。

小朋友們反彈的是，老鼠是在動物行為室做手術與照護的，如果有感染的話，不外乎就是手術過程操作不當，或者是動物行為室的清潔有問題，那，這兩種問題關他們什麼事？而且大家最近都在趕實驗，又不是只有他的實驗最重要，為什麼一定要我們放下手邊的實驗，先配合他所要求的打掃工作？甚至有人還酸說，漢雄又不是這裡的PI，要我們打掃，也應該是綉沂說了算，至少是要我下指令才對，因為我才是主實驗室跟細胞培養室的頭兒，怎麼算，也輪不到漢雄來這邊飆人。但是漢雄就硬拗說大家來來去去進進出出的，誰知道感染源是什麼時候、從哪裡被帶到他那邊的，所以也要我們同步打掃。

看來這次漢雄犧牲大了，在這裡，他壞人的標籤貼定了，應該撕不下來了。

還好曉韻今天忙著父親出院前的檢查以及外籍看護申請的事情，所以沒有進實驗室，不然一起被飆那就冤枉了。但或許漢雄這麼急著演戲，說不定也是想抓緊曉韻今天不在的時機，這樣他才能盡情地發揮演技；當然，或許他根本不是在演，而是真的在發飆。畢竟，發現那些意料外問題的人是他，而得在第一線處理那些問題老鼠的人，也是他。

即便他是真的發飆，但如果曉韻真的也在現場，那他還會這麼凶狠地飆嗎？

說真的，到現在我還是一直懷疑漢雄到底對曉韻有沒有那麼點愛慕的意思？雖然漢雄不只一次否認，但是就我這個旁觀者，甚至再加上綉沂這個旁觀者的長期觀察，我們的綜合評論是：漢雄應該很喜歡曉韻，甚至到了有點「寵」的味道。當然，不管是「喜歡」或者是

「寵」，未必一定就跟「愛情」的意涵有所關聯；或許那只是止於欣賞的層次，或者僅是兄長對妹妹那樣的疼愛而已。但是有一次我在動物行為室跟漢雄哈拉的時候，東扯西扯地扯到說曉韻也算是為家庭做出了很大的犧牲，耽誤了她自己的婚姻，那時候漢雄除了重複他說過的對曉韻感到很敬佩之外，居然還冒出了「唉，我喜歡的女生都怕我，而不怕我的那一個卻出家去了。」的直白句子。

「所以你喜歡曉韻？」難得捉住他說話中的破綻，此時不趁機追問更待何時。

「喜歡啊！」漢雄看我馬上擺出一副人贓俱獲的得意表情，沒什麼思索便直接回答，臉上掛著的是請君入甕的奸相。

「幹！那上次你說的那是什麼屁話！我跟綉沂好心要幫你安排，你還在那邊牽拖什麼屁話！」

「綉沂我也喜歡啊！」漢雄又啟動那副賊笑的表情。

「幹！你不要在那邊給我要嘴皮子，我他馬的是跟你講真的。如果你真的喜歡曉韻，我跟綉沂就來仔細想想怎麼幫你安排。」

「問題是，我也喜歡綉沂，你怎麼安排？」

「馬的，就跟你說正經的，不要在那邊五四三。」

「我很正經啊！曉韻很漂亮、人很好，我很喜歡；綉沂很漂亮、人很好，我也很喜歡。

撐得下去！」我跟你講真的，如果不是她們很漂亮、人很好、我喜歡，幹，做實驗這麼無聊的事情，誰能

漢雄由賊笑轉為不屑的表情看著我，接著說：「她們就是我生活中真實的林志玲！螢幕上那個林志玲你碰不到，但現實生活中有兩個林志玲可以跟你聊天、一起工作，那多爽！幹，你去跟螢幕上那個林志玲說你要追她，當我女朋友好不好，馬的，人家還會以為你有病咧。白痴才會想要去破壞那個爽度！讓這些很漂亮、人很好、你很喜歡的身邊林志玲每天自自然然地出現在你四周，不僅說得上話還能夠一起工作，這麼爽的事情，我為什麼要去搞砸！」

漢雄轉過頭去看了一下老鼠，再看一下電腦螢幕上的訊號軌跡，然後又回過頭來，繼續用他那不屑的語氣說：「馬的，都幾歲的人了，誰是可以追的鄰家女孩，誰又是只能愛慕的林志玲還搞不清楚，那你從青春期以後不就都白活了？就像你他馬的實驗做這麼久，結果人家問你這個什麼什麼的實驗設計可不可行啊？結果你還是回答說『喔，我沒辦法評估，管它的，就做了再說』這不是一樣可笑嗎？人是有超能力的，你喜不喜歡人家，人家感覺得到；人家喜不喜歡你，你也感覺得到。你當人當這麼久了，這點本事都還沒有嗎？幹！」

漢雄頓了一下，吞吞口水，輕咳一聲，清清喉嚨繼續囂張地說：「我喜歡曉韻，曉韻會不知道嗎？我那麼疼她，她會沒感覺嗎？這哪需要你們去問、去講。幹！有沒有火花，我

跟曉韻都很清楚，這不需要講嘛；但是對我來說，有沒有火花，那不是『爽』的重點嘛！旁人怎麼想，我管他們去死。我只拜託你，不要去破壞我跟我身邊林志玲們之間自自然然的關係，那會讓我很不爽的，知道嗎！也請你搞清楚，『爽』是我來這邊的目的，如果讓我不爽的話，這些老鼠你就自己動手。」

「幹！」然後我就講不出話來了。

雖然對他這種講話的調調實在是很感冒，但有時候也不得不承認他的直白中，某些話確實是有道理的。是啊，人是有超能力的，你喜不喜歡人家，人家感覺得到；人家喜不喜歡你，你也感覺得到。

但是如果感覺到現實中你所喜歡的兩個林志玲，全都同時喜歡你了，那怎麼辦？

前天晚上，就在曉韻父親的病房內，我的手環抱她的腰，讓坐在沙發上的曉韻緊緊依偎著我。我們一起看著病床旁邊的點滴瓶內在導入灌流管道的地方，液滴從無到有慢慢地滲下凝聚，圓滾了然後滴下、又從無到有慢慢地凝聚，然後圓滾了又滴下。我們很沉默地一起看著，連呼吸都盡可能放緩地沉默著，不要再增添空間中任何多餘的擾動而影響了那個凝聚圓滾後滴下的節奏。彷彿我們只要在那樣的規律中靜謐著，時間也就會跟著在原地躊躇踏步，停頓在不用多去想什麼未來，甚至是一分鐘之後的未來都不用多去想的停頓著；只要我的臉感覺得到她髮觸的絲柔、我的手感覺得到她體軀的溫暖，這世界，就可以不用再運轉了。

只是這世界，依然在運轉，不管我們多麼想在沉默中遁逃。點滴總有滴完的一刻，在它滴完之前的十分鐘，曉韻就得起身到護理站去請護理師過來更換了，而那也是我該離開的時候了。

在臨出門之前，我摸摸她的臉頰、拍拍她的肩，給了她一個不捨的微笑；曉韻沒有任何碰觸我的動作，只是點點頭，回給我一個完全理解、但帶點愁的笑容。我們沒有再擁抱，她只是站著，靜靜地看著我開門離去。

到了停車場，進了車內，車子裡仍然留有綉沂的味道；中午她才坐過副駕駛座的位置，撥著她才剛燙過的頭髮。我沒有發動車子，就坐在裡面，看著擋風玻璃外明亮的上弦月，輕輕地呼吸著綉沂留下來的餘香，想著，我今晚那樣緊摟著同坐的曉韻，會不會是對綉沂的再一次背叛？

在漢雄眼中，我應該算是個腳踏兩條船的渣男吧？而且還是個引誘已婚女子處於出軌邊緣的渣男、也可能會害兩個原本是朋友的女人反目的渣男。但我是有意讓情況變成如此呢？或者只是在無意中情況就自然發展成如此？但不管有意或無意，深涉其中的我，還有能力再去扭轉什麼嗎？我還能與漢雄一樣，跟她們之間只談公事而不聊任何私事嗎？當她們心情低落需要有人可以陪她聊聊的時候，我能狠下心來說「抱歉，我現在沒空」嗎？當她們在我面前掉淚，我能夠轉頭就走，不幫她們拭去臉上的淚珠嗎？

我做不到，所以是個渣男；如果我做到了，那我又是什麼？
原先我來這裡的初衷是科學，但今日，還是那個初衷嗎？
我好累。

第八章

翻開農民曆，今天其實算是諸事皆宜的日子，只不過在現實上並非如此。

早上九點半，雯郁慌慌張張的跑到細胞培養室找我，說純菲忽然趴在座位上大哭了起來，問她有什麼事情她也不說，就只是驚恐地又叫又哭。她叫靚蕙先在旁邊看著她，因為找不到綉沂，所以要我趕快過去處理。

雖然才剛剛把一疊培養皿從細胞培養箱裡搬出來，這下子只得再把它們搬回去，然後快速脫下手套，跟著雯郁到主實驗室去。

一到主實驗室，還沒跟純菲說到話，靚蕙倒是先拿了無線電話的話筒給我，那是巧悅的母親打來實驗室的電話，說巧悅昨天情緒很不穩定，今天得再去醫院看一下身心科，因此要跟綉沂請個假。由於綉沂上午到台北演講，我馬上就代為決行的准假，並且要巧悅的媽媽衡量狀況，若需要，可以多休息兩天無妨。

掛上電話，回頭看著仍趴在桌上哭泣的純菲，雖然沒有一開始的驚恐哭喊，但仍然是大哭的狀態。我坐到她旁邊，好說歹說地哄她，總算讓她先抬起頭來看著我。本來是一個青春全寫在臉上的陽光美少女，此刻卻讓驚恐的淚痕爬滿整個臉頰，看了實在讓人心疼不已。在靚蕙摟著她，不斷地安撫鼓勵之下，純菲這才一邊抽搐一邊斷續地說著她實在是沒辦法忍受了！她說她每天一進實驗室，就有個男人的聲音在耳邊一直警告她說「來不及了、來不及了」，本來她還能夠藉由專心工作來止住這個聲音的干擾，但是最近這個聲音越來越囂張、越來越大聲，即便她再怎麼說服自己、工作再怎麼專心，都無法擺脫這個聲音；而且最近聲音的語調常常從一個男人的聲音忽然轉變成男男女女七嘴八舌的吵雜，甚至吵到讓她覺得看得見說話的人在她眼前走來走去。剛剛就是她看到一個像是恐怖電影中殭屍模樣的人在她眼前忽然跳出來，她才終於忍受不了而大哭起來。

我當下的判斷是，這得立刻就醫。不過純菲是屏東人，離鄉背井自己一個人來到這邊工作，不像巧悅家就住在新竹，有家人可以陪伴著。所以我只好請靚蕙陪同我，一起帶著純菲去醫院看身心科門診。臨出門前，我要雯郁到動物行為室去轉告漢雄這件事情，並且幫我發個簡訊給綉沂，先簡單告訴她事情的經過，請她演講完立刻打手機給我。

看起來純菲受到的驚嚇與承受的恐懼非同小可，光從實驗室走到停車場的這段路程，她就衰弱到無法自己行走，得靠著靚蕙大力攙扶才能勉強舉步。即便上了車，她還是不斷地一直顫抖，臉上有著因痛苦而扭曲出的猙獰，顯然，她還不斷地跟那些虛空中的聲音對抗著。我直覺她的狀況可能比我想像中還嚴重，便直接打電話給我一個在 Td 大附設醫院精神科的醫師朋友欣芸，直接跟她敘明純菲的狀況，問她該怎麼處理？欣芸聽了之後便要我直接送新竹一家醫院的急診，她會先打電話給那邊她熟識的精神科醫師，由他來緊急處理純菲的狀況。

在欣芸的安排下，純菲很順利地就了醫。醫師在急診先就幻聽、幻視的部分開了藥物，其他更詳細的醫療評估就安排在明天的門診再來進行。

或許是醫師的耐心解說與大家的陪伴給了純菲力量，也或許是吃下肚的藥物發揮了藥效，她在急診待了一陣子之後，看起來狀況好多了，醫師就說可以先回家休息。純菲雖然一個人隻身來這邊工作，還好住的是研究院的宿舍，跟靚蕙的寢室隔沒幾間，所以我就請靚蕙先留在宿舍陪純菲，等綉沂回來後我跟她商量一下，看要怎麼跟她屏東的家人說明，以及是否要她家人來接她回屏東休養。

就這樣折騰了兩個多小時，我才又重新回到研究院的停車場停好車。一走進研究大樓就接到綉沂打來的電話，她聽完了我的敘述之後，決定推掉中午在台北的飯局，直接趕回來看看純菲。

我回到主實驗室，只剩下一個碩士班的小朋友在裡面，她十點多才到，顯然還不知道兩個小時前實驗室所發生的事情。她說雯郁和筱美都在動物行為室那邊，而雯郁有交代說，如果看到我，就請我到動物行為室一趟。

本來想說先到茶水間泡杯咖啡喘口氣再去，沒想到就在茶水間直接遇到漢雄。雯郁已經跟他說了早上的狀況，所以我就只簡單地跟他敘述一下就醫的情形。

「所以不算是突發的狀況囉，算是累積了一段時間，今天才惡化爆發出來的？」

「算是吧，更詳細的診斷得等明天門診後才知道。」

漢雄表情很凝重的低頭喝了口咖啡，像在深度思考般地邊點頭邊開口說：「這有點怪，靚蕙照雯郁剛跟我說的，巧悅今天又跑去看精神科醫生了。然後她說其實靚蕙也有些狀況，靚蕙幾天前才跟她抱怨說最近失眠的很嚴重，像是腦子一直停不下來似地不斷撿事情出來想，所以她去看過家醫科的門診。現在的狀況是，她每天得吃安眠藥才睡得著。」漢雄又喝了口咖啡，沉默了幾秒鐘，接著說：「這有點怪，你們病毒生產那邊的三個主力幹部精神狀況都出問題，這實在是很怪！李同學應緯，你自已還好吧？」

「幹！你覺得我好不好？」說實在，聽他這麼一說，我心裡其實震了一大下，但是嘴巴反射式講出來的，就是否認的語句。我發覺，我最近越來越不想在漢雄面前示弱，即便是開玩笑，也不想居於下風。

「看起來也是，有能力兩邊兼顧，狀況應該不錯才對。」漢雄明顯反酸了回來。不過在我想要開口反擊之前，他又搶先說了：「好，我知道你要講什麼，我不跟你吵這些。我只是想提醒你，處理病毒生產的團隊中已經有三個人出現類似的問題，你要有警覺。如果你沒問題，但也參與病毒生產的主帥跟大將，你的這兩位紅粉知己的狀況，你最好也注意一下。我告訴你，我是真的覺得毛毛的，我直覺不是只有『壓力』這麼單一的因素而已。」

漢雄的確說中了我心中的憂慮。因為事實上，包括我在內的六個負責處理病毒生產的操作者都出了精神方面的問題；或許遇到的問題面向與嚴重程度各異，但都是精神方面的問題則殆無疑義。

此時我心中的憂慮已經勝過要跟漢雄在嘴皮上爭高下的鬥志。只好問說：「不是只有壓力，那你覺得還有什麼？」

「我不知道，但我最害怕的是你們的病毒出問題。」

「嗯，但，這要怎麼說……我想應該是這樣說，如果是病毒引起的話，我們所使用的這幾株病毒，就所知道的臨床症狀應該不是這方面的才對。」

「這很難說吧！這些病毒已經被你們修飾來修飾去、連過來連過去的，改來改去的都不成毒樣了，誰知道它們會幹出什麼事情？」

「啊！對，說到病毒，你那隻連續紀錄的老鼠結果怎樣了？」說完，我仔細瞧了一下漢雄，這時候才注意到他一臉的疲態，便追加問說：「你從昨天下午一直熬到現在嗎？都沒睡？」

「是啊，沒睡。幹，老鼠就一直很正常，訊號也沒有什麼異狀，沒辦法，只好一直盯著。我打算再放二十四小時，等等就先交給筱美去顧，我先回宿舍洗個澡、瞇一下，下午再過來。另外雯郁下午就會把之前那兩隻的腦袋切片做免疫染色，順利的話，傍晚就可以知道結果了。」

「好吧！辛苦了！」說完，我想著，好像應該再多講些什麼來回敬他剛剛用「紅粉知己」這個諷刺我的詞，但是現在的對話脈絡裡，又找不到適當的插話點。

被酸又沒辦法即時吐嘈回去，實在是有點悶，只好再喝口咖啡。

漢雄同一時間也一口氣把杯子裡的咖啡喝完，剛要走過去水槽那邊洗杯子的時候，忽然轉過頭來對我說：「我學長說，電極的電顯照片今天下午如果順利拍完，他會 e-mail 給我，但是大概也要五點以後吧。我想乾脆就這樣，等等你問一下綉沂和曉韻，如果她們也方便的話，晚上七點大家到會議室來簡單開個會，一起檢視一下即將出爐的免疫染色還有電顯照片的結果，如何？」

「好啊，我等等就來問她們兩個，應該沒什麼問題才對。你他馬的就先回去好好睡個覺，不要到時候出問題的人是你。」

「謝啦！洗個澡打個盹而已，應該下午四點就會過來。」

漢雄離開後，我坐在會議室裡把事情再仔細想了一遍。雖然表象上看起來做病毒實驗的六個人在精神上都出了些問題，但是如果細細分析，其實每個人都各有各的合理壓力來源，而且大到足以作為精神出狀況的解釋。

其中最可能的理由，也算是共同的理由，當然是工作上的壓力。

綉沂回國迄今也才不過兩年，就能夠產出相當傲人的研究成果，而且是純粹在地產出、台灣製造的成果，不是靠之前累積的洋人、洋經費之人脈與錢脈才有的成果。這不光只靠綉沂一個人的才幹與努力就能達到的，而是實驗室裡面所有人竭盡心力、拼命工作所得來的成果。特別初期的成果都來自於病毒建構與細胞層次的研究，也因此我們六人所受到的壓力又比動物實驗那邊來得更早、持續得更久；而且操作的材料又是具有感染疑慮的病毒株，所以在實驗的過程中所承受的心理壓力又比一般實驗操作來得多、來得大。長期下來，再怎麼堅強的人，也應該都會累積一肚子無法宣洩的暗黑情緒吧！

而其中，身為主帥的綉沂當然是集壓力之最大者。

台灣的學術圈對菜鳥並不友善，一個剛回國的菜鳥想要馬上出頭本來就不是件容易的事情，而對一個剛回國的女性菜鳥而言，更是困難的事情。若主角是一位剛回國的已婚女性菜鳥，那則是難上加難的考驗了。

雖然就表象上來說，這幾年在成文的制度與法規上，對女性的不公平待遇有了大幅度的改善，相較於我們老師那一輩的年代，已經是不可同日而語的環境了；但是在不成文的社會認知與文化習慣上，女性研究者的處境仍然艱辛。就像綉沂剛進來研究院的時候，雖然在基本開辦費與基本空間分配上所得到的，與男性新進人員並無差別，但是在額外空間與經費的爭取上，還是很明顯地處於弱勢。

其中一個層面的弱勢來自於她的學術養成過程，因為她的學位取得與工作資歷均是在國外，過程中沒有與國內的學界，特別是學閥把持的學界有太多淵源，因此在人脈上便無基本的關係可照應。雖然這個層面的弱勢男、女研究人員均可能面對，但如果想改善這個弱勢，那女性研究者就又顯現出她另外一個層面的弱勢！那是緣於台灣的學術圈基本上還是以男性為主，年輕的女性研究者很難與這些無甚淵源的男性學者交際往來。特別是跟中、大老級的男性學者交際往來更是麻煩，因為像綉沂這樣年輕又漂亮的女性研究者很容易引起旁人側目，如果在言行舉止間稍一不小心，那就會有很多關於「只是靠姿色」的閒言閒語滋生出來；而這類的閒言閒語，對於已婚的女性來說，更是難以承受的攻訐。

但綉沂所面對的難，還不只是社會上那些根深蒂固之成見加諸於女性菜鳥身上的束縛而已，綑綁她的，還有家族、家庭甚至是另一半對她的傳統期待。例如，該不該配合先生的事業發展轉換自己的跑道，或是該不該為了生育小孩而放棄自己剛起步的事業；即便公婆與先生都說尊重妳的決定，但是他們殷切期待妳點頭退讓的眼神，仍然會讓妳自己苦苦掙扎於名之為「自私」與「犧牲」的抉擇。

這些都是壓在綉沂身上的巨大壓力，也因此，我的出現與陪伴，就成為她撐住壓力的重要依靠。然而諷刺的是，雖然因為依靠我而撐住那些壓力，但是我這個依靠，卻也成為壓住綉沂的另一個更大的壓力。

一個已婚的女性能有個跟性無關，但可以無話不說、在工作與生活上皆關係密切的男性朋友嗎？這個問句的答案在現今的台灣顯然是否定的。因為如果已婚的女性有了一個可以無話不說、在工作與生活上皆關係密切的男性朋友，那麼，不可能會有人認為這樣的男性朋友不叫「男朋友」，而跟這樣的男朋友是不可能沒有性關係的；若是真的沒有性關係，那路人甲乙丙一定都會轉而認定那就是已婚的女生在利用那個傻男人而已，所以是那個傻男人可憐，而女生可惡。

基本上，就我聽到的閒言閒語，認為我跟綉沂有一腿的佔六成，有四成則同情我是個可憐的傻男人。

而在第一篇於C期刊發表的論文成功後，漢雄也開始加入了這個團隊。至此，綉沂領導的團隊在整體研究的層面上不僅加廣加深，而且研究成果的質與量更是快速成長。這樣的亮眼成績與蓬勃朝氣，看在各式閒人的眼裡，於批無可批的無奈下，只能把對綉沂的揶揄從「只是靠姿色」升級成為「善於用姿色」來表達他們對這位剛回國不到兩年的已婚女性菜鳥之深層嫉妒與不滿。

曉韻面對的則是另一種層面的工作壓力。作為一個博士後研究員，基本上對於自己該做什麼研究並沒有太多的自主權，對於研究成果累積到什麼樣的程度就該發表也沒什麼決定權；即便可以發表了，但該發表到哪一本期刊、該不該申請專利，也都得順從於老闆的意志，沒有什麼支配權。持平地來說，對於一個富有創造力又極具野心的年輕科學家，博士後研究員是一個相當需要壓抑自我的工作。即便像綉沂這麼開明友善的老闆，在實驗工作的設計與執行、工作的方式與時間，以及論文發表時的作者排序，她都給了曉韻最大的尊重與自由度，但是對於研究方向、發表時機與發表方式等大原則的決定，那還是屬於綉沂獨斷的權柄，旁人無從置喙。

此外，雖然曉韻目前還沒有屬於自己的小家庭，但是她卻承擔了比自己的小家庭更沉重的負擔，而且是看不到明天的負擔。已婚的綉沂背負的是新生家庭的負擔，不管是跟剛結婚的先生磨合兩個人的生活，或是將來得辛苦承擔照顧新生命的責任，這些負擔所帶來的辛苦都是為了看得到、想像得到的未來；目前因為這些負擔所付出的犧牲，將來都有可能得到幸福的回饋。然而曉韻所背負的卻是原生家庭的負擔，基於身為長姐對弟弟的愛護，她一肩扛起家裡兩位日漸衰老而且正為病痛所苦的雙親之照護責任。在現代醫學對於某些疾病殘忍的醫療暴力之下，生病的人好不了、但也無法立即死得了，只能讓逐漸惡化的病況拖垮自己的尊嚴，也拖垮照護者的未來。那是看不到希望的負擔，這些負擔所帶來的辛苦，到了最後都會成為不知道為了什麼的折磨；而承受這些折磨的曉韻，則是連應該抱怨誰、甚至是該抱怨哪些事情，都不知道！

還有，我對她的愛意與照顧，在不知覺中，也成為了一種讓她看不到希望的負擔。

我跟綉沂的關係如果連漢雄那傢伙都看得一目了然，那麼曉韻就更不可能無知覺於我跟綉沂的關係。也因此我跟曉韻在感情發展的過程中，她所承受的壓抑，可能比她在博士後研究員這個身份上所承受的壓抑要來得嚴重更多；因為她的「情敵」是她的老闆，而這位老闆不僅對她有知遇之恩，也對她個人未來在台灣學術圈的發展，有著決定性的影響力。因著這一層緣故，曉韻對於跟我互動總是小心翼翼，只要我們所在的空間內有任何第三人同時存在，那麼曉韻就會小心到甚至有點神經質地注意自己所說的每一句話，甚至看我的每一個眼神，都不要有引起別人諸多遐想的空間。

但這樣的小心翼翼，能夠完全避免掉我們在同一個空間中頻繁交會的目光所流洩出的蛛絲馬跡嗎？同樣的，如果連漢雄都能夠看得一清二楚，那麼比漢雄跟我們相處的時間更長、更多的綉沂，就不可能沒有看出什麼；而且以綉沂的聰慧與敏感，我想她一定是比漢雄更早就看穿了我與曉韻彼此之間互傳的曖昧心思。不然她不會故意在不經意的閒聊中，忽然認真地說起搓合我跟曉韻在一起的建議。

只是我不知道她那樣的建議，是真心地想從這惱人的三角關係中無痕地退出，或是，她只是想要藉此提問來試探我的心意到底是向著誰？

愛情是沒辦法共享的，但我跟她們兩個人的任一人之間的感覺算是愛情嗎？我從來沒有主動跟她們認真談過「愛情」是否存在我們之間的相關議題，她們也沒有主動提過任何確認與我目前的關係到底是什麼的積極問句。我們三個人，目前都只是在等待，等待那個水到渠成的一天到來、等待那個可以毫無畏懼與毫無牽掛地在一起的一天到來；或許那一天是我們的研究終於刊上了 Nature、Science 的那一天、或許是曉韻終於如願得到她想要的教職的那一天，也或許是，綉沂終於跟她老公離婚的那一天。

也或許，那一天都不會到來。

是以綉沂與曉韻於現在的當下，都因為我而正在受苦，也都得承擔因為我而生的巨大壓力。但同一時間，我也正在承受著與她們曖昧交往所帶來的巨大壓力。然而我的壓力在本質上與她們不同，我所擔憂與承受的，是我明明知道我對她們的體貼、對她們的好，所帶給她們的最後結局可能只是痛苦，但是，我就是無法停止繼續朝向這個悲劇的結局前進的腳步。我想壯士斷腕，但卻找不到斷腕的利刃；即便利刃在手了，也鼓不起揮淚斬斷的勇氣。就這樣，在我每天的躊躇猶豫中，我只能眼睜睜地看著自己挽著這兩個女人，三個人一步一步地，一起走入痛苦的深淵。

或許我不斷地頻頻回顧我是否已經是個脫離肉體的遊魂，某種程度，也反映了我想脫離這個沾滿七情六慾的肉體所帶給我的煩悶吧？

相較於綉沂、曉韻與我三個熟年男女之情感瓜葛所帶來工作以外的錐心壓力，巧悅與純菲所面對的，則是完全不同類型的生活壓力。這兩個小女生都是我在鄉下學校的學生，在她們碩一下學期的時候被我帶來綉沂這邊掛單，算是綉沂實驗室的第一批工作人員。綉沂對這兩位小女生很親切也很照顧，不僅助學金給到每人每月一萬元，還幫她們打點了這邊的住宿，而且每週至少有個一兩餐都是隨著綉沂到處吃香喝辣的。也因此，雖然名義上我是指導教授，但實質上，綉沂才是她們的老闆；不管她們遇到的是實驗上或是生活上的問題，綉沂都是她們求助的第一對象，我則變成了一個可有可無的掛名指導教授。

她們兩個基本上是很乖的學生，交代的事情會很努力的去做；但是就因為太乖了，乖到沒什麼主見。這樣的人如果身份是助理，那會是很好用的助理，但如果是研究生，那就很難達到碩士必須能夠「主動創新」的標準了。

到底要怎麼帶研究生，綉沂的觀點跟我是有衝突的。她覺得不必要求學生一定要自己想出些什麼原創的東西來做，因為不是每個人都有能力創新的；對碩士班的學生來說，只要她們能如實又有效率地將老闆交代的事情做好，那創新的部分就由老闆來負責，由老闆來引導她們了解所做的東西到底有哪些部分是新的即可。

簡單來說，綉沂的意思是：創意可以是老闆的，學生只要能確實執行，然後又能把創意實踐的過程與結果憑自己的力量寫出來，那就算達到碩士的要求了。

「但是這樣做，學生還是沒有完備『獨力解決問題』的訓練啊！」這是我的基本質疑。

「有啊，怎麼沒有！實驗都是她們自己做的、數據也是她們自己分析的、論文也是她們自己寫的，怎麼會沒有？」

「但是做哪些？怎麼做？如何寫？都是妳的主意啊！」

「是啊，不然咧？這不就是指導教授該做的事嗎？所以我是在替你盡指導教授的責任耶！」

「但是妳這種指導法，就只是教出執行妳的意志的手而已，而不是教出有能力解決問題的腦！」

「完全沒有經驗，你要她們怎麼去有那樣的腦？這是她們人生首次遇到要『自己去研究』的功課，以前都沒遇過，你怎麼可以期待說她們忽然就會了？所以碩士班就是要學這個嘛，我們要幫她們在腦子裡建立一個完整的範例，知道說，喔，研究的程序就是要這樣那樣的，不是嗎？」

接著綉沂就又唸了一大串要我不要這樣、不要那樣的要求。她的長篇大論整理起來不外乎就兩個重點，一個是時代不同了，不要每次都說以前我們唸碩士的時候老師都放牛吃草什麼的，就是因為以前受的訓練不對，現在自己當了老師不是就應該要改嗎？另一個則是兩年的時間有限，讓學生自己摸索兩年跟帶著她們跑完一套完整的程序，哪一種學習方式比較有效率？

綉沂的想法聽起來是合理，所以一開始我就沒有再多堅持，真的讓這兩個小女生變成她的研究生，讓她當共同指導教授。不過後來我漸漸發覺事情不太對勁，這兩個很乖的小女生在綉沂的熱心指導下，反而承受了更大的壓力。問題就出在於綉沂指導得太認真了，她詳細的規劃了她們該唸的論文、該做的實驗，以及該分析的方向，然後照表操課，緊盯進度。今天的學生如果是像綉沂當年那樣的天資與基礎，這種做法當然是很棒的訓練，但巧悅與純菲不是綉沂，她們的資質中等、基礎知識尚待加強、英文閱讀能力也不足，也因此，綉沂的規劃就變成強人所難。

但問題就是這兩個小女生太乖了，乖到不知道要如何跟綉沂討價還價，加上綉沂對她們實在太好了，好到她們不敢跟綉沂說不，只能咬緊牙關拼命地做。就這樣，在整個過程中，三個人都很挫折：兩位小朋友論文讀得很挫折、實驗做得很挫折、數據分析得很挫折；而綉沂，也指導得很挫折。

後來我實在是覺得這樣下去一定會出大問題，所以在她們碩二下學期一開始，我就又積極的介入這兩個小女生的碩士論文指導工作；但目的已經不是一開始堅持的「主動創新」，而是幫她們想辦法在既有的實驗結果中如何理出個自圓其說的頭緒，讓她們得以盡快完成一本碩士論文。

即便如此，她們的畢業時程仍然往後拖延了幾個月，直到最近才通過口試。而在她們拿到畢業證書之後，我跟綉沂兩個人勉強從各自的計畫中再擠出些錢來，加上漢雄也贊助了一筆他自己計畫裡的人事費，湊足兩份專任助理的薪水，讓這兩位新科碩士都先留在綉沂這邊當助理。

這兩個小女生雖然創造力平庸，但是兩年的訓練下來，實驗的基本功非常扎實，十分值得信賴。因此在研究進度趕工之際，她們如果留下來幫忙，對實驗的進度來說絕對是重要的助益，這也是當初我們努力湊錢的原因。但是這兩個小女生其實沒有那麼大的意願想留下來，我猜，可能是因為綉沂對她們太好了，基於報恩的心理，她們才勉為其難的繼續待在實驗室工作。

就我所知，純菲的父母根本不支持她繼續唸碩士，一直希望她大學畢業後就趕快回屏東幫忙家裡小吃店的生意。一開始我覺得她的父母怎麼眼光那麼狹隘，就只是想把小孩綁在家裡，不讓她去追求更好的工作、更高的理想。結果去年底實驗室辦了一次墾丁之旅，純菲帶著大夥到她家的小吃店吃飯，一到那邊就被六十坪店面全部滿座跟門口還在排隊等外帶的人龍嚇了一大跳，我們一行人還是被純菲帶到二樓她家自己的飯廳內才有辦法坐下來吃飯。

那天純菲的祖母、父親、母親、哥哥、嫂嫂輪流上來二樓向我們敬酒致意，一直抱歉說因為店裡面忙所以招待不周請老師們見諒。的確很忙，那天她父親很謙虛地說，小店面而已啦，全家人忙一整天，一天也只不過賣個二十來萬而已啦，跟他堂哥作魚塭的比起來，只有賺人家的零頭而已啦！

當下我立即明白了，綉沂真得對她們太好了！不然，即便給純菲跟我一樣多的薪水，要是我，我還是會回家賣小吃。

巧悅是另一種狀況。她的父母是公務員，所以也希望巧悅考個公職，因此不贊成她繼續留在這邊當助理。我知道巧悅從碩二開始便到補習班補習，邊做實驗邊唸跟公職考試有關的科目。在畢業之前她考過幾次，包括高考、普考、地方特考跟國營事業的考試，連農會、漁會、水利會等單位的招考也都去嘗試了，但全部鎩羽而歸。這對小女生來說是個很大的打擊，也讓她對自己更加沒有信心，在所有考試都放榜之後，她很明顯地就從青春洋溢的美少女變成了鬱鬱寡歡的落寞文青。有一陣子我跟綉沂還很擔心她會不會想不開，曾經私底下交代純菲要看緊她一些，有什麼事情要立即回報我們知道。

靚蕙是綉沂實驗室成立之初就加入的專任助理。當時綉沂對於要不要聘用她其實考慮了很久，倒不是說靚蕙這個人的人品或是能力有什麼令人擔憂的問題，而是考慮該不該以「專任助理」來聘用她的問題。

靚蕙來綉沂這邊工作之前其實是T大醫學院的博士班學生，已經唸到博士班六年級了，由於一直沒有以第一作者的身份發表的期刊論文，也因此一直不能畢業。在決定聘用她之前，我跟綉沂都曾經跟她深談過，我們都認為她的遲遲無法畢業，問題不是出在她身上，而是她指導教授的刁難。簡單來說，靚蕙是個能力很好又刻苦耐勞的學生，所以她老闆「捨不得」她離開實驗室。雖然她扛起了實驗室內五個跟T大附屬醫院醫生的研究合作案，但是迄今她經手發表的五篇期刊論文沒有任何一篇是以她為第一作者的；也就是說，她幫五個醫生拿到了博士學位，但她自己仍然只是個博六的學生。

她說她一定要在自己崩潰之前離開那個實驗室，但是因為她的老闆到處放話封殺她，讓她在T大內找不到其他敢收容她的實驗室；不要說繼續攻讀學位，連當個專任助理都不行。因此她一氣之下，乾脆就辦退學，放棄已經奮鬥了六年的博士班學業。也因為如此，綉沂覺得專任助理這個工作對她來說算屈就了，不過後來靚蕙說了她的想法是：她還是有個博士夢，但既然她老闆封殺她，讓她無法在台灣的學術界發展下去，那麼她想說就乾脆出國去。所以她希望找個友善的實驗室先工作，一方面存點錢，另一方面也看看能不能有個一兩篇不錯的期刊論文發表，這對將來想要申請國外好一點的學校比較有利。

除了填膺的義憤，也希望能夠幫助這位有能力的年輕人，所以我們就讓靚蕙加入了綉沂的研究團隊。

綉沂算是很禮遇她，雖然是專任助理，但是對待她跟對待曉韻的方式差不多，基本上就是把她當作博士後研究員來看待。綉沂也承諾她，在將來的研究成果中，一定會有一篇由她以第一作者的身份來主筆。因此靚蕙在這裡的工作非常認真、效率也非常高，但可能是因為太認真了，致使無法兼顧與交往六年的男朋友的感情經營。最近，她與男朋友分手了，據她說，沒有第三者、也沒有爭吵，就兩個人見面的時間越來越少、見了面也不知道要聊什麼，所以有一天她男朋友傳簡訊給她說「我們分手好不好？」於是她就回說「好」，然後，六年的戀情就這樣煙消雲散了。

靚蕙在跟我們說這些話的時候，語調很平緩、不疾不徐輕聲地說，彷彿那是昨天她剛剛聽到的一位友人之際遇，而她眼中所滑下的一滴眼淚，也只是為了她的朋友所流，與她自己無關。

就這樣，每個人在當下的這個時刻都有著足以讓自己精神出狀況的人生難題，病毒是不是會強過這些惱人的生命困境？我還是覺得，那是漢雄想太多了。

前些日子和綉沂連袂去參加博士班老闆的退休暨生日餐宴，同桌有一位學長在博士畢業後就毅然決然地再唸了五年的學士後中醫，現在有了一家屬於自己的中醫診所，生意興隆，每天掛號人數超過百人是司空見慣的事情。那天我們聊著聊著就聊到高血壓的問題，我說，我爸爸媽媽爺爺奶奶都有高血壓，所以我知道自己將來一定也會有高血壓。但是西醫就只有每天吃藥降血壓這一招，而且都只是治標，不是放鬆周邊阻力就是減少心輸出量，其它的就無能為力。我笑著跟學長說，等我的血壓飆高之後得要請學長幫忙調理，看看能不能找到根治這毛病的方法。

「高血壓為什麼要治療？」中醫師學長笑了笑說，有點輕蔑地。

「血壓高會引起很多毛病啊！血壓高的話，身體組織的物質交換都會受到影響，人就會不舒服，久了各種器官的病變就會出來啊，所以要控制血壓。」這不是生物學的ABC嗎？當時我在心裡這麼嘀咕著。

「那就等不舒服了再說。如果血壓高但人沒有不舒服，為什麼要看醫生？」

「雖然沒有不舒服，但血壓高引起的破壞仍然存在，或許只是還不夠劇烈，沒有『感覺』得到的不舒服而已。但損害的確在發生，所以還是要治療。」

「只是血壓高就一定要治療嗎？你很緊張的時候血壓升高、劇烈運動的時候血壓升高，你會想到要降血壓嗎？」

「那不一樣，那是正常的生理調控。」

「哪你怎麼知道沒有不舒服的高血壓不是一種正常的生理調控？或許，我這樣問好了，什麼是『正常』？今天血管已經有些病變，所以一般的血壓打不了血，需要較高的血壓來維持物質交換能夠正常進行，那你降血壓幹嘛？」

「哪不一樣，那已經是有病的狀況了！我現在談的是防患於未然，不要讓高血壓引起其他器官的病變。」

「百分之九十的高血壓都是原發性高血壓，意思是說百分之九十的高血壓找不到真正的病灶。但是有原發性高血壓的人很多都感覺不到有什麼不舒服的地方，這樣的話，我可不可以說，較高的血壓和那些未知的病灶配合起來，剛好是一種『正常』？因為沒有不舒服啊，日常生活都沒有異狀啊。」

我一下子說不出話來，只好以討救兵的眼神看了一下坐在我旁邊的綉沂，綉沂回我個無能為力的笑容，我只好再轉回看著學長。

學長拿起酒杯，得意地小啜了一口紅酒之後，繼續說：「人是個整體，運作也是整體，健不健康更是整體。以前生理學課本最常談的，不就是『迴饋』嗎！各個器官與組織之間密切合作，高低、大小、強弱、濃稀互相拮抗，如果你沒有感到不舒服，日常生活都沒有受到影響，那你要取哪一個時間點去看身體內部的運作狀態才算是『正常』？每個時間、每個狀態都正常嘛，不是嗎？」

學長放下酒杯，用他銳利的眼神瞄著我，繼續說：「就像有患者來找我看憂鬱症，我說，我不會看憂鬱症啊！你今天如果是來找我說，喔，醫生我都睡不著，怎麼辦？那我有辦法在望聞問切之後處理，而且讓你好睡一些應該沒問題；但如果你跟我說，喔，我覺得人生很無趣、沒有希望、完全沒有動力做任何事情，感覺整個人都當機了，怎麼辦？那我也只能在望聞問切之後，根據你的陰陽虛實寒熱來處理，但我就不敢保證你吃完藥之後人生就會有希望起來。這就跟高血壓一樣嘛，人有七情六慾悲歡離合，哪一種狀態才是『正常』呢？所以有時候我會對一些病人講，特別是一些有點年紀的，我跟他們說：你就想吃就吃、想睡就睡，藥有吃沒吃其實無所謂，如果禁東禁西的，不快樂的多活兩年其實也沒什麼意義，還不如爽爽的過日子，然後該死的時候就去死一死，這不是很好嗎？」

一說完，全桌人都笑了。只是，誰能這麼豁達呢？

倒是，什麼是「正常」？就算病毒真的已經入侵到我的腦子裡面，那我，不正常了嗎？即便現在沒有那些工作跟感情上的壓力了，而我卻還是依舊被那些「我到底死了沒」的念頭困擾著，這樣是不是就算不正常，然後可以把帳算在病毒頭上了？會不會那樣的不正常只是跟原發性高血壓的血壓一樣，還是屬於維持正常的一環？而病灶，就跟原發性高血壓的未知病灶一樣，我的人生仍然有我無法察覺到的工作與感情之外的壓力壓著我，只是我沒有真確地認知到那樣的壓力是什麼，所以得靠這樣不斷地確認「我到底死了沒」來維持我這個人的，「正常」運作？

生命有弱水三千，取個一瓢飲之，誰知道什麼才是全貌！

第九章

「從切片上看起來，基本上的確有雙聯病毒跑到還沒有注射過病毒的老鼠腦袋，這點應該是可以確定的；但是經由什麼樣的管道跑進去，這還很難說。」

漢雄秀出一張經過螢光免疫染色的鼠腦切片之照片說：「最合理的管道應該是從開腦手術時所造成的傷口跑進去，或者是搭電極的便車，隨著電極的殖入而進去的。但如果是這樣，照理說，經過四十八小時，在傷口的周邊，也就是這個打開的頭蓋骨底下的大腦皮層，還有從這個電極插入點以降的四毫米深之所有電極旁邊的腦組織，應該會有最多的病毒增生，也會看到有最亮的螢光才對。但是這兩隻都沒有。」

漢雄切換到下一張，繼續說：「甚至，這隻老鼠的電極所在位置的周邊，幾乎沒什麼病毒的跡象。顯然，這不是病毒滲進來的路徑。」

漢雄繼續把照片放到下一張，拿起雷射筆指著照片中一個螢光比較強的地方，說：「這裡，應該是視丘的腹後內核的位置，有一些螢光。」然後又換了一張照片：「這裡，應該是腦島皮層，雖然螢光很弱，但看得出來。這是我最好奇的地方，怎麼會有病毒到達這個位置？」漢雄繼續切換了兩張照片，邊指邊說：「這是另外一隻，也是視丘的腹內側核；還有這張也是，腦島皮層。」

「有點可惜的是，為了搶時間，我只取了電極插入位置附近幾毫米的區域做切片，其他腦組織都銷毀了。看起來，當初應該要做全腦的切片染色才對。」漢雄有點懊惱地說。不過隨即他就又振作起精神，繼續放出下一張照片，那是電極的電子顯微鏡照片。

「基本上電極沒有問題，四聯電極的四根導線末端之導電處，都分開的清清楚楚，沒有短路的問題，構形上也沒什麼怪異之處，就一般見到的那種線形。」漢雄播出下一張，語氣也跟著照片的出現，變成有些心虛的說話方式：「這張是讓電極的長軸有點要垂直鏡頭那樣子拍的。」漢雄特地用雷射筆在照片上的一處不斷地畫著圈圈，說：「注意看這裡，在絕緣層跟導體尖端那些有點分離開來的縫隙裡，有塞了一些怪怪的、一顆一顆的東西。看起來不是沾附上去的，仔細看每一根所沾附的位置，都像是從那些縫隙的根部擠出來的。這隻老鼠所用的兩束共八根導線，或多或少都有一些。」漢雄再切換到下一張，用雷射筆在照片上類似的位置繼續畫圈圈：「另外一隻老鼠用的電極也是，看這裡，都像是從那些縫隙的根部擠出來的。」

「這些小小怪怪一顆一顆的東西，我看起來像是桿菌；我剛算了一下比例尺，尺寸也是大腸桿菌的規格。」漢雄不是很確定地偏側了一下頭，看著我們，問說：「你們覺得呢？」

「是蠻像的。」我隨即答道，順便擺頭看了一下綉沂和曉韻，她們也都微微點頭。

「啊，對，另外，第三隻老鼠到現在已經連續紀錄了快六十小時，但是神經訊號以及動物行為都沒什麼異常。幹，真是怪了！我打算就放到明天下午，湊滿七十二小時，到時候如果都還正常，就把老鼠犧牲掉做腦切片還有電極的電顯。這隻我會做全腦的切片染色，從嗅葉一直切到延腦，全部觀察一遍。」漢雄呼了一口疲累的氣，回到他慣有的姿態，眼睛朝著右上方的虛空處看著，像是在喃喃自語似地。

「所以，就目前的資料看起來，即便那些奇怪的訊號跟雙聯病毒無關，但是病毒的確可以經由某種未知的途徑跑到老鼠的腦袋裡面去了。是這樣吧，漢雄？」綉沂臉色非常凝重地發問；感覺上，像是主帥在向三軍宣告剛剛才建立的灘頭堡被敵軍奪走了，那樣地凝重。

「是的。但我覺得最糟糕的，居然不是經由最有可能的感染途徑進去，這才是最麻煩的地方。」漢雄拉了張椅子坐下來，像虛脫一樣地緊靠椅背的仰躺著，繼續用他喃喃自語的聲音說著：「如果不是傷口，那接下來的可能途徑大概就三個，一個是腹腔注射麻醉藥的時候，一個是給牠喝的水和吃的飼料，另外一個最恐怖，飛沫甚或是空氣傳染。」

「但是之前那些包覆螢光蛋白的雙聯病毒實驗，不是已經證明了我們的病毒無法穿透呼吸道或消化道的皮膜組織嗎？所以喝的水、吃的飼料以及飛沫或空氣的途徑應該都不會才對吧？因此比較有可能的途徑是腹腔注射囉？」曉韻也是憂心忡忡的表情與語氣，對灘頭堡的失守感到惶惶不安。

「麻醉藥是那瓶巴比妥鹽嗎？」我朝著漢雄問，漢雄沒正眼瞧我，只是點點頭。

「我看你們用麻醉藥的時候，藥瓶蓋子都不打開，只是拿酒精擦拭一下那個橡皮做的蓋子，然後拿全新的注射針筒和針頭刺穿橡皮進去抽藥，是吧？」

漢雄仍舊靠著椅背仰躺著，再點了一下頭。

「所以，如果瓶蓋的橡皮上有汙染，就有可能整瓶藥都受到汙染，是吧？」

「這的確是個可能，也很容易確認，我等等就會去檢查一下那瓶麻醉藥。不過我剛剛在想的是劑量的問題。就像你剛剛講的，不管是橡皮表面被汙染了或者是針頭被汙染了，可以想見，應該都只是沾了肉眼無法鑑別的量嘛，不然抽的時候就會看到怪怪的斑痕了。而那瓶才開封不久，裡面還有九十幾毫升，即使針頭將微量的病毒帶進了瓶子裡面，那些被帶進去的病毒就等於被嚴重稀釋了。因為病毒沒辦法在巴比妥鹽液體裡面增生，所以一直都會那麼稀。然後每次麻醉頂多就用零點幾毫升，連一毫升都不到，這樣，進去鼠體裡面的病毒量是不是足以讓腦切片染得那麼明顯，這個我是很懷疑。」漢雄邊說邊挺直了身體，回到一個較為端正的坐姿對著我，接著說：「這個甚至可以做個簡單的實驗，就找瓶沒開過的，在橡皮擦上一層薄薄的病毒，然後用針刺進去，等個兩天再把藥抽出來打老鼠，就知道那樣的劑量足不足以感染了。」

「當然，如果有人要故意陷害我們，偷偷把高劑量的病毒打進去，那就另當別論了。」漢雄哼笑了一聲，又補了這一句。

「我的人緣應該沒有那麼差吧？應該不會有人想要這樣子害我吧？」綉沂苦笑了一下自嘲地說。接著，以更凝重的表情看著漢雄說：「所以漢雄你的意思是，麻醉藥的汙染極可能不是原因。那，這樣的話，三個可能性不就都被排除了！這樣……嗯……但是，腦切片上面染得出病毒是事實啊！這要怎麼辦？這不就完全沒有辦法解釋了！不會是靈異事件吧！」

「靈異的可能性先排到最後。我們的病毒是不是真的無法穿透呼吸道或消化道的皮膜組織，這點我覺得可能需要再重新思考一下。」

漢雄擺出難得的莊重表情，很認真地看著綉沂說：「單純疱疹病毒和腺病毒外觀上都是正二十面體的結構，那是在病毒原有的組成之下的自然結構。但現在這些病毒裡面原有的某些基因被拿掉了，然後又被塞進去別的基因，也就是說，原有正二十面體的外表結構所包覆的基因組大小已經不一樣了。那就像，今天一個牛皮做的包包，裡面塞了十萬元跟塞了一百萬新台幣，那個鼓脹的程度一定不一樣嘛，是不是？好，那既然不一樣，我們又怎麼能那麼篤定說它們的特性一定不會改變？」

漢雄越說越起勁，眼神也就又越飄越右上，直到又盯上了那個虛空之處。不過語氣還是十分認真地繼續說：「然後，一個的外表被嵌上 TSC 蛋白，另一個則被嵌上 TSC 受體的蛋白，這兩種蛋白質都跟病毒原有外包裝的蛋白質不一樣，不僅大小不一樣，立體結構差更多。也就是說，那個做正二十面體的材料被摻了雜質，這樣的話，那個原有正二十面體的穩定結構還會那麼穩定嗎？更重要的是，那個 TSC 蛋白不一定會均勻散佈在外包裝上嘛，是吧？我應該沒記錯，之前妳們有秀過它的電子顯微鏡照片嘛，我印象整個外包裝看起來不是那麼均勻，是吧？」

漢雄稍微停下來，把眼神再度擺回綉沂身上，算是在等綉沂回答。

綉沂點點頭，輕輕地「嗯」了一聲；漢雄也跟著點點頭，繼續說：「所以，這些病毒的外包裝，就不是同一個樣的正二十面體那麼整齊劃一的事情了，變成了一個人可能有很多套衣服那樣。人要衣裝，所以一個人穿上不同的衣服，角色就可能改變。也就是說，之前雙聯病毒裡面包著螢光蛋白基因，那些加進去的基因組造成病毒外包裝鼓脹的程度，跟現在包那些多巴胺代謝酶的基因組所造成的鼓脹程度一定不一樣嘛，然後，因為那些鼓脹，又可能造成 TSC 在外包裝上的分佈狀況不一樣。這樣想的話，新雙聯病毒的感染特性，還是有改變的可能。」

「照你這樣說，那事情不就沒完沒了啦！變成我們裡面裝不同的基因組，它的感染特性就都要重新確認一遍，這樣的話，不就等於宣布這個系統完蛋了，沒有實用價值了！」曉韻的聲音已經瀕臨哭出來的邊緣了。

這的確是很嚇人的推論，因為如果真是這樣，那就意味著我們原先所盤算的論文發表，不要說什麼頂級期刊了，可能連三流的都不用想。這對發表論文寄望超深的曉韻當然是晴天霹靂，即便是我，也聽得心驚膽跳，感覺要功虧一簣了。

「倒是不用那麼絕望，我覺得，病毒的基因容量對外包裝的影響應該也沒有那麼敏感。比較可能的狀況是，那個牛皮做的包包，裡面最多就裝五十萬元，那就上限了；如果裝一百萬的話，拉鍊會拉不起來，錢會飛走。這個雙聯病毒也是，裡面裝的基因組也應該要有個安全上限，裝超過了，性質就會不穩定。如果我們還要繼續做這個題目，我覺得該調整的方向是這個。」漢雄用著跟林志玲說話的柔和目光以及溫暖語調，安慰著被嚇到的曉韻。

「但是，我們現在要怎麼辦？」曉韻仍然以極度焦慮的聲音問著：「這個多巴胺代謝酶組的安裝計畫還要繼續嗎？」

一問完，全場靜默。漢雄又把臉撇到右上方遙望著虛空；綉沂仍然凝著一張連她四周的空氣都跟著霜降的臉，枯坐在那邊；曉韻則是將所有與焦慮有關的表情都集中，一股腦地全部丟在她的臉上。我看不到我自己，但應該也是很煩躁吧！感覺自己的頭與手還有腳都不斷地各自晃動著，像是我的小腦已經無法協調身體骨骼肌的動作了。

「能不能這樣說，我們沒有做過這些動物實驗。」我的腦子裡在這樣的晃動中，居然晃出一點靈光乍現；雖然我不知道接下來想說的具體內容是什麼，但是，我就覺得應該要先讓話冒出來。

「我是說，如果，今天我們沒有做那兩隻老鼠的實驗呢？」有了起頭之後，好像就開始知道自己想要說的了：「這樣講好了，我那天來做實驗，看到這隻老鼠的訊號怎麼這麼怪，顯然這隻老鼠是不正常的老鼠，所以不應該繼續做下去。當下我就把牠安樂死，放到冷凍庫去等清運。這樣，應該也算是合理的決定吧？」

聽到這裡，綉沂和曉韻都瞪大眼睛看著我，連漢雄都從外太空趕回來瞧我。

「然後隔天再做一隻，幹！又一樣是不正常的老鼠，真衰，再把這隻老鼠安樂死，擺到冷凍庫去。然後，心裡想，如果再做一隻還是不正常的話，那我就要去跟動物中心抗議，抗議說他們賣的是什麼老鼠啊，怎麼都有問題！結果，還好，今天這個第三隻正常了。所以我下的結論是：那兩隻老鼠不知道有什麼問題，浪費了我們一些時間。」

綉沂和曉韻繼續瞪大眼睛看著我，漢雄也開始瞪大眼睛看著我，不過眼神像是在揣摩眼前是個什麼樣的外星人？說的是什麼話啊？

「所以，我們算是沒有做過那兩隻老鼠的實驗。這是真的啊，因為真正的實驗程序都還沒有開始就發現牠們不正常了，所以那不需要紀錄成我們曾經做過的實驗。就像是，我們要的老鼠，體重必須落在300到400公克之間，那今天買到一隻體重450克的老鼠，那就不要用牠了嘛，因為基本條件不符嘛。今天那兩隻也是，基本條件不符啊！只是基本條件換成神經訊號而已。」

我看漢雄好像快要按捺不住了，便朝他比了個坐下的手勢，要他稍安勿躁，然後繼續說：「好，你先聽我說完。我說，今天正在記錄的那個第三隻，到現在都正常嘛，已經連續七十二小時都正常了，代表完全符合標準了嘛。所以，我說，這隻不要殺，繼續做實驗，明天就把真的雙聯病毒打進去，照原有的實驗程序做。因為牠正常嘛，牠就是一隻符合基本條件的老鼠啊，為什麼不做而要把牠給殺了？這沒道理啊！好，漢雄，我知道你要說什麼，你先聽我講，我講完了你再講。我是說，就我們原本的實驗目的來說，那兩隻不正常的老鼠，絕對不需要算到這個實驗的紀錄內，這是絕對沒有問題的，絕對沒有任何造假的問題，不是嗎？

好，那你今天把這兩隻不正常的老鼠腦袋挖出來，拿去切片，這關我們原本的實驗什麼事？無關嘛，是不是？好，你把牠的腦袋切片拿去免疫染色，結果發現有些奇怪的事情，那就，那就奇怪嘛；反正，這個世界上我們不知道其所以然的事情那麼多，又不差這一樣！我們可以去想各種可能性，但是都不關我們原有實驗的事，因為那是另外一個研究題目，跟原有的這個無關。所以，我們現在要抉擇的，不是這個雙聯病毒到底是透過哪一條感染途徑；而是，我們要繼續做原有的研究呢？還是把時間精力都拿去做感染途徑的研究？

這樣你懂了嗎？漢雄，你聽好，我沒有要你說謊、也沒有要你造假，我只是要你思考在有限的時間內，我們要選擇哪一個研究來做而已？」

漢雄很輕蔑的瞪了我一眼，以很挑釁的語氣說：「李同學應緯，你聽好，我不是在跟你談研究的問題，我是在談安全的問題。安全，就是做實驗的人有免於恐懼的自由，你懂嗎？安全！我現在擔心的不是實驗設計有沒有問題，我現在擔心的是安全。今天這個病毒可以經由我們沒辦法一想就到的途徑竄進老鼠的腦袋裡面，那我們就不能排除這個病毒會不會也竄入我們的腦袋裡面，你懂嗎？這才是我擔心的，也是現在必須要立即處理的。」

「所以才要你扮黑臉嘛！對啊，管它是什麼途徑感染，就把源頭鎖緊就對了嘛。就嚴格管控所有病毒的生產與使用程序，讓病毒沒有任何外洩的可能，那你管它有什麼樣的感染途徑，沒病毒感什麼染！你這幾天不就在做這件事情嗎？大家也都配合清理打掃了，不是嗎？然後，現在真正的重點是，接下來我們四個人就要管好所有的小朋友，也同時要管好我們自己，讓大家凡事嚴格照規矩，都不要便宜行事，這樣的話還會有什麼安全問題？

我們現在就是要解決問題，包括安全問題！就上次說的，你現在大張旗鼓停了所有病毒實驗，別人會怎麼想？馬的，你又不是不知道有多少人看不得綉沂好，巴不得找到她的把柄修理她！那你現在要大家停了原本進行得好好的實驗，別人會怎麼想？如果他們不趁這個機會關了這間實驗室，我頭給你！」

「好了好了，兩位學長都請先冷靜一下！你們這麼為小妹著想，我都感動到快要哭出來了啦！大家先冷靜一下好不好？」綉沂是真的一臉焦急，深怕我跟漢雄兩人當場拍桌對罵起來的樣子。她接著快速地說：「我知道兩位學長都是為了我好，也都希望實驗能夠平安順利地進行下去，所以我們現在就先回到實驗本身的問題，那些別人會怎麼想的事情就先不用想，好不好？我們先專注在解決我們所遇到的問題就好，不用管別人，好不好，兩位學長？」

現場有短暫的靜默。漢雄把眼神再放回外太空，我則拿起桌上的咖啡喝了一口，算是給綉沂正面的回應。綉沂看我們兩個都閉了嘴，便轉頭望著曉韻，問說：「曉韻，妳怎麼看？」

「嗯……我覺得……覺得……我覺得可不可以就不要管多巴胺這邊的結果了，先把之前那些螢光蛋白的實驗結果寫了投稿出去，這樣才不會說萬一多巴胺這邊出現難以解決的安全性問題而連帶影響了螢光蛋白的發表。因為……嗯……因為螢光蛋白那邊的實驗做得很完整嘛，也沒有發現安全性的問題，所以，就先發表出去，以免大家這些日子的努力都白費了。」曉韻非常小心翼翼地看著漢雄輕聲地講，一副深怕漢雄會忽然跳起來咆哮那樣地小心翼翼的輕聲。

趁著漢雄還在猶豫要不要從外太空回來之際，我搶先開口贊成說：「我也覺得應該這樣。之前會先推遲螢光蛋白的發表，是因為要確保電刺激和 c-fos 耦合這些讓病毒卸貨的方法不要提早外流，以免失了應用到基因治療的第一地位。那現在即便沒有出現這些安全性疑慮的問題，我也覺得應該是要發表的時間點了，因為我們現在已經發覺原有的電刺激和 c-fos 耦合的作法，對多巴胺這種需要一次性卸貨的新需求無效，所以得探尋新的作法。那既然這樣，原先推遲發表的因素就不在了，那我們就應該趕快把已有的結果寫一寫投出去，以確保我們第一的地位，免得被別人搶先。」

綉沂也緊接著我的發言之後柔聲地說「嗯，我也覺得這樣」，不過是看著漢雄說的，也好像深怕漢雄會忽然跳起來咆哮那樣地小心翼翼又輕聲地說。

「基本上我同意那篇先寫，不過在 Discussion 中我覺得需要加寫一段，就是說『這個雙聯病毒的感染途徑雖然在此研究中僅對神經組織專一，但由於病毒體外表結構可能隨著內含基因組的大小以及 TSC 蛋白與 TSC 受體蛋白分布的狀況而有所改變，而這些外表結構上的改變是否會影響其感染途徑，未來需要再進一步探究。』」漢雄因為是受到兩位林志玲的召喚才回到地球，所以語氣也明顯和緩地說。

「還有，我先建議，這篇曉韻來寫，第一作者，不要有共同；靚蕙放第二、李同學應緯第三，綉沂妳當然是通訊放最後。那中間還要加哪些人我沒意見，而我只需要放在倒數第二就可以了。」漢雄看著綉沂，以更和緩的語氣說。最後又補上一句：「很抱歉，作者序怎麼決定應該是妳的權責，我算越權建議了，請見諒！」

「不會不會，漢雄學長，很謝謝您。只是這樣太委屈您了！」綉沂急忙以更嬌柔的聲音對漢雄說，又急又嬌地像是對於沒有聽到漢雄咆哮的聲音感到鬆了一大口氣。連平常都只直呼「漢雄」這個名字而已，現在還多加了「學長」兩個字在後面。

「謝謝老師！」曉韻隨後也以充滿感激又感動的眼神看著漢雄，用著誠摯到有點顫抖的聲音對著漢雄說。

忽然間，我感到既厭惡又嫉妒漢雄這個傢伙，他憑什麼搶走應該要投注到我身上的紅顏嬌柔與感激？整件事情該怎麼處理、該設什麼樣的停損點、該如何保全實驗室的戰力，全部都是出自於我的設想！是我在這個緊急危難的時刻幫大家指出一條可行的中道之路！漢雄那傢伙算什麼，除了發脾氣罵人、動不動就梭哈不玩了，活像個手上有刀、血氣方剛的青少年，只考慮自己爽不爽、不爽就要找人拼輸贏那樣地莽撞，毫無成熟男人應該有的歷練與智慧。這樣一個屁孩型的男人，卻居然贏得比我多的美人感激與溫柔對待？真是他馬的沒道理啊！

特別是，這傢伙根本就在當面挑釁！什麼「這篇曉韻來寫，第一作者，不要有共同」分明是針對我，故意要讓我在曉韻面前下不了台！現在實驗室裡有哪些成果可以拿來發表、內容該分配到哪幾篇論文、哪篇論文該誰來寫、每一篇的作者群又該如何排序，這些我都早已經跟綉沂商量妥定，也早就幫曉韻爭取到對她最有利的分工方式。我的這些努力，基於尊重綉沂身為團隊的老闆而我的身份只是客卿，因此沒有主動跟曉韻講，結果漢雄這傢伙居然就這樣肆無忌憚地公開為曉韻爭取這些，把曉韻應該要給我的感激與感動就這麼硬生生地搶過去！是可忍，孰不可忍，漢雄真的是欺人太甚！

「還有，現在還在記錄中的那隻老鼠，我要按照我說的規劃，記錄到明天下午，然後犧牲、取腦、切片、染色。之前的實驗接下來要怎麼做，我還是要看這隻老鼠的結果再說。我再重申一遍，做實驗的人有免於恐懼的自由，那是天賦人權；就跟吃香腸得要有蒜頭可以配一樣，兩者是等價的，都是天賦人權。如果我在這裡做實驗卻被剝奪了天賦人權，那我就走人，很簡單，沒什麼好說的。」

漢雄以陰狠的語氣斜睨著我說了這段話，當下激得我中燒的怒火一下子旺到頭頂。不過綉沂和曉韻卻因為漢雄那個香腸與蒜頭不倫不類的比喻惹得笑出聲音來，讓我旺盛的怒火只能憋在心中燃燒自己。

「當然當然，安全也是我的首要考慮。這隻老鼠就按照漢雄學長您的意思去檢查，看看結果如何，這樣我們也比較能夠對事情做出正確的判斷。同時我也覺得應緯學長的建議很重要，我們需要更嚴格地來管控所有病毒的生產與使用程序，讓病毒沒有任何外洩的可能，這樣才能確保我們的，嗯，天賦人權，不會受到侵害！謝謝兩位學長，謝謝，真的！」綉沂極力擺出最誠懇、最真摯的表情，面面俱到的打圓場；但是，她的眼睛是看著漢雄的，沒有多瞧我一眼，說明她只在意漢雄的反應。

儘管我再怎麼不爽漢雄，但綉沂至少讓事情的發展停在一個大家都還算可以接受的共識處，沒有繼續惡化下去。不過接下來的研究工作會怎麼發展、又該如何進展，此時我想大家心裡應該都懸著，沒什麼準頭可以依據，只能先且戰且走了。

散會後，曉韻說要先趕回家看看新來的看護工作狀況如何，因此沒能和她再多說上些話好彌補剛剛被漢雄搶去的頭功，心裡有著很嚴重的失落感。不過綉沂在對漢雄哈腰鞠躬道謝地送他走出會議室大門後，就立即回轉進來叫住我，要我等她一下。

「等等我想再去看看純菲的狀況，你陪我一起去好不好？」綉沂邊收拾她的筆電邊對我說，語氣充滿了濃濃地撒嬌味道。

「好，也應該，應該再去看看她。」

「謝謝學長！你最好了！」綉沂是真的在撒嬌，把「最好了」三個字用著不屬於她現在年齡的嗲嫩聲音泛成一個吻，粉紅地朝我臉上貼印過來。

好吧，只能笑納，以看著淘氣小妹妹的眼神。

說到純菲，中午綉沂從台北趕回來之後，連飯都還沒吃，就要我陪她直接到純菲的宿舍去。顯然上午醫師的用藥發揮了效果，純菲已經平復了許多，倒是靚蕙滿眼血絲，看起來比純菲還疲累。所以綉沂就要靚蕙先回去寢室休息，由她來陪著純菲就好。我們跟純菲聊了好一陣子，一直待到下午三點多，確認她的精神狀況暫時沒有問題，應該可以一個人在寢室睡個覺休息了，我們才離開宿舍。

本來是想要通知她在屏東的父母，看看是不是需要接她回家去休養一陣子？不過純菲很激動的堅決反對，她說，她如果以現在這個生病的樣子回去，那麼她爸媽就不可能再放她出來外面工作，一定會把她綁在家裡面，然後她接下來的人生就只能守著那家店面，再也走不出去了。她說她想出國到處去看看，她想過著每天可以穿得漂漂亮亮去上班的生活，她絕對不想她的人生就這麼無趣地每天煮麵洗碗切小菜。

沒辦法，我跟綉沂只好暫時打消通知她家人的念頭，先暫時安撫她說，等明天門診看完醫師後，聽聽醫師的建議再來思考接下來怎麼做比較好。在綉沂再三保證絕對不會先通知她父母，而且明天也會陪著她去看門診之後，小女生才放下心，平復剛剛激動起來的心情。

從純菲的宿舍走出來之後，綉沂的表情一下子從溫柔漾笑瞬間垮成煩憂無神的臉。我們兩個人相視對望之後同時嘆了一口氣，我猜，應該都是為同一件事情嘆氣：「怎麼辦？」

就是這麼措手不及的剛好，純菲跟巧悅這兩個第一線的作戰人員同時掛病號，而且還是很難評估復原時間的病號。如果這兩位重要的士兵無法在短期內重新整裝上戰場，那麼即便漢雄那邊不出問題，研究的進度也一定會被嚴重拖延。也因此綉沂憂煩的連午飯都不想補吃就回到實驗室工作，在剛剛那場差點吵起來的會議中也只是簡單地啃個麵包喝杯牛奶而已。

「要不要先去吃個飯，吃飽再去。妳今天等於午晚餐都沒有吃，這樣不好。」既然被粉紅嗲嫩的聲音印上了撒嬌式的飛吻，只好直接踩熄還在胸中燃燒的怒火餘燼，也以等價的款款溫柔關心地問。

「剛剛有吃個麵包，還不會太餓。已經快九點了，先去看看她好了；或許等等得要幫她買個日用品什麼的，早一點去比較好，之後晚一點再連宵夜一起吃。」綉沂邊說邊背起已經收好的筆電，稍微拉了拉我的袖口，很嬌柔體貼地輕聲說，「走吧」。

到了純菲寢室，靚蕙還在房間陪她。她晚上幫純菲準備了晚餐，也幫純菲收拾了一下房間。我們到的時候，純菲剛服完藥，正準備就寢。我們跟純菲約了明天上午來接她的時間，再簡單的叮嚀幾句之後便離開。但是才剛走出宿舍大門，綉沂停下來想了想，就要我在門口等等，說她覺得靚蕙不太對勁，她再進去看一下。

我在門口踱了十幾分鐘之後，才看到綉沂滿臉愁容地走了出來，她說靚蕙看起來狀況也很糟，失眠的程度越來越嚴重，所以她要靚蕙明天也一起去看精神科門診。

「學長，我的實驗室管理是不是出了什麼問題？還是我這個人有什麼問題？為什麼三個助理全都在這個時候精神出狀況呢？我很兇嗎？還是我給她們太多壓力了？我好難過，也好煩喔！」綉沂的語氣非常沮喪，沮喪到讓人想要一把抱住她，摟緊，好好地拍拍她的背，在她耳邊輕聲地安慰她。只不過，宿舍是在院區裡面，晚上九點半，仍然有不少人來來去去宿舍與研究大樓之間；如果此時我真抱了摟了，隔天準會被加油添醋地傳成三人成虎的社會新聞。

「妳已經是個夠好、夠體貼又會替員工著想的好老闆了！哪個老闆還會親自陪助理去看門診的，就妳一個而已啦！妳做得夠多了、夠好了！」我邊說邊極力克制住自己的右手，不讓它有機會去碰觸到綉沂。

「還是實驗室有什麼風水上的問題啊？或是……哎呦，好煩喔！我是不是該去廟裡拜拜求個籤啊？學長，你會嗎？你知道要怎麼去廟裡拜拜求籤嗎？」綉沂還是哭喪著臉的表情，邊走還邊跺著腳，完全不像是個四十歲的熟女、精明幹練的 PI。或許，她也只有在跟我獨處的時候，才能毫無戒心地展露出屬於她原有的脆弱與嬌態。

「走，我帶妳去吃晚餐加宵夜，然後再送妳回家。」走到停在停車場的車子旁邊，我停下來就著月光，很溫柔、也很獨斷地對她說。我知道今天綉沂因為去台北演講，所以沒有開車；中午她是直接包了一台計程車趕回來實驗室的。

「嗯」綉沂簡單答了一聲，便逕自開了車門進副駕駛座，把包包甩到後座。等到我也坐上了駕駛座，關好車門，綉沂忽然向上伸展雙臂，抬頭對空大喊說：「我要吃很多東西、很多、很多，好煩喔！學長，帶我去吃很多、很多東西！」然後便踢掉雙腳上的高跟鞋，整個人像是癱軟般地蜷縮在副駕駛座上。

我看了她一眼，笑了笑，隨即發動車子、踩油門，將車子滑出停車格之後說：「好，很多、很多東西！乖，學長帶妳去吃很多、很多東西！」

「我很乖啊！但是為什麼運氣這麼不乖！我好煩啊，學長！怎麼辦？我很乖，為什麼大家這麼不乖！好煩好煩，我要吃東西、很多很多東西！」綉沂仗著車子門窗緊鎖隔音佳，又是在夜晚沒什麼人的路上開著，所以更加肆無忌憚地大聲嚷嚷；不，是鬼吼鬼叫的！

將近晚上十點，能夠讓我們家綉沂小妹妹吃很多很多東西的地方，大概只有夜市了。

看起來我們家綉沂小妹妹的確非常非常煩，所以在一個小時又十分鐘的時間內掃過蚵仔煎、貢丸湯、臭豆腐、米粉羹、烤香腸還有一大碗關東煮。吃完要回家了，結果臨上車之前又跑去買了一大包鹽酥雞。

進了車內，仍舊馬上甩開雙腳上的高跟鞋，但這次更誇張，也不管她自己穿的是裙子，就旁若無人般地張開雙腿大字形的坐著，在我開車的時候一口接一口地塞塞塞、吃吃吃，嚼得滋滋作響，吃到嘴邊都是油、滿車都是鹽酥雞的炸油味。

「剩一塊，學長，給你！」也不管我要不要，綉沂說完便直接用手指掐起紙袋裡面僅剩的一塊雞肉往我的嘴裡塞，我只好張開血盆大口，讓她直接把雞肉放到我的嘴裡，然後再以很誇張的大口大口咀嚼，來配合我們家綉沂小妹妹驕縱的舉動。

看到我的配合演出，綉沂小妹妹開心地笑了，然後還是用著很誇張的音量，幾近鬼吼鬼叫的說：「Yeh！Yeh！我吃了好多好多東西喔！謝謝學長！我最喜歡學長了！學長萬歲！萬歲！學長，我愛你！」

一叫完，卻又馬上像是洩了氣般地將身體蜷縮起來，幾乎在座位上盤成一團，極度攤軟地，跟剛剛的鬼吼鬼叫有著巨大的落差。

「學長，我好累，我想趴在你的腿上睡覺好不好？」綉沂忽然幽幽地說，沒有抬頭，人仍然是縮成一團的盤著，以致於感覺上聲音像是從她肚子裡發出來的。

「綉沂小妹妹，很不巧耶，我們的座位中間是排檔喔，妳一趴過來的話，排檔桿就剛好抵住妳的肚子，那會很痛喔！」

「我不管，我想趴嘛，學長，好不好嘛？我不管！」還是很幽幽的聲音，但開始有點耍賴的味道。

「不行啦，不但抵住肚子會痛，而且排檔會滑掉，萬一滑到倒車檔，那就危險了！」

「我不管，我想趴嘛！那你把排檔推到P檔不就好了！好不好嘛，學長！」越來越耍賴了，聲音也越來越大聲了。

「P檔就危險了，P檔。綉沂小妹妹，乖，等等就到家了，回去洗個澡，就可以到舒服的大床上睡覺了！好不好？乖，再忍耐一下！」

「我不管，我想現在就趴，好不好嘛，學長！家裡又沒人，回去都好暗喔！我不要！」

聲音從耍賴變成賭氣，完完全全脫離了那個現實上的綉沂。

「老公不是會回家嗎？怎麼會沒人？乖，快到了，再忍耐一下喔，乖。」

「沒有！他今天去台南出差了，不會回家！我不管啦，我要趴啦！學長，你讓我趴啦，我不管啦！」忽然間，從賭氣的聲音變成啜泣的嗚咽。這下子倒是把我嚇了一大跳，趕緊將車滑到路邊停下，打起雙黃燈，推到P檔，拉起手煞車。

綉沂馬上靠過來，我沒讓她趴下去，而是緊緊摟抱住她，讓她的頭靠在我的肩膀上放聲大哭。她一直哭、一直哭、聲嘶力竭地哭，眼淚連珠串地從我的肩頸洩下，濕透了我的胸膛。

第十章

沒想到半夜兩點居然在實驗室遇到曉韻。

「嘿，怎麼這麼晚了妳還在？咦，妳不是晚上開完會就回去了嗎？」

「是啊，回去了又過來了啊。晚上回去看了一下看護的工作狀況，我覺得她很不錯、很勤奮，中文講得還可以，跟我媽溝通良好。我算是鬆了一口氣，這樣生活就輕鬆很多。這陣子我爸住院，我的工作進度落後得很嚴重，加上純菲和巧悅生病，少了重要的幫手，越想就越心急，想說得先來準備一下這幾天實驗要用的東西。更何況陳老師今天推薦由我來寫螢光蛋白那一篇，我也好緊張，覺得也要趕快開始寫作以搶時效，免得多巴胺那邊如果再出了什麼狀況就會影響這篇的發表。就這樣，越想就越睡不著也坐不住，只好來實驗室做點事情，感覺心裡比較踏實一點。」曉韻很溫柔婉約地娓娓說著，跟剛剛我們家綉沂小妹妹耍賴賭氣的崩潰模樣有著天壤之別。

剛剛到後來的確很崩潰。我摟抱著綉沂，讓她靠在我肩頭放聲大哭了不知道多久，忽然間有人敲我的車窗，隨即有道刺眼的強力手電筒的燈光照射進來，我嚇得轉頭一看，原來是警察。我右手仍然摟抱著還在不斷哭泣的綉沂，左手按下車窗，才發現一部閃著警示燈的警車停在我的左後方，三名員警站在我車子外面，其中站在車頭方位的員警還把手掌放在腰際所掛著的手槍上，做出隨時準備拔槍的動作。

車窗一降下來，員警的第一句話是：「小姐，妳沒事吧？」

接下來就是一連串的確認動作，檢查身份、檢查車子，證明沒有性侵案件發生、我們都沒有被通緝、而這台車子也不是贓車；然後，收到一張違規停車的罰單，因為這裡是紅線。離去前，員警還好心但帶點尷尬的笑容提醒我們說「不管是有誤會要澄清、有事情要商量或是要什麼什麼的，最好還是找個安全合適的地方。晚上的路邊雖然隱密，但是很危險；特別是這條路的大卡車很多，太危險了。」

我理解員警尷尬笑容的原因：因為綉沂身份證裡的配偶欄，寫的名字不是我。

說實在的，我跟綉沂應該要感謝這三位臨檢的員警，如果不是他們適時的出現，很難想像當時在車內的我們接著會有什麼樣的情事發生！因為在綉沂緊抱著我哭泣的當下，我的胸腹全然感受到她婀娜身軀的溫暖，特別是堅挺雙峰在緊貼時的真實彈柔所傳過來的體熱，加上不斷從呼吸中灌注到我體內的她的體香、髮香以及交雜著她汗水與淚水的濕濡味道，在在都驅使著我衝撞理智的藩籬；以致於我的左手漸漸不受大腦控制地往她的臀部下滑，右手則開始探測從她腋下衣服的鏤空進觸乳緣的可能。而綉沂也明顯感知到我漸趨失控的恣意，但她不僅不加閃躲，還刻意地稍微上挪了右腿的位置，讓裙襬略微上捲，準備迎合我即將下滑的左手；她也將左臂略略上斜，讓出更大的腋下空間，引誘我的手掌更加地深入。

也就在員警手持的那道光射入車內的時候，才讓這即將不可收拾的一幕嘎然停止。

當臨檢結束，我們重新開車上路，綉沂也就回神到那個平時正常的綉沂。她理理服裝、撥撥頭髮，挪移了坐姿，調整成一個有點不太自然的端莊模樣，以帶著點靦腆、帶點愧疚的沙啞聲音對著我說：「學長，對不起，也……謝謝你。」

「沒事，就六百元罰單而已啦，沒事，我常常收到，沒事，這個常常嘛，就停個紅線，沒事。」我「沒事」到有點語無倫次。

綉沂笑了笑，沒再多說什麼。只是身體略微向右偏側，變成有些背對著我地看著窗外，一路靜默，直到車子停在她家大樓的門口。

我沒有熄火，只簡短地說聲「到了」，綉沂點點頭，也簡短地回了聲「嗯」。但是她沒有立即下車，只是坐著，靜靜地看著她的，家；我沒有說話，就看著前方，靜靜地陪著她。

就這樣兩個人沉默了快一分鐘，綉沂才轉身伸手到後座拿起她丟在後面的包包，然後看著我，很細柔地說了聲「學長，真的，很謝謝你。」之後開門，下車。

臨關門前，我朝她揮揮手，她笑了，沒說話也沒揮手就關了門，轉身，離去。

回到我在研究院的宿舍，已經接近子夜一點鐘的時候了。洗了澡、躺在床上翻來覆去十幾分鐘就是靜不下來，剛剛差點脫軌的激情，還是把我的思緒搞得翻騰混亂，完全沒有睡意。於是想說還是起床做點正事，看看能不能把混亂的思緒拉回到生活的常軌。就這樣，便想起自己的筆電還放在實驗室，就又想說反正研究大樓從宿舍走路過去也不過十來分鐘，而且今夜的月色著實皎潔，流風中有著舒爽的涼意，那就走走吧！就這樣，居然在實驗室裡遇到了曉韻。

「這麼巧，我也是來做點事情的。筆電放這裡，忘了帶回去，就乾脆過來。」

「大家都好認真喔！陳老師也才離開沒多久。他說他剛剛在動物行為室裝了一組網路攝影機，可以遠端監看，這樣他就可以回去宿舍盯著看就好，不用整晚一直待在這邊。」

還好，漢雄這傢伙不在，不然今晚跟曉韻意外相遇的氣氛，就又可能被那個傢伙給破壞掉。

「是啊，現在是非常時期，的確得認真些。不過換個角度想，也正因為實驗進度快不起來，剛好就把時間拿來整理整理已經完成的實驗結果。說起來，這也是個難得的時機，不用一直往前追趕實驗進度，可以逼自己先停下來寫。之前我跟綉沂就商量過不只螢光蛋白這篇，包括 TSC 蛋白對病毒感染力的影響，還有多巴胺代謝酶群基因組在雙聯病毒的建構與包裝策略，這些主題，都可以讓妳來寫。這樣到了年底或許妳就可以多個兩篇第一作者的論文，對明年教職的申請比較有幫助。只是那時候妳父親住院，我沒有適當的時間跟妳討論這些，沒想到漢雄晚上開會的時候就先說了，但其實我早就跟綉沂建議過了，也都決定了。」

「謝謝你，應緯！」

看著曉韻感動的眼神，覺得，總算扳回了一城。

「說到純菲和巧悅，我明天除了要帶純菲去醫院看精神科門診之外，連靚蕙也要一起帶去，她也出問題了；失眠，看起來已經嚴重到影響工作與生活的程度了。」雖然是綉沂發現靚蕙的不對勁，明天也是我跟綉沂一起陪她們去，但是在跟曉韻說話的時候，我很自然地盡量降低「我與綉沂一起」的意象，自然到連我自己都沒什麼自覺的自然而然。

「我之前有聽靚蕙抱怨過失眠，不過沒想到是這麼嚴重。」曉韻嘆了口氣，臉上剛剛感動的神情一下子轉變成憂心忡忡的樣子。我忽然覺得人的五官搭配得真是巧妙，只不過雙眉略微地舒緩或緊蹙、嘴角弧線略微地弦延或皺縮，就馬上展現出完全不同的心情意象。

「唉，其實這兩天我也覺得我那種焦慮無謂的恐怖又更加嚴重了，嚴重到連我自己也很想去看精神科醫師了。」曉韻說著的時候，雙眉更加地緊蹙、嘴角弧線更加地皺縮，臉上的意象從憂心忡忡瞬間再轉變為焦慮中有懊惱。

「這樣啊！」我移了腳步，更靠近坐在椅子上的曉韻，說：「妳自己再衡量看看，如果覺得有需要，那我陪妳去看看。看是要在新竹這邊，或是到台北的 Td 大附設醫院，那裡的精神科有我一位很熟的朋友。這次純菲的就醫，也是她在緊急時刻給我即時的幫忙。」

「嗯，我知道了，如果有需要的話。」曉韻輕輕地點點頭，雙眉雖然稍微放開了一些、嘴角弧線也左右多延展了一點，但臉上呈現的意象卻又轉變為落寞的神情；不過在我看起來，「我見猶憐」應該就是對此時眼前的曉韻最貼切的註解。

我又挪了一下腳步，從正對著她站著的方式變成斜靠在她椅子左邊的扶手，然後伸出右手輕輕地搭在她的右肩上。曉韻沒有任何閃躲與抗拒，而是屈升她的右手，以她纖細的手指微貼在我的指背，很輕很輕地撫摸著，一邊說：「應緯，你也會有精神上的困擾嗎？我是說最近。」

「我啊……應該是……沒有，吧……當然，精神是緊繃了點，不過因為最近學校的事情比較多，這邊的實驗進展又不順利，心情受到影響是難免的，不過應該還不至於到了出問題的狀況。」在開口的瞬間，我猶豫了一下，想說到底要不要說出真話？但是在這樣的夜深時刻，我的角色應該是曉韻的依靠而不是增添她擔心的弱者，所以最後決定說出的，就是口是心非的語句。但也因為這猶豫後的口是心非，致使全身的肌肉稍微不協調地緊繃了一下，是以搭在她右肩上的手掌略微加大了力道，變成緊緊地貼壓在她的肩膀，明顯感覺到她纖瘦肌膚下的鎖骨硬度。

曉韻顯然感受到了我手掌力道的微妙變化，也隨即將她的手指更加緊貼在我的手指上作為回應。

「這樣啊！那或許只是我們幾個女生的抗壓性的問題吧？應該不會是陳老師所擔心的那種狀況吧？」曉韻自言自語式地低頭喃喃說著。停了一下，她忽然稍稍抬起頭側望著我，問說：「你有聽過綉沂說什麼嗎？嗯，我是說，你有聽過綉沂也抱怨過遇到什麼樣精神方面的困擾嗎？」

「啊……每個人都有自己生活中的困擾吧！但有些困擾是很隱私的事情，不一定能夠對外人說……」我話還沒說完，曉韻就插口說：「但你不是綉沂的外人啊！她對你那麼信任，什麼事情都聽你的意見，就像當初我來應徵的時候，也是你和綉沂一起面試我的啊。所以如果她有什麼困擾，應該都會跟你說才對。」

雖然曉韻的聲音依然輕柔，說話的節奏也是不疾不徐地無事般的正常；但就因為比正常還正常，所以聽起來就透露出這硬生生插進來的問句，含有某種不正常的訊息。

「外不外人是相對的問題。在這個實驗室裡面，如果我跟妳或漢雄比起來，你們當然是綉沂的外人，而我就是那個較為親近她的人；我所謂的親近是說，比較熟識的那種親近，因為我們在很早以前就認識嘛。但是如果說，要我跟綉沂的家人比起來，那我當然是外人囉！更何況，我們有些事情連自己的家人都不太願意講，更不用說是對外人講了。」這段話應該說得合情合理吧？我猜。

曉韻微微點點頭，沒說話，但又重新很輕很輕地撫摸著我的手指頭。我再往右邊挪了一下身體，變成貼著椅背站在她的正後方；同時也把左手搭放在她的左肩上，兩個手掌以同樣的溫潤力道貼壓著她的雙肩，微微地按摩起來。然後低下頭，靠近她的耳邊輕聲地說：「妳不要把自己逼得太緊，一篇一篇來；寫的時候，如果有哪些圖或表需要重製或修改的話，就都交給我；甚至Discussion的某些部分也可以由我來寫，再怎麼說，我也是作者之一，對於論文的寫作也應該出些力氣。這樣我們兩個人合作的話，速度就應該會快很多。」

「嗯」曉韻只簡單的輕哼了一聲。此時她的雙眼輕闔，雙手也自然地垂放在椅子兩邊的扶手上，很放鬆地將自己後靠在椅背，享受著我對她的按摩服務。

望著仰靠在椅背上像是睡著了的曉韻，她胸前隨著呼吸而微略起伏的雙丘，有節奏地擺盪出心湖靜謐的漣漪，波進我的眼簾，帶動我心海的蕩漾。

就這樣有默契地讓時間沉澱了約三分鐘之後，曉韻才緩緩地甦醒過來，悠悠地說：「好舒服喔，我都要睡著了！你的手酸了吧？」

「為美女服務是我畢生的榮幸，我的手捨不得酸。」我一邊說，一邊變換按摩的手法，從抓提的捏拿方式改為用拇指按揉肩窩的位置。曉韻想要給我個微笑，但卻又因為按揉到肩窩的痛點而略微蹙眉；不過，漸漸地，她的表情又舒緩成閉著眼睛像是睡著了。

就又這樣為她服務了幾分鐘之後，曉韻才又睜開眼，屈升她的雙手抓住我正按摩著的手，很溫柔地說：「謝謝你，真得好舒壓啊！」

「那以後我就用按摩來代替精神科門診好了！」我停止雙手的揉捏，享受被她的手抓住的溫暖。

「說到精神科門診，其實今天聽完陳老師的報告之後，我覺得他所擔心的事情還是有可能是真的，只不過我們該用什麼樣的方式來處理而已。我在想啊，除了杜絕實驗操作可能外洩病毒的管道之外，我們也要確認一下現在有異常症狀的人有沒有受到感染。特別剛剛聽你說連靚蕙都嚴重到要去精神科了，那這樣等於加上我就四個人了。一個實驗室裡面有四個人在同一個時期出了類似……嗯，應該這樣說，症狀不一定類似，但應該都是同一個器官，就是大腦出問題。這其實是蠻奇怪的巧合，我覺得，還是不能這樣就輕忽感染的可能。」

曉韻停頓下來，忽然仰起頭問我說：「你要不要先坐下來？」

「不用了，這樣很好！」

大概是雙手屈升久了會痠，曉韻左右各拉著我的手掌同時往她頸項中間的領口聚攏，然後臀部稍微再往椅背抵緊，讓身體因而上提了一些，這樣她的頭部就可以直接以我的胸膛為枕；但也因為這樣，我的雙掌就更接近她胸口的雙丘，只不過在曉韻的緊握之下，兩隻手掌都無法再有更進一步攻頂的機會。

「我是在想說，我們是不是可以自己先檢查一下自己？就自己抽管血來驗驗，甚至可以全面一點，自己驗個尿、驗個唾液、驗個鼻腔的分泌物什麼的，反正一般可能的感染途徑都來驗驗看，看看有沒有病毒在我們體內，這我們實驗室自己都辦得到。雖然我們沒辦法驗驗看腦袋裡面的神經組織有沒有被感染，但如果剛剛那些我們都驗過了、也都沒有發現病毒，那至少可以說即便我們自己受到感染，但不會經由我們傳播出去，這樣子，總是可以比較放心一些。你覺得這樣好不好？」

「好是好，但是，就如同我晚上會議時講的，如果我們這樣做了，那別的實驗室一定會知道，屆時傳出去的話，不知道會傳得多難聽？到時候別人以我們實驗室有生物安全的疑慮來對付我們，那我們的麻煩就大了。」我低下頭講話，幾乎是將聲音直接透入她的髮叢中那樣地貼近著講；因此在換氣之間，進入我鼻腔再充滿我整個身體的，全都是融合著曉韻體香的髮香。

我發覺，我已經不太想再思考那些病毒會不會感染的問題，因為我的手掌已經有些蠢蠢欲動地想掙脫曉韻的緊握，我得盡全力克制住它們。

「嗯，我有想過這個，的確要避免。所以我在想，我就先偷偷做我自己的；你不要忘了我大學是唸醫事技術的，而且我是有執照的喔，所以這些抽血採檢體我都可以自己處理。反正就是不要讓別人發覺我在檢查我自己就好了，你覺得怎樣？」

「聽起來不錯。那這樣好了，我也讓妳驗一驗，就當作……無症狀的對照組好了。」我幾乎是咬著她的頭髮在說話了。

「好，那明天我先準備一下。嗯，抽血採檢體的話，在實驗室不太方便，即便是晚上，也不見得不會被別人撞見，到時候就很難解釋了。嗯……我去你的宿舍也不方便……那這樣好了，明天晚上你來我家好了，我爸媽還有看護都在一樓，我自己一個人住二樓，就在二樓抽血採檢體應該是最安全的了。你說這樣好不好？」曉韻仰起頭問我。

我說「好」，然後給了她一個吻。

這一吻，讓曉韻鬆開她的手，轉而往上撫摸著我的臉頰。但在我的雙掌好不容易重獲自由，正準備上探丘峰的時候，遠處忽然傳來急促的腳步聲，嚇得我跟曉韻急忙分開，各自彈回剛剛我進來的時候兩個人原本所在的位置。不過等了一下，奔跑的腳步聲並未朝實驗室這裡奔來，聽方向應該是往動物行為室那邊過去。當下心裡大幹一聲，直覺一定是漢雄這傢伙又過來攪局，真他馬的煞風景。

本來不想理他，不過曉韻有些擔心地說：「聽起來應該是往動物行為室那邊跑過去的，可能是陳老師。這是很急的跑步聲，可能是行為室出了什麼狀況！我們過去看看好不好？或許可以幫得上忙！」

剛剛被腳步聲嚇得硬生生停止灌注到海綿體的血液，此時全部都上衝到腦袋，讓每個神經細胞都浸潤在憤怒的情緒當中。不過總算還有些地方沒有潰堤，及時攔下差點脫口而出的「管他去死」，然後勉強改成「好吧」的無可奈何。

一到動物行為室，果然是漢雄的大駕又光臨。還沒想到要吐嘈他什麼話的時候，他倒是邊喘氣邊興奮地說「來來來，剛好，你們聽」然後打開音頻顯示器，將螢幕上的神經電訊號轉成聲音的形式播放出來。這些節奏似曾相識，很快地我就發覺跟之前那兩隻的奇異放電型式相仿，只不過這隻老鼠的背景雜訊聲比較大，沒有之前兩隻那麼乾淨純粹。

漢雄一邊聽一邊仔細地看著老鼠的活動。這是一隻 350 公克左右的白色雄鼠，品系是 Wistar，頭上頂著兩束電線，正在行為箱裡沿著箱子的壁緣停停走走。老鼠行走的速度慢慢地，就往前晃個兩三步，然後停下來上下擺擺頭，張開牠的觸鬚碰一碰地上以及箱子的邊緣；偶而還會上抬前肢攀爬一下牆壁，發覺爬不上去之後，就又回到停停走走的狀態。有時候牠也會停下來，稍微弓著身子不知道在想什麼地縮在那邊，過了幾秒鐘之後才又恢復停停走走。

我們跟著漢雄站在那邊瞪了快五分鐘的老鼠，因為實在看不出個所以然來，只見到老鼠停停走走單調的步伐繞啊繞著，一下子深夜的睡意就被這樣一圈又一圈的團轉拉扯出來，惹得我跟曉韻兩個人哈欠連連。

「看這個很無聊啦，你們可以先回去睡覺啦。」漢雄嘴裡的話雖然是針對著我們說，但仍然是目不轉睛地注視著老鼠，並沒有轉而看向我們。

「陳老師，這隻老鼠有什麼不一樣嗎？」曉韻勉強撐起精神，用著疲憊的聲音很誠懇地問著。

「神經訊號聽起來異常，跟前兩隻的怪異頻率類似；但是行為看起來卻沒有什麼異常的樣態，跟平常都差不多。這就怪了，真是…實在是不知道老鼠的腦袋在搞什麼鬼。」漢雄快速轉過頭看著曉韻回答了她的提問，一說完又快速地轉回去盯著老鼠。

「曉韻，妳看起來很累，趕快回去睡覺吧！三更半夜的，騎車要小心喔！」漢雄隨即又補了一句，完全無視於我的存在地對曉韻說話。

「喔，好，那個，沒關係……好，那個……陳老師……好，那，李老師，我就先回去了。」曉韻一邊說一邊看著我，又看看漢雄，然後再回頭看看我，結結巴巴地。

「我說那個李同學應緯，如果你現在沒有急著要忙的事情，能不能幫我送一下曉韻回家。半夜兩點多了，這附近荒郊野外的，然後飆車族又多，我實在不放心她一個女生自己騎機車回家，你能不能幫我個忙，送她回家？」漢雄仍然緊盯著老鼠，目中無人地像是個老闆在下指令給員工；表面上是詢問商量，但實則是下命令。

我雖然很幹他用「幫我送」這種好像曉韻是他的什麼人的措詞，不過也算是剛好幫我跟曉韻此時的尷尬解了套，讓我說不出口、曉韻也開不了口的事情變得名正言順。

「好吧，反正我剛剛的工作也告了一段落，我就先送妳回家；妳機車就放在這裡，反正我明天早上要去接純菲和靚蕙去看醫生，可以順路先去妳家接妳過來實驗室，沒問題的，小事一件，順便。」我一說完，曉韻一臉疑惑地輕聲說「喔，好，謝謝李老師」還朝我扮了個穿幫了的鬼臉，這時我才發現我說溜了嘴。

其實明天早上並不順路，因為純菲和靚蕙也是住研究院的宿舍，所以只有「特地」去接曉韻，而沒有「順路」這件事情。

總之，我已經不管漢雄這傢伙怎麼想，當下就撂下一句「曉韻，走吧」便拉拉她的衣袖把她帶出去；曉韻臨出門前還不忘回頭補了一句「陳老師，我們先走了」然後又對著我說「李老師，謝謝」。看得出來曉韻可能有點被漢雄嚇到了，因而想極力掩飾些什麼。但我實在很想跟她說：妳再這樣李老師、李老師的，本來不會露餡的事，結果卻都自己爆了料。

我們回到主實驗室快速收拾了東西便往停車場走去，一路上曉韻刻意跟在我後面，維持著一前一後的走路方式，一直到坐進我車子裡面，曉韻才算鬆了一口氣。

「妳太緊張了。」我一邊發動車子一邊笑著對曉韻說。

「我們以後在實驗室還是不要這樣子好了，剛剛我差點嚇死了。」曉韻是真的驚魂未定的樣子，安全帶拉了幾次都調不到對準插梢的位置。

「還好吧，有什麼好嚇的！如果被漢雄看到了，那就……就看到了嘛，我們兩個人的事又不關他的事；更何況他這個人沒什麼三姑六婆的習性，不太會講別人的是非。總之，我覺得還好，不用嚇成這個樣子。」我盡量用輕鬆的語調說話，希望能快速消除她心中的疙瘩，免得我跟她之間好不容易推進的進度，一下子就又歸零。

「如果不是被陳老師看到而是被其他人呢？如果今天是被綉沂看到呢？」曉韻的語氣已經不是驚魂未定的樣子而是真的生氣了，聲音明顯地大了起來：「你當然沒關係啊，綉沂又不能對你怎麼樣，但我咧？如果今天被綉沂看到了，你覺得我還有論文可以寫嗎？甚至，我還可以在這裡工作嗎？你說啊，你自己憑良心講。是啊，我們兩個人之間的事不關陳老師的事，但關不關綉沂的事？你自己老實說。」

一說完，曉韻開始掉淚，輕聲地啜泣起來，好像委屈的水位在此刻終於高過自我建設的心理堤防，情緒不可收拾地淹漫開來。

「綉沂應該……唉，不會啦，妳不要想那麼多，事情不會像妳想的那樣……而且我跟綉沂，唉……我們……沒有必要把她扯進來嘛！我們是我們，扯綉沂幹嘛！」忽然覺得，要將一道應該是申論題的題目立即以是非題的方式作答，真是件不可能的任務。

「是啦，是我想太多，是我把沒有必要扯進來的人扯進來，都是我自己的問題！但是我就是怕啊！你可以不用怕，但我就是怕！我喜歡你，但我不敢公開說，因為我怕，因為有人也喜歡你，而且那個人是我的上司，是對我接下來的工作發展有關鍵影響力的上司，所以我怕，我就是怕！你懂嗎？你不用怕，但我真得害怕！你懂嗎！」曉韻越哭越激烈，已經到了必須要考慮是否該把車停下來安撫她的程度了。

我完全沒想到在四個小時之內，我身邊兩個喜歡我的女人，居然都坐在我旁邊的這個位子上哭泣！而現在已經有點聲嘶力竭的這位，不到一個小時之前，我還吻了她。為什麼曉韻的甜蜜跟哭泣之間會轉變得如此迅速又不可理喻？就像四個小時之前，綉沂的端莊與瘋狂，為什麼也切換的那樣迅速又不可理喻？都是因為我嗎？是我讓她們陷入那樣的不可理喻嗎？或者，我只是她們自憐的藉口，那些不可理喻的眼淚，都只是為了她們自已而流的？

只是，我現在真得很疑惑，如果我跟這兩位女生的其中一位公開在一起了，是不是就完全不見容於另外一位？說真的，我現在已經不曉得要怎麼思考這個問題了。

「妳先冷靜一下，事情不是妳想的那樣。綉沂……綉沂是結了婚的人，我……我……唉，事情不是妳想的那樣……唉，妳先冷靜下來好不好？妳現在怕的是一件不需要怕的事情，妳冷靜下來，我好好說給妳聽，好不好？」我開始不知道應該是要加快油門，好趕快把她送回家再慢慢解釋；或是，打個方向燈靠到路邊，把車停下來先好好跟她解釋？

但，送回家或停下來，然後呢？我到底要跟她解釋什麼？

「是啦，綉沂結了婚，但我卻覺得夾在你們兩個人之間，我比較像是妨礙你們的小三，而不是你妨礙了綉沂的家庭！」曉韻恨恨地說，有點咬牙切齒的味道。聽得我開始連踩油門或踩煞車都有點猶豫不決了！唉，到底要先送她回家還是靠路邊說呢？

「吼，妳想到哪裡去了！什麼小三不小三的。妳聽我說，綉沂有家庭，我不會去破壞她的家庭，她也不會放棄她的家庭，基本上，我跟她是不可能的。我很清楚地跟妳說，不可能，妳懂了嗎？所以說，妳怎麼會是小三呢！唉，這，唉……事情不是妳想的那樣啦！唉……」我的聲音應該還不至於到不耐煩吧？希望。

「那你喜歡她嗎？不，我要這樣問：你愛她嗎？」曉韻暫時壓抑了一些哭聲，邊抽搐著邊問。我感覺得到她正瞪著我，所以快速地轉頭向右看了一下；有被瞬間瞄到的杏眼圓睜嚇到，我很怕她接下來會不會伸出手來，硬把方向盤一扭，把車扭去撞路邊的護欄。

「我……吼，妳問的這算是什麼問題啦！小姐，拜託，那不是愛不愛的問題好嗎？吼……小姐，妳這種是非題的問法是要我怎麼跟妳說呢？拜託一下好不好，人生沒有是非題啦，都是申論題好不好，不要一下子就把事情往非黑即白的方向去推，這不是討論事情的方法啦，好不好？」我覺得我已經開始動氣了，如果再這樣下去的話，連我自己都會失控，到時候一定會出事情。

「我愛你！但，你愛我嗎？」曉韻忽然很堅決地問，堅決到連哭聲都完全壓抑住了。

「愛！但是，事情不是很簡單的二分法就可以說清楚的，我……」我是真得想要發火了，都幾歲的人了，還在問這種高中生的問題！

「我知道了，你不用再說了，我知道你愛我就好。」雖然仍有止不住的哭泣後抽搐，但曉韻的語氣瞬間回歸平靜，清楚地說出這句話；只是，這個瞬間出現的平靜與清楚，也讓我瞬間感到害怕；也一下子愣住了，不知道該如何接口回答。

「你了解你的學妹綉沂，我了解我的老闆綉沂；你了解跟你不同性別的綉沂，我了解跟我一樣身為女人的綉沂。就這樣，有你說的『愛』這個字，我知道我接下來要怎麼做了。你放心，我不會給你添麻煩的，日子會跟今晚之前一樣。」曉韻仍然延續著剛剛的平靜與清楚，偶而摻雜一兩聲還止不太住的抽搐；但是那樣的平靜與清楚，卻讓我冒出了不寒而慄的感覺。但，為什麼會不寒而慄呢？在這個當下，我也已經搞不清楚我在想什麼了！

不過，還是得趕緊把話接續著說，以免讓曉韻又起疑心：「妳不要把事情都想要自己來扛，我們之間的事情，我們共同承擔；我不會讓妳一個人孤單的，我也不能讓妳一個人孤單。」一說完，我自己心裡迅即浮出了千百個問號，我要承擔什麼呢？我又還沒有做了什麼事情，不過就一個吻而已，我要承擔什麼？

曉韻沒再說話，也沒有再繼續哭泣，我們就這樣繼續保持沉默地開著車，在夜晚獨行的路上，奔馳著一個不曉得要想什麼的我，和一個我不曉得在想什麼的她。漸漸地，連抽搐聲也沒了，然後，也到了曉韻的家。

在我車停了手煞車拉起之後，曉韻長嘆了一口氣，以略微紅腫的眼睛深深地望著我，然後輕輕地說了聲「謝謝」之後便迅速下了車、迅速地轉身離去，讓我連「不客氣」都還來不及說。

我停在曉韻家門口，看著她，一直到她走進家裡關上門。整個過程，曉韻都沒有再回頭看我。這讓我更加迷惘了，甚至覺得今天晚上從綉沂在我車上開始鬼吼鬼叫的那時候算起，一直到曉韻的抽搐聲結束然後開車門離去，這一連串的事情，到底是不是真的發生過？我會不會現在其實是在我自己的夢裡面，或者是，就像我一直擔心的，我已經是一個遊魂了？

我鬆開手煞車，開始將車子往左重新開回車道上，但是我不知道接下來我應該要去哪裡。或許，身為一個遊魂，我該去尋找的是我的肉身究竟遺落在什麼地方，不然，身為一個遊魂，還有什麼地方可以去呢？

時間來到凌晨三點半，我以一個遊魂的姿態，蕩回到動物行為室；我需要有個人可以跟我說說話，即便那個人是令人討厭的漢雄。因為在這個偌大的城市中，除了漢雄，我再也找不到其他可以在這樣的深夜裡說話的人了。

「哇靠！幹，李同學應緯，你是剛五百里師對抗結束後回來膩？不過就叫你送個林志玲回家而已，怎麼搞得好像五百里急行軍那麼樣的疲累？」我一進動物行為室，漢雄回過頭快速瞄了我一眼之後，就又轉回頭去盯著老鼠邊看邊說。

「幹，師對抗，就你這個步兵排長要啦，拎杯顧國軍英雄館的啦，誰跟你師對抗。」我拉了張椅子在他旁邊坐下來，跟著一起看老鼠。這隻老鼠仍然跟我剛剛離開前沒什麼兩樣，走走停停、停停走走，那邊用鬍鬚碰一下、這邊也用鬍鬚碰一下。不過就50乘50平方公分那麼大的地方，牠卻一直繞一直走一直碰，彷彿每寸立足之地一走過，都沒有留下任何記憶般地需要重新探索。

「有什麼新發現？」

「沒有，跟剛剛你和林志玲看的時候一樣，訊號異常但行為正常。我剛剛又把線路檢查了一遍，都沒錯。幹！真他馬的怪了。」

「那怎麼辦？你還要這樣一直看多久？」

「現在三點半，就再撐著吧。到八點，等筱美過來接手，我再回去睡個小覺。如果到了中午仍然這樣沒什麼變化，那就犧牲牠灌流取腦做切片照電極，就這樣。」

「辛苦了！」

「幹，你他馬的真的是被捉去師對抗喔，『辛苦了』我有沒有聽錯啊？你會說我『辛苦了』？」漢雄又開始露出他那一臉賊樣的斜睨著我。

「馬的，今天沒心情跟你抬槓。你說，如果這隻的切片結果跟前兩隻一樣，你怎麼辦？要怎麼解釋？」我繼續看著老鼠，忽然覺得，如果人生像老鼠這樣也不錯。不愁吃、不愁住、然後很忙，管它意義不意義的；也不用煩惱什麼時候死，因為煩惱也沒用。

「前兩隻有麻醉，今天這隻一直是醒的，看得到持續的行為，意義比較重大。我比較意外的是，視丘如果有這麼奇怪的訊號出現，照理說，應該會看到些怪怪的行為才對。但是這隻在行為上卻沒有什麼異常的地方，這真是怪了。所以我在想，之前綉沂說的『不是明蝦，而是焗烤起司』或許是種可能。加上前兩支電極的電顯照片裡有那些奇怪的桿菌型態的東西，所以我在想，搞不好真的有東西擋在電極和腦組織之間，所以電極記錄到的，並不是神經的訊號，而是貼在它上面不知道是什麼東西的訊號。」漢雄轉轉脖子、挺挺腰、舒展一下胸腹之後，接著說：「所以這隻頭上的電極在灌流之前，我就要拔出來，先做細菌培養，然後再拿去照電顯。」

「所以你是覺得，或許問題不是我們的病毒？」

「我們是有病毒的問題沒錯，因為切片上看得到；只是我覺得病毒不是引起這些異常訊號的原因而已。」

「細菌？哪裡來的細菌會這麼厲害？」

「我也不知道。但如果真的是，那就是大事件了！」

第十一章

醫師說，純菲跟靚蕙的狀況都還在可以用藥物控制的範圍之內，目前只需要按時服藥即可；還是可以工作，不過需要調整一下壓力的負荷程度，不要長時間處於太緊繃的狀態。這個結果讓綉沂與我都鬆了一大口氣，雖然她們是成年人了，但畢竟都是在我們這邊出了狀況，即便責任不全歸咎在我們身上，但是對這些年輕人，我們還是需要負起相當的道義責任。

隔天，巧悅也可以回來上班了。綉沂就想說不然在助理跟學生們都可以全部復工之前，乾脆讓她們先出去玩一玩、散散心，當作是一個情緒的分水嶺；而且老師們不要跟著去，這樣讓她們可以玩得更輕鬆一點。於是就由綉沂出錢，雯郁帶隊，六個小女生便展開她們三天兩夜的花東鐵道之旅。

就這樣，實驗室就只剩綉沂、曉韻、漢雄和我四個老人在家。面對有些空蕩的實驗室，雖然有點引喻失義，但我居然想起「空巢期」這個名詞。

我在想，那實驗室的老人家們是不是也應該要有個情緒的分水嶺？讓我們也可以覺得

「啊，那些都過去了，我可以重新開始了」的感覺？但是對於像我這種已經在實驗室待了快二十年的老人家來說，什麼樣子的休息，才算是「分水嶺」呢？

仔細想想，對於已經過了四十歲的我來說，好像真得沒有這種功能的休息了。或許吧，「休息」如果要有用，那是因為前方一直有個「希望」在等著他，那個「希望」含有豐富的神秘色彩，融合了太多值得追求的人生理想在裡面，所以衝勁會因為休息過後而增強。但是對於現在的我來說，「希望」已經是個越來越不切實際的名詞，因為已經快想不出除了薪水、職位、頭銜以外，它還可以再對應到什麼稱得上是「理想」東西？也因此，現在要我「休息」，那還不如拿把刀子給我比較快，因為現階段的「希望」，其實就跟「等死」差不多。

自從三天前陪漢雄從凌晨三點半一直盯著老鼠到天光大亮，某種程度我發覺，居然讓我找到了擺脫那些困擾我許久、懷疑自己是否已經遊魂化的焦慮的方法。那就是，把自己當作是一隻活在觀察箱之內的老鼠，只不過我所處的這個實驗室，或說這個城市、這個島嶼、甚或是這個地球的觀察箱稍微大了些。

所以我就是一隻在箱子裡面轉啊轉的老鼠，感覺很忙，但其實從箱子外面往裡面看，那其實很無聊。但箱子外面不是重點，因為是「他們」覺得無聊，只要「我」在箱子裡面感覺很忙就好了；又因為無聊的是他們，所以那樣轉啊轉的到底有沒有意義也是他們的事情，跟在裡面忙的團團轉的我無關；我只需要忙著轉就好了，那就是我生命的意義。

但其實認真來說，在裡面轉啊轉的「我」這隻老鼠，根本就不需要去理會「意義」這件事情，因為「意義」含有「完成後，回顧起來，感覺有……」的內涵在裡面。而身為一隻團團轉的老鼠，因為通常於還在轉個不停的時候，就會被漢雄拿起來殺了，所以箱子裡面的老鼠根本沒有「完成後，回顧起來」的機會。

也就是說，身為一隻老鼠，既然不知生，那死干牠屁事；那既然死干牠屁事，那麼，是不是一個遊魂，就不是什麼需要思考的事情了。

從小讀論語，沒想到得到了四十多歲看老鼠的時候，才領悟「未知生，焉知死」的真正意涵。

那天我問漢雄說：「為麼是大事件？」

「可以在腦袋裡面蟄伏、生存又繁殖，而且能夠自發性產生動作電位的細菌；或者是說，可以因為腦袋裡面某種物質的刺激，致使它產生特定頻率的動作電位的細菌，被我們發現了。那你說，跟 Deisseroth 在 2006 Nature Neuroscience 那篇比起來，就是把藍綠藻的光敏感離子通道表現在神經細胞上的那篇比起來，哪一個驚悚？」

「也是，想起來就很驚悚！不過，如果真中獎了，幹，那你就發了，Nature 或 Science 一定跑不掉。嗯，不，這個應該要先申請專利，馬的，光想就覺得會賺翻了，可能比現在這個雙聯病毒還有市場。」

「幹！李同學應緯，你的腦袋裡面不要整天就想著這麼市儈的事情好不好？幹，你要記得你的身份有兩個，一個是老師、一個是科學家。當然啦，你屬於人家情人的這個身份我是沒什麼評論啦，不過請你尊重一下你現在這個老師加科學家的身份，好嗎？」

「馬的，拎杯今天很衰又很累，不想跟你講那些五四三的。麻煩你，拜託一下，現在不要跟我提到任何有關綉沂跟曉韻的事情好不好？拜託一下，我們是男人，就來談點男人該談的『事業』好不好？」

「幹！我們是男人，不就應該談女人嗎？這論語上有寫。」

「三小啦，說你的老師加科學家啦！」

「好，老師加科學家。馬的，你上課會怎麼跟學生講，那個『科學研究的目的是什麼』你會怎麼講？」

「了解大自然的奧秘、增進人類生活的福祉，世界和平、宇宙大同，征服外星人，馬的，幹！我又不是在選世界小姐，幹！問我這個？我上課不會跟學生講這些東西啦，講這有屁用！」

「馬的，就是有你這種老師，有屁用？好，馬的，實際一點，研究生來找你，問說，老師，我們做這個要幹嘛？請問單兵如何處置？」

「要畢業啦，幹嘛，問那麼多！」

「幹！你如果被人家拋棄了不爽就明講，馬的，不要一副全台灣兩千三百萬同胞都欠你錢一樣，幹！你那什麼鳥樣。」

「幹！拋你的頭啦，我警告你喔，今天不要再跟我提女人。幹！要不然你咧，你就比較會講，來啊，研究生問你，馬的，你單兵如何處置？」

「我會跟他說，我也不知道。」

「幹！屁話。」

「對，就是屁話，因為這個問題本身就是屁話。但是學生為什麼會問出這種屁話？很簡單啊，就我們教的啊。」

「幹！是你教的喔，不要把我拖下水。我不會問學生你做這個有什麼用，我只會問說，幹，你做到哪裡了？」

「幹！你敢對學生說『幹』喔？馬的，你還真帶種。」

「幹！不要岔題啦，繼續繼續。陳老師，你到底教了學生什麼？害他們會問這種屁話。」

「KPI啊！馬的，我也很無辜啊，就你們學校要的、國科會要的、教育部要的，給下來的任何一筆錢都要KPI啊！我還不能寫說，啊，這個，我們執行的結果，充分滿足了人類的好奇心，就這樣，沒別的用途了。幹，寫這樣，就再見，下次不用連絡了。」

「然後咧？」

「然後咧，然後你就看到所有官方的文告與所有報章雜誌暨所有街談巷議，只要談到什麼什麼的科學研究時，一定言必稱現在或將來可以應用到 ABCDEFG 等等族繁不及備載的實際用途。就這樣，好啦，這樣說起來也不是只有我自己一個人的錯，算是歷史共業；好，就說是科學教育的歷史共業。所以，就這樣，學生聽到、看到的都是這樣搞，甚至連我們自己都被內化了，就說，科學研究一定要有個實用的目的，如果沒有，你也要硬把它想到有。然後咧，就這樣，然後！」

「就是你這種死腦筋又假文青的舊石器時代人類才會覺得這樣有問題！什麼歷史共業，黑三小？現在是西元幾世紀了，你還以為有哪個君王閒閒沒事幹隨便拿些錢出來玩玩科學家，不，是讓科學家玩玩？幹！現在西元都超過兩千好幾年了，你現在是拿納稅人的錢做研究；納稅人，OK？納稅人，包括我，賺的叫做血汗錢，繳稅叫做割肉，OK？你今天拿人家割肉所流出來的血汗錢做研究，如果你給不出一個讓人家覺得『這樣的投資很值得』的答案，那你有什麼臉拿人家的錢？所以人家要你掰出個目的，也不過就剛剛好而已，也算是你身為一個現代科學家應盡的義務。」

「但，顧國軍英雄館的李排，我的問題是，如果那個『有用』的結果是未蒙其利卻受其害咧？幹，是啦，現在基因工程很厲害，轉殖來、轉殖去的，很隨心所欲啦，但是每次看到那一盤盤排隊等滅菌釜高溫高壓處理的培養皿我就頭皮發麻。就是這裡，誰知道有什麼奇怪怪的細菌與病毒就在名之為『篩選』的過程中產生，然後產生了什麼也不知道就被送到這裡來？結果，某天，哪一個心不在焉的傢伙不小心一失手，哇，對不起，一整串全打翻了，幹，還好，四周沒人，趕快撿一撿，拿個衛生紙擦一擦，再封起來，沒事。好啦，馬的，你猜我怎麼看這個大事件？幹，我是假設啦，假設真的中獎了，那我猜這個細菌九成九如果不是來自於擺滅菌釜的那間清潔室，就是從養細菌的那間來的。搞不好還不是我們自家的產品，而是從別家飄過來移民的。」

「幹，你那個是管理上的問題，廢棄物管理、處理流程管理、標準程序管理，管它叫什麼，反正就是實驗室管理的問題。那個不是基因工程這個科學上本質的問題，它的本質沒有問題啊；然後，『篩選』也沒有問題，那個叫做技術、叫做流程，一樣的，如果有錯，出錯的不是『篩選』好不好、對不對，而是一樣回到那個管理的問題，那個管它叫什麼的實驗室管理的問題。」

「馬的，就是你這種，一句『那都是管理的問題』就都推個二五八萬的，乾乾淨淨。幹，如果都只是管理的問題，那為什麼你還去跟人家參加那個反核大遊行？那就沒什麼好反的啦，不是嗎？不就是管理的問題嗎？所有安全措施全部做到位，管理到他馬的滴水不漏，那核能不就好棒棒，你反什麼反？幹，不是嗎？管理，都幾歲的人了還這麼想，幹，如果不是夠白癡就是夠邪惡！管理，有百分百的管理嗎？我他馬的今天拿了一盤要去滅菌，結果真的是地震，一個站不穩就跌倒所以培養皿摔破然後滿地都是像果凍的培養基，幹，你告訴我，你怎麼管理？馬的，夜深人靜，四下無人，你怎麼管理？我當年還是菜鳥專題生的時候就真他馬的遇到這種事情！幹，我會趕快跑去跟老師講說，啊，老師，我把那個果凍灑滿地耶，怎麼辦？嗎？幹，你敢嗎？管理，都幾歲的人了，還管理。」

「反核，啊幹，你要吵這個嗎？來啊！那不只是管理的問題嘛，它還有個重要的原因就是核廢料處理的問題嘛，那個無解啊！因為在科學上，它是屬於那一種……就是，那種就本質上來說，現有的科學無法解決的問題嘛，所以它才不應該變成普遍使用的能源。那還有，陳排，管理是可以精進的，你他馬的你們步排最厲害的不就是叫阿兵哥簽小卡？幹，什麼喝水小卡、走路靠右邊小卡、吃香腸要配蒜頭小卡，就這樣啊，發現不足的地方就再加一張小卡；基本上，除了地球要毀滅的那種地震就認了的天災，實驗室裡頭的管理還是可以做到萬無一失的。」

「幹，簽小卡，顧國軍英雄館的李排，你沒有帶過兵我不怪你，簽小卡，你知道為什麼會生出一張新的小卡嗎？那就是有人出事情，所以要簽小卡。阿兵哥出事情，影響到他自己、他的家人、他的長官，我們姑且說影響有限。先不要說萬一按錯按鈕噴一顆飛彈出去那種影響層面很大很難收拾的問題，先就說是禍僅止於阿兵哥自己，所以影響有限，因此發個小卡提醒其他人不要出同樣的事情。所以那個叫做『可控管』範圍內的改善作為。就先不要管簽小卡有沒有效啦，但是那樣做的前提是災害不會禍及全體，所以可以善用管理的工具來預防同樣的災害發生。

但是，顧國軍英雄館的李排，你搞清楚，在你的實驗室小卡設計到盡善盡美之前，啪，一隻曠世細菌誕生了，然後他馬的就這麼巧，滅菌釜滅到一半掛了，半生不熟的東西得挖出來才能修理，結果袋子一拿出來漏水，剛好沒救。好，如果你說那也是SOP可以解決的，那就他馬的這麼巧，來場不足以讓地球毀滅但足以讓這棟大樓倒塌的地震，結果冰箱裡面那幾百盒細菌紮營的果凍全部都變漿全散了，那要怎麼辦？像電影那樣丟個燒夷彈把方圓百里全部擺平嗎？如果不全擺平，那隻曠世細菌一但竄出去就很難滅了，怎麼辦？」

「陳排，我是跟您老人家談『研究的目的』好不好？然後是你要跟我談『老師加科學家』的身份好不好？能不能先跳過你那個杞人憂天的實驗室管理課題好不好？」

忽然覺得我坐在這邊到底是在幹嘛？我為什麼莫名其妙的跟漢雄坐在這邊看了一個多小時的老鼠，然後抬了這些毫無意義的槓？一早八點半我得先去接曉韻過來上班，九點去載純菲和靚蕙，然後再繞去載綉沂一起陪她們去醫院。所以此刻再怎麼說，我應該得回去洗個澡，然後，雖然沒時間睡覺了，但是坐在沙發上瞇一下至少聊勝於無。理智上來說，這個時間我要做的事情應該是這些才對，但為什麼我卻無法毅然決然地站起來走出去，而是把時間耗在跟這個傢伙無謂的抬槓和看著無聊的老鼠身上？

「幹，是你自己要離題的，怪我咧！好啦，看你已經快不行了……哼，當初不老實點去當個步兵，搞到現在體力真差，還想把兩個馬子咧。算了，本排長就……」

「幹！陳漢雄，你他馬的我再提醒你一次，不要拐彎抹角地跟我談女人的事情！幹！我真的火了喔！」

「好，抱歉，算我嘴賤，抱歉。回到正題，本排長要說的是，我們現在所做的全部都是半吊子的研究。就是半吊子，也就是在完全不清楚的狀況下稍微搞清楚了某一點，但是還有很多很多點搞不清楚。就這樣啊，所以才要『篩選』這個動作嘛，就是因為沒有辦法百分百，所以才要篩選；那為什麼沒有辦法百分百，就是不清楚的東西還是太多了啊！然後，是啦，我們還是有已經知道的很清楚的事情啦，只要市面上看得到規格是一致的產品，那應該都是搞得很清楚的東西嘛，不然怎麼會規格那麼統一。但是格局放大一點來看，我們還是不清楚啊，幹，你去看海邊那麼多塑膠廢棄物，馬的，我們很會做塑膠啊，但我們沒辦法把做出來的塑膠都無害分解掉啊，跟我們在生態學裡面學到的自然循環比起來，我們還差遠的很，不是嗎？」

「所以陳排，你要說的是，因為我們沒有全懂，所以就不能拿來用，是嗎？幹，那這樣大家收一收、實驗室關一關就好了啊，就不用做了嘛。因為我現在就知道即便全世界的科學家都做到死也不可能完全了解自然、完全模仿自然嘛，那，照你說的，就玩完了嘛；不是，是都不用玩了嘛！」

「幹，申論題你要用是非題的方式來回答，這樣我們討論個屁啊。我的意思是，要有更謹慎的、更保守的評估理念，這不是非黑即白的問題。」

一聽到漢雄說的這句，我心頭忽然震了一下，這句型怎麼這麼熟悉？愣了一下子才想起來，唉，快三個小時前，我才對曉韻說過類似的句型。

「我所謂的更謹慎、更保守的意思是……簡單來說，就是『是不是真的完全可以控制得了』。就拿如果中獎了就是個大事件的那株細菌來講好了，如果真是這樣的一株細菌，幹，你給我一個小時，我就可以寫出十種驚世駭俗的用途。但是這十種用途就跟核能一樣，它可以是殺人用的炸彈，也可以變成救人的工具，端賴用的人怎麼用；但就是這句『端賴用的人怎麼用』，因此最後一定會出大問題。因為這個世界上用的順手的東西到最後一定都會被用得毫無節制，結果就是一定會出亂子；因為這是一隻細菌、活的細菌、會自己繁殖的細菌、然後還是肉眼看不見的細菌。這不是綠色螢光蛋白，我們愛怎麼改就怎麼改，把它變成紅橙黃綠藍靛紫的螢光蛋白都沒有關係，因為它只是蛋白質，它不會自己繁殖。

「所以我的意思是說，如果我們真的發現了這隻細菌，確定它真的這麼厲害；不不不，即便只是懷疑它可能這麼厲害，我就會立即銷毀它、絕對不發表、絕對隱瞞、絕對不讓別人知道。為什麼？因為這樣它就只是那隻細菌而已，它不會被別人拿去變身，改造成擁有更厲害武器的細菌，就讓它在自然界以現在的樣子跟別的細菌競爭就好。如果哪一天它真的讓人類生病，那時候它就會被當做是要消滅的病原體來處理，不需要猶豫就把它幹掉；而不是像現在這樣的曖昧身份，『可能沒有危險喔、但是很有應用價值喔』的進入人類認知的世界。」

「幹！跟你在同一個實驗室幹活真衰！你這種態度拯救不了世界啦，你不做不發表到最後別人還是會發現會發表啦，世界一樣會毀滅啦，但是你什麼甜頭都嚐不到啦！幹！那麼聖人，你為什麼不乾脆辭職算了，講得好像自己馬的隨便研究研究就可以得到殺死全人類的武器似的，幹，你最好有那麼厲害啦。」

「這叫做取捨，OK？這也是我一開始破題的『研究的目的』，還有『老師加科學家』這個身份的責任。幹，簡單說，就是如果不小心得到殺死全人類的武器，那你就有義務將它銷毀；世界若是要毀滅了，但是你救不了，那至少不要讓世界是毀滅在你的手裡。幹，這樣你懂了嗎？這沒有很難，國小課本都有說，『匹夫有責』聽過沒？還有，跟我在同一個實驗室裡幹活算你賺到，讓你得到別人無法體會的拯救世界的快感；馬的，一輩子難得有一次，你要感謝我！知道嗎，李排，步兵就是這麼厲害！」

看看電腦螢幕右下角的時間已經逼近清晨六點了，再怎麼樣不爽我都得結束這從凌晨到拂曉的抬槓。在我將要起身離開前，漢雄忽然伸出左手以很有義氣的力道拍了拍我的背，用著很有義氣的聲音說：「我今天坐在這裡，有時候會想，為什麼我會待在這裡看了快一整晚的老鼠呢？想起來，那其實是個很奇特的環環相扣。就你早我一年到鄉下、然後隔年我過去，兩個菜鳥從不認識變熟；然後你忽然遇到綉沂，結果招來曉韻；然後你們三個加起來才夠厲害，所以實驗做做做，才做到需要我來處理的結果，因此我就過來了；那因為加上我又更厲害，所以才會看到今天這隻奇怪的老鼠。

也就是說，過去到現在許多事情都環環相扣，若要認真扣起來的話，甚至連我們博士班找哪個老闆都可以再扣上去。所以現在做什麼決定，大概都很難馬上定論它到底有什麼意義。就像，你會碰到綉沂和曉韻，或許，那個真正的意義在於讓我今天看到這隻老鼠，然後發現可能有這種奇怪的細菌，由我來決定消滅它，拯救全世界。所以看開點，那個『開』是說不管怎樣，你都為全世界做出了偉大貢獻；所以發現細菌、消滅細菌的雖然是我，但實際上是你的功勞。因此，李排，兒女私情帶來的困擾，與全世界的利益相比，那是滄海之一粟了，你就看開點！」

漢雄更用力地再拍了我一下背，說出了他的總結：「我代表皇家科學院向您祝賀，祝賀您為世界作出了重要的貢獻。這些工作，使我們這個時代的科學家們可能在新的方向進行新的研究，並為科學世界作出了光榮而崇高的典範。」

幹！那是諾貝爾獎頒獎的祝詞。沒有夢嗎？沒有夢會背得那麼熟？

「你他馬的又跟我談女人！算了，不理你了，六點了。等一下要當一上午的司機，我就先回去了。你自己在這裡繼續為拯救全世界而奮鬥吧，在下不奉陪了！」

就這樣，我懷著拯救了全世界的心情走出研究大樓，迎接耀眼的朝陽。

那天早上，怕曉韻睡過頭，也怕經過昨天夜裡的折騰，她會不會今天早上繼續跟我鬧彆扭，所以在七點半的時候就先打了電話給她。一接通之後，聽到她第一句話的聲音我就鬆了口氣；還好，跟平常沒什麼兩樣。她還說她正在做三明治，看要不要也幫我做一個，等等可以帶到車上給我吃？

就這樣，因著她的三明治，我們在前往實驗室的路上就沒有空多談些什麼。她坐在副駕駛座上一路餵著我吃三明治，就伺機拿到我的嘴邊讓我咬一口，然後等我咀嚼完吞下去之後，再拿到我的嘴邊讓我咬一口；如果看我在吞嚥上有些阻滯，就拿著那個插著吸管裝著鮮乳的杯子讓我喝一口，等我平順地將食物吞下去之後，才又拿出三明治餵我。在那個一餵一食之間，我心中數度湧起了溫暖的感動，這就是伴侶吧？這就是「在一起」的感覺吧？

我在想，一個四十多歲的男人應該要追求的，也不過是這樣的畫面而已。

不知道是巧合或是曉韻蓄意將餵食的進度控制得剛好，就在我們一進入研究院的院區，那塊三明治和那杯鮮乳就剛剛好吃完喝完了。所以在這樣的一路上，我們之間不需要講什麼話、也沒空講什麼話，就這樣不用解釋也不需要道歉地就淡去幾個小時之前爭吵的尷尬，讓兩個人之間的關係在無須多言中便恢復得自然而然。

但是曉韻卻要我讓她在院區的門口就下車，而不是跟平常一樣直接開到研究大樓門前再下車。表面上的理由是我還要到宿舍去接純菲和靚蕙，所以不需要多花時間繞路，她自己走進去就好了；但事實上整個院區就這麼點大，車子在院區裡再怎麼繞，也不過就多個兩三分鐘而已。或許，經過昨天那一吻之後，事情還是起了某種本質上的變化；無論如何，我跟曉韻之間已經回不到那種「我們之間沒有什麼」的坦蕩蕩，所以本來可以光明正大地在研究大樓門前下車，現在就得小心翼翼地在院區門口就下車。

當然，我們兩個人都心照不宣地知道，如此的小心翼翼要防的是什麼；但是，我仍然搞不太清楚，為什麼我們得如此小心翼翼？或許，就像曉韻說的，我跟她所認識的是不一樣的綉沂：我認識的是那個整天跟在我後面東問西問的綉沂，而她所認識的是女強人老闆的綉沂；我認識的是男人眼中的女人綉沂，但是她所認識的，是一位跟她一樣身為女人的綉沂。也因此，關於綉沂，我們所在意的、擔心的、希望的面向都不一樣；也因為這樣的差異，所以才會有幾個小時之前那樣的衝突，以及她現在刻意的小心翼翼吧？

人不過就一張臉、一顆心，但是要從哪個面向去認識呢？真難。

倒是跟綉沂在那天我們並沒有什麼機會可以單獨相處。上午因為有純菲和靚蕙這兩個小女生夾在中間，所以沒有時間可以談些較私人的話題；中午一回到實驗室，綉沂就急著趕去開所裡面的會議，一連兩個，整個下午都不在實驗室裡。而漢雄下午趕回去鄉下學校上課，得要晚上才會再回來。就這樣，實驗室裡的人，掛病號的掛病號、開會的開會、上課的上課，剩下的三個小朋友，兩個在動物行為室、一個在養細胞，所以偌大的主實驗室，整個下午就只剩下我和曉韻駐守。

主實驗室從門口進來的左手邊是較大的區域，擺了三條長型實驗桌，是實驗工作進行的主要區域；右手邊為較小的區域，L型的邊桌緊靠著垂直相鄰的兩片牆延展，那是學生跟助理的座位。而在另外一側的牆邊，有用OA屏風隔間出的兩個座位，一個是給我用的，另一個則是曉韻的座位，算是對比較高階人員的禮遇。因為實驗室的空間有限，本來綉沂還在傷腦筋該怎麼幫漢雄安排個座位，後來是漢雄說他不需要固定座位，反正大部分時間都是在動物行為室裡做實驗，如果要休息的話，到會議室坐坐就好。也因為他的謙讓，所以就一直維持這樣的座位安排。

其實一開始，綉沂是想在她自己的辦公室隔出一個獨立的空間給我，本來都請人家來畫好設計圖了，但後來是我自己覺得這樣太過招搖而作罷。我考慮的，一方面綉沂在這裡只是個新人，結果才來不到幾個月就要改辦公室裝潢，這給別人的觀感不佳；另外一方面，兩個年齡相近的男女才剛要合作就要擠得這麼近，屆時一定會有一些無聊的閒人說些閒言閒語。也因此，我才退到主實驗室，坐到曉韻旁邊。

或許就像漢雄講的，這世界上的事情環環相扣，今天如果我的座位不是在曉韻旁邊，而是在綉沂辦公室的一個角落隔間，那麼今天我跟她們兩人之間的故事，應該會有不同的發展吧？

整個下午，除了十二點多我剛進來的時候，曉韻跟我討論了晚上需要採檢的項目有哪些之外，一直到了傍晚六點她下班回家之前，我們都沒有在實驗室裡說話。曉韻偶爾會起身去弄一些零碎的事情，但大部分的時間我們都是坐在相鄰的座位上工作；雖然兩個人之間只隔了薄薄的一片屏風，我們卻都很有默契地守在這屏風的左與右，像是分據在沒有離子通道的細胞膜兩側。

以前上課時在跟學生解釋靜止膜電位產生的原因，一定得提到鈉跟鉀這兩種決定性的離子。特別是鉀離子，它對細胞膜的通透性最高，因為有許多一直開啟的通道。雖然它和鈉離子於細胞膜內外的濃度差異程度相仿，但因為鉀離子的溝通管道暢通，不像鈉離子只等待偶發性的通道開啟，所以細胞的靜止膜電位就趨近於鉀的平衡電位。與鈉離子相較起來，鈣離子就更悲情了；雖然細胞膜內外的鈣離子濃度相差了快一萬倍，但是膜上面沒有供鈣離子平時就可以用來溝通的管道，形同被細胞膜阻絕了，所以，鈣離子對靜止膜電位幾乎沒有影響。

沒有可以暢通往來的管道，再有熱情也枉然，像鈣離子。

在兩個人像此時這樣相鄰而坐的時候，有時我會故意坐著往後蹬一下腳，讓座椅滑出分隔的屏風之外，然後望向曉韻那邊。若是在今日之前的平時，若是實驗室裡面的人不多，曉韻會在聽到我辦公椅的滾輪滑動的時候，略微往後張望一下，然後給我一個淺淺的笑，淺的像清晨不需要特別宣告太陽卻又喊出來那樣地，刻意的含蓄；但是今天的整個下午，即便我滑到了屏風不屏的無國界區域，她埋首的辦公格內依然是另一個結界，無知覺於我的刻意。

其實現在的我是非常疲累的！昨天的徹夜未眠已經讓此時的我體力呈現透支的狀態；照道理說，我應該得回去宿舍睡個覺，或至少，趴在桌子上小寐一下。但是難得在實驗室裡有這樣與曉韻單獨相處的時間，很不甘心就這樣跑回去睡覺而浪費掉，特別是在昨夜之後到現在，都還沒有機會跟曉韻好好地談一下彼此現在的想法。

不過雖然兩個人獨處了，雖然在表面上也一切如常，但感覺得到她一直在巧妙地迴避我，雖然我能理解她的迴避，但心裡還是覺得很不踏實，只能看著她才安心點；而且此時若是跑回去睡覺，萬一睡過了頭，失去了這個第一次進到她家裡面的機會，那就更讓人扼腕了。因此，目前就只能硬撐著，靠意志力。

不過，等等若是進了她家之後呢？昨天晚上曉韻提出在她家採檢體的建議時，我心中浮起的是無數的問號，完全不知道曉韻心裡面想的是什麼？因為那時候我們的雙手交疊在她的胸口上，我的唇與她的唇僅僅隔著一顆蘋果的距離，那是個情慾高漲的當下，即便曉韻沒有如我這般的情慾澎湃，但也一定感受得到我的蠢蠢欲動。然而她卻在那個時間點提出這樣的建議，雖然看似個不得已的折衷作法，但是時間點就巧到讓人遐思連連。也因此，不斷在我腦海中盤旋的念頭，倒不是需不需要採檢或是採檢哪些項目，而是，我需要隨身帶著保險套嗎？

昨夜曉韻說出她的建議是在那個浪漫情慾中的狀態下，但是現在，正躲在她自己結界裡頭的曉韻，是不是還跟昨天同一個心思？而我，還需要猶豫保險套的問題嗎？

但是，如果再把問題想得深入一點，或許問題不應該是問說「需要帶著」保險套嗎？而應該是「為什麼要帶」保險套？

照理說，曉韻快三十六歲了，早就過了適婚年齡；即便現在懷孕了，也已經是高齡產婦了。而她不是個不想生小孩的人，每次只要是談到她的姪子，最後曉韻總會再加上「將來我自己的小孩也要……」做結尾；也就是說，如果今天晚上我們真的發生了一開始原本就預期的天雷勾動地火，那就讓它自然而然好了。我已經快四十三歲了，雖不積極追求婚姻，但也不排斥，如果一次就中了，那也是好事一樁；基本上我跟曉韻也說得上是兩情相悅，當下若創造了宇宙繼起之生命，剛好讓所有的猶豫都全部退位，不也是乾脆俐落的了斷？

但是，「需要」的這個選項，仍然不斷地盤據著我的心思。

會是我心中那個綉沂在作梗嗎？

曉韻現在會躲在她的結界裡，當然是不希望我們的關係此刻就被綉沂知道。實驗室內目前雖然沒有其他人，但是難保不會在某個時刻其他人就忽然冒出來。昨天的深夜如果漢雄不是因為快跑而踩踏出聲音警示了我們，而是緩步慢行安靜地走入的話，那麼被直擊撞見深吻後更激情的動作一定是無法避免。而現在是白天，背景雜音不若夜深的寧靜，加上包括綉沂在內的其他人都還在這棟大樓的某處內活動，誰也沒把握不會有人忽然就無聲無息地出現在這間實驗室的門口。所以我能理解此時曉韻為什麼要躲在自己的結界裡，而她所顧慮的，也正是我的顧慮，是以我並沒有想要積極地闖入她現在所構築的結界。

只是我之所以顧慮綉沂，怕的，倒不是怕綉沂知道；某種程度，我希望她知道，只是，我還沒有想清楚如何在她知道了以後，還能夠繼續保有關心她、陪著她的權利。那個權利，不僅是要綉沂能接受，曉韻也要能接受才行。

只是這樣的「權利」在現實上來說，實在是太貪心了，貪心到連同樣身為男性的漢雄都譏諷我為渣男一枚。但是，如果今天是沒有慾的情呢？繼續那個「情」的權利，有可能被她們接受嗎？而去掉了慾之後的情，又會是個什麼樣的情？當沒有慾的情濃到化不開的時候，兩個人又該以什麼樣的方式互動，才不會蹈回到那個慾的禁忌上？

因為我還沒有想通這些問號的答案，所以很不甘心；不甘心於如果真創造了宇宙繼起之生命，那麼這些問號在找到答案之前就得被全部銷毀，不必再思考。

或許等等我在前往曉韻她家的路上會把車子停在某家超商的門口，走進去，買了一盒保險套；也或許，剛好所經過的超商門口都停滿車子了，所以我就不買了。如果這兩種都是有可能的或許，那就意味著我得將一切都留給環環相扣來決定了；如果世間事都環環相扣的話，那我跟曉韻還有綉沂的未來，就都環扣在那些臨時決定要或不要把車子停在超商前面的路人甲乙丙的一念之間了。

但真得要放任這樣的環環相扣嗎？

隨著曉韻把採檢的工具一件一件地拿到她座位的桌上，那些針具、試管與拭子逐漸堆積起來，致使原本對我來說只是件可有可無的檢查，於現在，卻開始冒出了莫名的緊張氣氛。

如果，真的有，怎麼辦？

我開始想到今天在拂曉之前漢雄說的，操弄基因的技術演變迄今，發展過程中曾經在實驗室裡短暫出現過的奇形怪狀之細菌或病毒不知凡幾？而沒有經過標準高溫高壓消毒程序就從排水管、從垃圾堆中流出的細菌或病毒又不知凡幾？誰又知道今日多少疾病是來自於這些不知凡幾的實驗室所放流出來的細菌或病毒呢？如果，這些不知凡幾的細菌或病毒是有害的，造成的卻不是立即知道要就醫的呼吸或消化器官之疾病，而是，最難被確認、介於明顯與不明顯之間的精神疾病，那怎麼辦？

如果真有這樣的事情發生，那麼一個默默流行在每個人的腦子裡面，讓每個人以為是自己其它人生的苦惱而默默承受的瘟疫，又有誰能解？又該怎麼解？

漢雄說，他決定，如果確定是奇怪的細菌就要不聲張地銷毀；那麼，如果瘟疫的病毒已經在我們的身體裡面了，又該怎麼辦？

或許我還是應該要排除萬難去取得保險套，至少不要多一個宇宙繼起之生命來承受這樣的風險；如果今晚的檢查成了一個噩夢的開始，那麼我得確保我的小孩不要受苦才行。

第十二章

空巢期的第二天。

聽了漢雄對第三隻老鼠的分析之後，我與曉韻討論了一下，決定找綉沂還有漢雄開誠布公地談談，關於昨天晚上我們分析完了兩個人的所有檢體之結果。

就在今天上午接近十點鐘的時候，漢雄帶著滿眼血絲的疲憊把我、綉沂和曉韻都找去會議室。他當時看起來像是隨時都可以倒下去的樣子，顯然，如果不是又徹夜工作就是僅有很短的休息時間。這麼臨時的找大家，是因為他要跟我們討論剛剛得到的第三隻老鼠的數據；基本上，實驗所得到的結果，跟那天夜裡漢雄在看著那隻走走停停的老鼠所說的推論，幾乎完全吻合。

「那些黏在電極尖端的絕緣體邊縫中的奇怪白點的確是桿菌。我做了細菌培養，抽了它們的質體，然後詢問了跟我們共用滅菌釜還有離心機的幾個實驗室，整理了他們最近所使用過的質體式載體之資料，然後以幾種限制酶的組合去切割做檢定，結果確認是樓下張P他們家用的載體。我問了張P的研究生阿光說最近他們實驗室用這個載體在做什麼？剛好阿光說是他在用的，目前正在做一些細菌細胞膜上面的鈉離子通道之突變種的篩選工作。」

漢雄打了個哈欠後，又繼續說，聲音聽起來像是隨時準備再打哈欠那樣：「我問了通道蛋白的種類還有它被突變的位置，上網查了那個通道蛋白的基因序列，對阿光那種突變手法在過程中所可能出現的基因樣態做了紙上分析，然後再用限制酶去做初步的實際測試；我想，幾乎可以確認那個細菌就是阿光實驗用的菌株，也就是說，張P他們家可能中大獎了，製造了一種有動作電位的神奇細菌。當然，那是一個選殖用的載體，不是一個表現載體；所以有可能放電的不是細菌，仍然是神經細胞，而神經細胞是受了這細菌的影響才放電的。但即便是間接指揮，也是中大獎。」漢雄放了幾張 DNA 電泳的圖，那是他用限制酶切割該質體之後的結果。

「所以這個離子通道的閘門是電位控制的或是化學分子控制的？它們不會沒有開關機制吧，所以應該會有個控制開啟關閉的觸發物吧？」我隨即問道。

「突變前的狀態是化學性的，可以被一些生物鹼刺激開啟。而阿光突變它的目的是想延長它的開啟時間，不過突變之後的這個通道是否能按照他所預期方向改變還很難講，因為他實驗還沒有做到那個程度。」漢雄拉了張椅子坐下來，繼續說：「不過我並沒有打算去探討這些事情，也不想知道這件事情，更不想讓張P跟阿光他們知道這件事情；簡單說，我希望除了我們四個人以外，不要再有其他人知道這件事情，最好，連我們四個都把這件事情忘掉。所以，我已經把培養皿上的菌株、尚未使用的電極成品，還有製作電極用的所有工具都送到滅菌釜滅菌過一遍了。」

「都滅掉了？真的假的？為什麼啊？」綉沂嚇了一大跳，一副完全不能理解漢雄怎麼會如此做的原因。

「拯救世界。」漢雄在疲累中似笑非笑地接著回答說：「妳先想想，假設這是一隻可以有動作電位的細菌，而且觸發其產生動作電位的化學分子在腦袋裡面有，而且可能還是腦袋裡面到處都有的那種，那，妳會想拿來做什麼？」

「嗯……它有潛力發展成一個刺激腦袋裡面特定神經區域的工具；可能不止，包括某些內分泌腺體的分泌都可以經由它來觸發。」綉沂還真的認真地想了一下。

「對，妳說的那是最直接的，誰都想得到的應用。但這個不像 Deisseroth 把藍綠藻的光敏感離子通道表現在神經細胞那樣，他的要用光刺激，而腦袋裡面沒有光，所以如果有害，也容易控管。我們現在的東西在一隻細菌裡面，可以一直複製，所以散佈容易；並且刺激它的東西在腦袋裡面自己就有，所以控制也難。當然，如果我要用它，一定會再修飾一下這個通道的刺激物結合區域，或許就可以改變和它結合的化學物質種類，這樣就更容易駕馭它。」

漢雄停下來，打個哈欠後又繼續說：「那既然改了，就再改個徹底一點。乾脆，把這個搞不好從選殖用的載體突變成表現載體的載體連同被改造成功的離子通道基因，一起送入某隻可以穿透血腦障壁的細菌，然後，這隻可以穿透血腦障壁的細菌外膜再鍍個標靶分子。這樣，我還可以不用打開腦袋直接把細菌灌進去，而是用吃的、用吸的就可以把細菌送到腦袋內的特定區域中。完全不費周章的感染方式。」

「對啊！那不是很好嗎？這樣我們就比 Deisseroth 找到更好的研究工具了啊！他都 Nature Neuroscience 了，那我們這個不就可以 Nature 了！那為什麼不要？」綉沂還是非常不以為然地問著。

漢雄放下剛喝了一大口咖啡的杯子，用著他那佈滿血絲的雙眼，以盡量柔和的疲憊眼光看著他的林志玲說：「我如果不改它的刺激物結合位置，只把它丟進去可以穿透血腦障壁的細菌內，然後看誰不順眼就丟一管爆到他的實驗室裡，會怎樣？」

綉沂一下子沒有接上話，漢雄又繼續說：「如果我把它的刺激物結合位置改一改，丟到個可以感染皮下組織或肌肉的細菌內，它又會幹出什麼事情？也就是說，電刺激這件事情，經過不同的菌種攜帶，將很容易在體內的任何地方發生。如果當它是個研究工具，它會是個好的研究工具沒錯，但是，它也將是個很容易就幹掉人的工具，不是嗎？一體兩面。」

「不過，如果這樣說的話，那我們現在研究用的各種藥物、各種病毒不都是這樣嗎？一體兩面，好處跟壞處兼俱。連廚房的菜刀也是啊！既可以用來料理也可能被拿去砍人，但我們不能說因為它有砍人的危險就把菜刀拿去丟了，不是嗎？陳老師。」曉韻也是滿臉疑惑地忍不住提問了。說真的，她問的，也是我想問的問題。

「是啦，沒錯！」漢雄稍挪滑了一下椅子的位置，把他那佈滿血絲的眼睛投到坐在林志玲背後的另一位林志玲，用著同樣柔和但疲憊的眼光看著她說：「所以我們已經有很多預防刀子被拿去砍人的刀具設計以及法律威嚇的措施，不是嗎？雖然還是沒有辦法完全遏止，幾乎每天都還是有大大小小用刀子傷人的事件；而且即便我們沒有拿來砍人，只是用來切菜，但是很偶爾的機會，也還是有可能會傷到自己的手，不是嗎？所以啊，地球充滿危險……」

漢雄暫停了說話，又打了個哈欠。曉韻趁這個空檔對漢雄點點頭，表示還在等他繼續說下去。

「所以，問題就變成說，我們到底要讓自己身涉多少險境的問題了。」說了兩句，漢雄又停下來拿起咖啡喝了一大口，才繼續接著說：「世間萬事萬物都有一體兩面，我們可以享受到每一種好的，卻不一定能夠消除每一種壞的，有時候連想躲都躲不了。所以人能夠享受的好東西越來越多，但需要承受的壞東西也就越來越多。我是很悲觀啦，總有一天壞的東西一定會累積到我們再也無法負荷的程度，而那個時候，也是我們再也無法躲避的程度。所以，身為一個科學家，特別是能夠創造新事物的科學家，對於新事物一體兩面中的壞的一面，一定要有更敏感的想法才行。」

綉沂想要插話進去，但漢雄伸出手揮擋了一下先制止她，說：「妳先聽我講完，再等我一下……我記得前幾天晚上的半夜，我跟應緯在動物行為室邊看著這隻老鼠邊聊天的時候，我記得我就猜說這株細菌很可能會像今天電泳跑出來的結果那樣。果然我沒猜錯，真的是這樣。對不對，李排？」漢雄偏頭看了我一下，我略微點點頭。

漢雄又把頭調回去看著綉沂，說：「對嘛。我記得那時候我跟他說如果真是這樣的一株細菌，我可以立即寫出這株細菌能夠應用在哪些厲害的用途；但是這株細菌就跟核能一樣，可以是殺人的炸彈，也可以是醫療的工具，端賴用的人怎麼用。但就是『端賴用的人怎麼用』這個大前提，所以我可以保證這株細菌用到最後一定會出大問題。為什麼？因為好用、容易用，但好用容易用的東西到最後一定都會被用得毫無節制，結果就是：一定會出亂子。

就像塑膠袋，好用啊，而且發明塑膠袋的人一開始說他發明的目的就是為了環保，因為可以重複使用、不怕水、不容易破；結果咧，因為太好用了、太容易用了，到最後卻變成了最不環保，搞到現在全世界都不知道要如何解決塑膠垃圾的問題。就這樣啊，一個科學家在發明新事物的時候到底要想得多遠？一年、兩年、十年、二十年或一百年？好處我們在當下都享盡了，壞處呢？我們自己要承受或是我們的子孫要承受？」

漢雄深深地嘆了一口氣，把他逐漸激昂的語調又拉回到那個疲憊而滄桑的聲音，繼續說：「當然這樣講是高調了些，我自己以前也是覺得說，反正任何事物長期來看都是死路一條，想那麼多，只是把現在的自己消磨在無謂的杞人憂天而已。不過……」漢雄話說到一半，直接坐著將椅子轉了半圈去切換投影片，螢幕上接著秀出的，是一張老鼠腦袋切片的照片。

「這是第三隻老鼠腦袋切片的免疫染色結果。除了前兩隻有的視丘腹內側核、腦島皮層之外……」漢雄又切換了一張：「還有杏仁核、邊緣系統這裡也有一些……」再切換一張，說：「嗅葉也有，然後，看右下角這張，三叉神經節也有。這隻我卯起來切，算全腦切了，不過由於時間的關係，目前只染了一半；但是，光這一半就夠嚇人了。」

漢雄又將椅子扭回面對我們的方向，重新將視線對焦到面對距離他最近的林志玲，以更疲憊滄桑的聲音說：「也就是說，我們實驗室不僅被阿光的細菌攻擊了，也被我們自己的雙聯病毒攻擊了。至此確定我們實驗室裡有不明來源的雙聯病毒散佈，這是事實；而這些環境中的病毒有辦法感染老鼠，這也是事實。

不過說真的，一早我染完切片看到這樣的結果之後，心裡想的倒不是感染源究竟是從哪裡來的、又是從哪裡進入到老鼠的腦袋內這類技術性的問題；而是，我發覺我們正在做一件本質上來說，荒謬的事情；也就是說，我們為了研究本質上的問題所發展出來的工具，結果卻把我們導向到研究如何改變本質！這不是件很奇怪的事情嗎？」

我想不只是綉沂，包括我和曉韻，都被這三張投影片嚇到了；的確在一週內連續三隻老鼠都有相似的結果，顯示的不僅是我們實驗室被病毒攻擊了，而且，病毒攻擊的方式都一樣，亦即，病毒的感染途徑是一致的。

漢雄看我們三個都沒有人要即時發言，便接著說：「這已經不是觀測的工具會干擾到被觀測的對象，那類的海森堡測不準原理的事情了，而是，觀測的工具根本改變了被觀測的對象，問題已不在於準不準，而變成是，究竟在觀測什麼？就這樣，我們究竟在觀測什麼？更荒謬的是，今天差一點我們連被觀測的對象都已經被改變了還不知道！

今天如果不是陰錯陽差地一隻奇怪的細菌擋在電極跟腦袋組織之間，光看動物的外表與行為，根本就是一隻正常到不行的動物，然後我們就依照既有的時程把病毒打進去，結果誰也不知道，在我們把病毒打進去之前，其實病毒就已經在這隻老鼠的腦袋內了。即便是這一隻，要不是我不放心而多記錄了二十四小時，那麼在四十八小時的時候，那個時候訊號仍然正常的很、行為正常的很，在那個時候我們一定是毫無疑義地認為這是隻正常的老鼠，然後就把病毒打進去，完全不會發覺有什麼問題！」

漢雄又開始無視於眼前的兩位林志玲，把眼睛習慣性地又擺向右上方的虛空處，虛無飄渺地望著，像是說給無邊際中的無盡藏聽：「所以當那些切片呈色出來的時候，我忽然有一種『想通了』的感覺，說，我眼前所看到的是一種自然回饋給我的警示，告訴我『就這樣，就到這裡而已，不能再超過了』因為今天我使用的工具、使用的方法已經不是在研究本質上的問題了，而是在創造一個原本不存在於這個世界上的本質；而這個新的本質，已經小露身手，告訴了我它的能耐。

當然，我可以選擇跟它對槓，在看到之前兩隻的結果時，我本來也想要這樣做，就找出感染源、找出感染途徑，一面解決感染的問題、一方面精煉駕馭這個病毒的能力。但是第三隻的狀況不一樣，那是清醒的時候量測的、在確認外表行為都正常的時候量測的，所以我看到第三隻的結果時，特別是老天爺故意讓牠晚個二十四小時訊號才異常，那個結果就很清楚地告訴我：要再想想，自己究竟為什麼做研究？然後要研究什麼？」

「嗯……那……你覺得我們應該要怎麼做？我是說，我們現在正在做的東西還要繼續下去嗎？」綉沂的聲音很沒有自信，雖然是在問漢雄，但輕得像是在問自己。

「要不要繼續做下去，那個決定的權力妳才有喔，因為妳才是團隊的頭兒耶！基本上，我加入了這個團隊，就不會忽然拍拍屁股走人，要走也是得等到這個專題計畫完全告一段落之後才會走；我還是很合群的，這妳放心。」漢雄露出疲憊的笑容，送給她眼前的林志玲一個暖陽的溫煦；他的林志玲收到了，也回給他一個感激而靦腆的微笑。

「但是如果現在的東西要繼續做……其實，不管要不要繼續做，實驗室全面的清潔消毒都是必須的，包括一些公共空間，特別是滅菌釜還有離心機那些公用設施，應該都需要徹底的清潔消毒。當然這點需要有點技巧地做，免得遇到應緯之前提過的那些麻煩，就是那些看妳不順眼的旁人的見縫插針。然後多巴胺之前有兩隻訊號沒有問題而有走完實驗程序的老鼠，因為實驗的時間跟後來的這三隻都很近，所以數據也不可信，那兩隻的數據也要報廢。簡單來說，多巴胺的實驗如果要繼續做，得等到全面消毒過，並且以對照組的老鼠切片確認沒有污染之後，才能再重新開始。但是之前螢光蛋白的研究結果，我認為是沒有問題的，因為那批實驗的對照組顯示的都是無污染的結果。所以那個部分曉韻可以繼續寫。」

漢雄將視線越過綉沂飄向坐在後面的曉韻，也給了她一個溫煦的疲憊微笑；曉韻收到了，也很感激地點點頭。

「另外，關於張P他們家的細菌，我是希望就當成什麼事情都沒發生過地那樣煙滅它；反正那是別人家的菌種，我們去跟他說你們家的細菌可以怎樣怎樣，這反而很怪，變成好像我們去偷了他們家的機密一樣。不要提醒他們有新發現，但督促大家做好清潔與消毒，我覺得才是上策。也就是說，不管是科學的理由或是人情世故的理由，我們都不要聲張最好；頂多，就嚷嚷說我們的細胞被奇怪的細菌污染，請各實驗室管好自己的細菌，也要注意公共機器的清潔維護就好。」

漢雄轉頭對著坐在另一側的我說：「李排，這黑臉你去當，反正你不是這邊的人，得罪一下其他PI無所謂；白臉給綉沂，她還得在這邊待很久，你當學長的，就多擔待些。」

我本來想回他一句「幹」，還好有即時改成「嗯」，沒在兩位女士面前出口成髒。

漢雄再轉回來面對綉沂，繼續說：「就團隊合作的立場來說，綉沂妳決定要不要繼續或是要怎麼繼續，我都會配合，也會嚴格督促控管所有的安全措施，這妳不用擔心。我現在比較擔心的倒是，是不是只有老鼠被感染？畢竟實驗室現在已經有三個小女生幾乎同時出現了需要就醫的精神症狀，這很怪！而其他人，包括我們在內，會不會也有人有症狀？這也很難講。畢竟精神疾病不像那些會發燒咳嗽打噴嚏的毛病，自己馬上就知道、別人也會知道你有症狀；而且很多時候，腦子裡面的異常，都介在有跟沒有之間的模糊地帶。就像我，最近總是覺得自己快要掛掉了，這個念頭常常揮之不去，只是還不到影響生活的程度而已。但這究竟是太忙太累引起的短暫消沉，或是真的有精神疾病，其實我自己也搞不清楚；至少啦，我還沒有就醫的打算，因為也不知道要怎麼跟醫生講。」

漢雄話一說完，不只我自己心裡猛然地揪了一下，看了一下綉沂和曉韻，她們兩個人的表情也同樣地糾結起來。顯然，漢雄的這段話，敲到了我們最不願意去想像的痛處。

漢雄嘆了一口氣，又開始習慣性地抬頭望向右上角的虛空，更加疲憊地說：「如果實驗室再多一兩個人也冒出了精神疾病的症狀，那麼，我會覺得更怪，怪到一定跟病毒脫不了關係。但是人是否被我們的病毒感染，這就很難判斷了，畢竟，不能把活人的腦袋拿出來做切片；就算我們現在去醫院做檢查，除非我們把檢體都拿回來自己檢，不然大概也很難檢出什麼。即便是自己檢，我都覺得不一定檢得出來，因為不能做腦袋的切片，就算是抽腦脊髓液，照老鼠的經驗看起來，大概也看不出來。」

漢雄像是想到什麼，忽然把椅子再扭到筆電前切換了一張投影片，說：「喔，對，這張，上面那個是血液的、下面的是腦脊髓液的檢測結果，就現在這個第三隻老鼠的，我有想到也一起看看。結果是沒有，沒有雙聯病毒存在的跡象。也就是說，明明腦子有，但血液和腦脊髓液沒有；但是感染和蔓延的途徑是確定的；可是血液卻遇不到、腦脊髓液也碰不到病毒。這樣的話，動物自己的免疫系統能做的事情就很有限。」

漢雄再把椅子扭回來，環顧了大家一下，然後以很誠摯但也很沉重的語氣說：「總之，很感謝大家，讓我有那個機會去重新思考『研究』這件事情的意義；當然，我也會陪著大家一起度過這次危機，不會落跑，請放心。不過最困難的決策工作，還是得丟給我們英明的美少女團長了。」

說完，漢雄幾乎是癱在椅子上。

綉沂苦笑了一下，沒有立即接話，低著頭沉思了好幾秒鐘，抬起頭想說話，但又猶疑不決地嘆了口氣，再撐了幾秒鐘的靜默之後才開口說：「漢雄，謝謝你，我很感動，都快哭出來了啦！」綉沂又停頓了一下，往後撥了撥剛剛低頭而垂到胸前的頭髮，然後緩緩地深呼吸了一下，顯然是在努力將想哭的情緒壓制下來。

「給我點時間想一想。等等我中午所裡面還有一個會議要開，大概也要兩點以後才能脫身。漢雄我看你也累壞了，不然這樣好了，漢雄你先回去休息一下，今天晚上再聊好了。我看，如果大家可以的話，我們就一起吃個晚飯，邊吃邊聊；就到新開的那家五星級飯店好了，我做東，不要吃包肥，我們去吃裡面的日式料理。反正小朋友們去玩，我們大人也要奢侈一下才行，好不好？」

漢雄伸出右手比了個OK的手勢，我看了一下曉韻，她也點頭說好，所以我就跟著發言說：「好，那就晚上一起吃個飯，我來訂位好了。」

綉沂感激地朝我笑了一笑，我點點頭回她一個微笑；但不由自主地，也朝坐在她旁邊的曉韻瞟了一眼。

心虛吧！畢竟，關係已經不一樣了。

那天，曉韻傍晚六點就先回家。她說她得先回家陪父母吃完飯，再陪他們看看電視、聊聊天，也順便觀察一下看護的工作狀況，拖拖拉拉一下，大概得要晚上九點以後才有空回到二樓她自己的地方，所以她要我晚上九點半再帶著所有採收檢體的裝備到她家。

曉韻她家在同一棟大樓裡有兩層樓，最近因為看護來了，她才從一樓搬到二樓住。那是棟公寓大樓，一樓與二樓其實是獨立門戶的兩層樓；之前她家只有在一樓，後來是因為她弟弟要結婚了才把二樓也買下來。原本二樓是要給她弟弟的小家庭用的，只是沒多久她弟弟就決定跟太太一起出國，房子就這樣空了下來。

一開始曉韻只是把它當作書房和儲物間來使用，平常在家裡的起居還是跟父母在一樓。只是她父親的狀況越來越嚴重了，家裡的隔間和衛浴為了配合父親的病況做了不少調整，壓縮了她自己可以使用的空間，加上現在多了看護進住，所以她就乾脆把自己的臥室也搬到二樓。這樣平常還是可以到樓下看顧，但忙完了上樓之後，就有不受打擾的個人空間，可以有個喘息放鬆的地方。這對長期照護病人的照顧者來說，是極其重要的情緒緩衝。

我在晚上九點半準時到了曉韻家。一進到二樓的房子裡，關好門、上了鎖，忽然間，我跟曉韻都僵在那邊，兩個人有點不知所措地站在玄關，不知道接下來要說些什麼、做些什麼才好？就這樣停滯靜默了十幾秒鐘，曉韻才尷尬地笑說：「請進啊，不要一直站在那裡。」我這才脫了鞋進去。

跟她在實驗室的習慣差不多，整個房子看起來井然有序，清爽俐落；雖然擺設簡單，但看得出主人還是有花心思在內務整理上。

「忙，沒什麼時間整理，所以都弄得很簡單。」曉韻邊說邊接過我手裡面的那些採檢工具，把它們一樣一樣拿出來擺在飯桌上。雖然故作輕鬆，但從她有些抖動的尾音，還是聽得出來她有些緊張。

「很好啊！我喜歡這樣。我自己在鄉下的房子比妳的更簡單，基本上活像是個學生宿舍的擺設，陽春的很。不過我喜歡這樣，比較好整理。」其實我也沒好到哪裡去，也是緊張地抖了一下尾音。

曉韻「喔」了一聲，沒有再多答話，臉上就一直掛著剛剛那個尷尬的笑容忙著其實沒那麼忙，卻又假裝很忙地在準備要使用的採檢工具。

「好了，來吧。」曉韻招呼我坐到餐桌旁，然後就開始一連串的抽血、咽喉擦拭液、鼻咽腔分泌物的採集，還要我硬咳出一口痰來。她的動作很熟練，一看就是專業人員的手法，結束後，她得意地對我笑說：「就說我是有執照的喔。」

然後，曉韻拿了針筒給我，說：「你來幫我抽血，敢不敢？」

「我？」我愣了一下。

「嗯！」曉韻點了個理所當然的頭。

「妳敢我就敢。」我接過針筒，在她的口頭指引下，也順利地幫她抽了一管血。

「不賴嘛！手都不會抖，下針也準！」

「其實以前當助教帶生理學實驗，有一個單元是要抽血出來測些血液的性質，那時候都是我在動手的，其他助教都躲得遠遠的。」我靠近她的臉，近到都可以感受到她呼吸的氣流了，笑了笑，補了一句：「我是有天份的。」

剩下的咽喉、鼻咽分泌物的採集她就自己對著鏡子來，也咳了半天咳出一口痰收著。最後，她遞了塑膠杯和試管給我，促狹地笑說：「去廁所裝些尿液吧。」

去廁所的途中經過主臥室門口，我想這應該是她的房間吧！一樣是素淨的很，素淨到我有些懷疑說，是她平常就這樣？還是因為我今天的到來而特別整裡的呢？而等等，我會進到那裡面嗎？

當我拿著一管溫熱的尿液走出來之後，曉韻已經將桌子上的東西都整理得差不多了。她接過我那管尿液，迅速地裝入寫著我的名字的大袋子，然後連同寫著她名字的袋子一起放入冰箱。

「好了，完成了。不錯，不到二十分鐘，有維持住我的專業水準。」曉韻得意的笑中忽然有些落寞的尾音，說：「嗯，其實，我應該也可以繼續回去醫院工作的。」

「咦，等等，妳自己的尿液呢？還沒收集喔！」

「我知道，等你回去之後我再收就好了。」

「所以，妳是說，我現在就得回去了？」

「嗯啊，不然咧，你還要再抽一管血嗎？」

「可以啊，再抽一管，然後連血糖、膽固醇什麼的也都驗一下好了。」

「你少無聊了！好啦，到客廳坐一下，我切個水果給你，晚上了，就不要喝茶或咖啡了，我倒杯牛奶給你，補血。」

「不用忙了，我喝水就好啦。」

我跟她一起到了廚房，她倒了杯溫開水給我，也替自己倒了杯，然後兩個人走回客廳，一起並肩坐在沙發上。就像那天在醫院的病房裡陪她爸爸那樣地並肩坐著，兩個人應該還挨的更近一些，因為我的右手跟她的左手算是緊靠在一起了。

自然而然地，沒有任何忸怩地就在一起了。

我慢慢把溫開水喝完，她也以差不多的速度把水喝完。我們幾乎同時前傾身體把杯子放到桌上，然後又同時回到靠著椅背的緊鄰坐姿，接著，又是一陣無語的沉默。

就這樣，兩個人又安靜到有些尷尬了快一分鐘。我想我應該真得做些什麼了，於是我伸出右手攬著她的肩，一把將她摟抱了過來；曉韻沒有抗拒，很溫順地依著我的手勢偏側身體，把頭靠著我的肩，讓她及肩的頭髮，很自然地垂瀉了一些到我的胸前。

「差三歲。」在曉韻髮香的刺激下，我緩緩地開口說了。

「嗯？什麼？」她稍微睜大眼睛上仰地看著我問，隨後又回復到倚靠的姿勢。

「綉沂跟我差三歲。」

「喔，然後？」曉韻依在我懷裡，輕輕地問，這次眼睛沒有再上仰。

「就因為差三歲，所以我們不能在一起。」在說到「在一起」之前的剎那，我快速搜尋腦袋中的詞庫看看有沒有更適合的替代用語，不過找不到，只好這樣直白地說了。

「蛤？」

「這我阿嬤交代的。她說我不能夠娶個跟我差三歲的女人當老婆，所以我從以前就沒有過跟綉沂在一起的念頭。」

「你會這麼迷信嗎？」曉韻仍然依著我、頭靠著我的肩，以若有似無的聲音輕輕地問著；但怎麼聽，都有股很濃的酸味。

「這不是迷信，是我阿嬤很慎重的交代；我這個當孫子的，對於她去世之前的慎重交代，只能夠聽從，不需要問為什麼。」

「但是綉沂很喜歡你啊，而你，也……很喜歡她啊！甚至我覺得，應該用『愛』來形容你們之間的關係了。」不得了，更酸了，聽得我的耳道差點就腐蝕掉了。

「我不否認，但也不會承認。」我長嘆了一口氣，長到呼出的氣流吹起了她好幾根頭髮。「其實在十幾年前，在綉沂將要出國的時候，她曾經跟我表白過；不過那時候我算是裝傻混過去了，也算是傷了她的心。後來她出國、結婚甚至回到台灣之後的初期，在那一長段的時間裡，我們都沒有再聯絡過。後來我在研究院碰到她，那時候她已經是個要結婚的新娘子了。」

曉韻稍微調整了一下她左手的位置，好讓她的身體可以更貼緊我一些；我也稍微加大我摟抱她的力量，好讓我們之間密實到沒有分開的縫隙。似乎唯有這樣更緊密的相互依偎，才能夠避免讓綉沂成為我們之間的第三者。

「後來，是她主動到鄉下找我幫忙。其實我初始的想法並不是這麼緊密地合作，合作到我都得住在這邊了；那時候的想法是將實驗分工一下，我那邊做一些、她這邊做一些。不過說來慚愧，不管是設備或者是經費，綉沂這邊的資源都遠勝於我在鄉下的條件，所以很自然的，我所有的人力，包括我自己，就都被吸附到這邊來掛單了。那，如果妳問我，我把我能支配的人力都投到這快兩百公里以外的地方，這中間除了研究資源的差異之外，還有沒有什麼感情的因素在裡面？老實說，當然有；如果說沒有，那就太矯情了。只是，那是個什麼樣的感情因素？如果真要問我，我還真說不清楚。」

「你還愛她嗎？」曉韻忽然輕輕、冷冷、酸酸地問；輕冷酸到我差點打了個寒顫。

「『愛』？啊，這怎麼說呢，『愛』？哪我先問，妳愛我嗎？」

「不要閃躲，你要先回答我的。」輕冷酸之外，還帶有肅殺到不可侵犯之威嚴。

「我不是要閃躲，而是在想，『愛』這個字的含義，在我跟妳腦袋中的定義是不是等價的？套個漢雄講過的例子好了，他說他覺得林志玲很棒，他好愛林志玲，所以任何人絕對不能在他面前批評林志玲，一點點都不行；如果批評了，他絕對會跟你翻臉，這點是真的。但是他也很清楚如果他跑去跟林志玲說『我愛妳』那一定會被當作是瘋掉的粉絲，所以讓林志玲知道他愛她，會是一點意義也沒有。但是他那個『愛』的確是真得很愛的『愛』，不過卻是跟對方不會有任何交集的愛。所以妳說『愛』到底要怎麼定義呢？或許漢雄跟他的林志玲不能夠完全類比我跟綉沂的狀況，但是，形式上還真有點像。」

曉韻輕冷酸地笑了一下，這笑聲，讓我從如履薄冰到差點掉下去。

「客觀來說，綉沂已經結婚了，那她愛不愛她老公呢？我說，是愛的，不然她不會為了她老公而放棄在英國的工作機會回到台灣。或許她們夫妻倆現在有些相處的問題，但是也正因為綉沂愛著她老公，所以那些問題才會這麼困擾著她。因此即便不是像林志玲那麼地遙遠，但是綉沂的婚姻、綉沂的老公，已經將她罩在一個跟第三人的『愛』隔離開來的結界裡面；如果我硬要把我的愛灌到那個結界裡面，那麼不是她受傷就會是我受傷，而且最有可能的結果是，兩個人都受傷。」

我又加大了一下摟抱曉韻的力道，繼續說：「所以，妳說，我要怎麼愛她？如果有『愛』，那也只是個不能夠讓對方收到並確認的愛、那是個不能夠有任何明白表示的愛、更不能有任何以愛為名的肉體接觸。所以，這樣的愛，跟漢雄愛著林志玲又有什麼差別？最多只是我每天可以跟我的林志玲本尊見到面、說上話，而漢雄不行。我的意思是說，不管我說『我愛綉沂』或是『我不愛綉沂』基本上這兩句話沒什麼差別，因為那都是被綉沂的婚姻、綉沂的老公所形成的結界拒斥的事情。」

「但是，事實上看起來不是這樣啊！你們會單獨吃飯、單獨出遊，你說什麼她都會配合，那誰知道你們還會單獨做什麼事情？」已經不是輕冷酸了，曉韻是直接把硫酸灌進我的七竅了。

「當然，我跟綉沂的關係很好，我們可以單獨一起吃飯、我也會單獨陪她去哪裡走一走，我也不諱言她算是對我言聽計從。但是在同時間，我們也都謹記著我們之間有一條線，我不敢跨越、她也不想跨越；跨越了，我們就變成什麼都不是了；不跨越，那我們是家人，跟家人一樣地關係密切，她就像我的妹妹。好吧，就用妹妹來形容，從我知道她跟我差三歲開始，我就知道我們最好的關係頂多就到這裡；這不光是為了我自己，也是為了她，因為她是我的家人，我得照顧她。」

「那，你覺得綉沂會怎麼想？」語氣有點緩和了，但其實這只是從 10M 的硫酸變成 5M 而已，殺氣仍然十足。

「老實說，妳問的也是我怕的。妳們女生會怎麼想我的確不知道，或許得妳來幫我回答才行。我只能說，這兩年來，我跟她都站在線的兩端，她的結界夠強，我進不去、她也出不來。」我又長歎了一口氣，而且是稍微對著她的頭髮呼出我的氣，希望能帶動多一點的髮香進到我的身體，支撐我繼續說下去。

「愛或不愛啊？她會怎麼想？其實我想問的是，我們為什麼要怕愛上某人或是怕某人不愛我了？說實話，今天如果是一個跟我關係普通、但身材長相還可以的女性朋友，在某個夜深人靜的獨處場合裡，忽然上衣一脫衝過來緊抱著我，然後嘴唇湊上來一隻手還伸到我的褲檔裡面去，妳說，我能保證我一定不會做出什麼不規矩的事情嗎？我老實講，九成九九一定會出事情。但是，如果那個身材長相還可以的女性朋友是我愛的、但是不能夠跟我在一起的人；好吧，就說，是綉沂，那同樣的情境，我會做出不規矩的事情之可能性就會驟降到九點九九。因為有個『愛』擋在那邊，你反而會因為想要保護那個人而有更強的力氣去守住那條線，這樣的話，一個會發生性關係一個不會，那我是比較愛那個普通關係的女性朋友還是綉沂？」

「所以，你是愛著綉沂的囉？」濃度從 5M 再降到 1M，開始有脫離險境的可能。

「我覺得不管是『喜歡』或是『愛』，這些形容感情關係的用詞，都很難去談說我跟綉沂那樣的關係。我在想的是，男生跟女生之間一定得是那種『非有即無』的零和狀態嗎？能不能像一條實數的數線那樣有著各種數值的可能？也就是說，不是只有愛或不愛、喜歡或不喜歡，而是有著各種層次上的可能；甚至是，不是只有個X軸，或許還得加上個Y軸。我的意思是說，男生跟女生之間的關係有很多複雜的層面，也許橫軸是心理上依附的程度，縱軸是肉體上吸引的程度，或許再加個Z軸，那是生活上關係疏密的程度。也就是說，如果要比較妳跟綉沂兩個人在我心中的地位，那絕對不是個單一面向比較的問題，而是一個像是三維空間內的分佈問題；或許還要更精緻地分，在三維空間內的三個參數，是否還要考慮權重的問題。

我想即便不是有情有愛的男女關係，甚或只是跟一般朋友之間的相處，那種親疏遠近的考量，也不會是單一面向的事情，也會有工作、休閒、應酬等多個面向的生活關係，甚至會有敵人與朋友這兩種相反面向並存的可能。這些都有可能啊！所以回過頭來，妳說我跟綉沂是什麼關係？妳怎麼說我都很難否認但也都不會承認；我只能夠跟妳說，我可以在跟妳獨處的時候將妳擁入懷裡，但跟她獨處的時候不行；我可以對妳承諾我跟妳的所有未來，但我只能承諾綉沂很少的事情；對我來說，妳跟她之於我的意義是不一樣的，我想要窩在妳的結界裡面和妳一起，但只想在綉沂的結界外面看著她。」

「你這算是告白嗎？」一變甜了，安全了。

「算！」我把摟在她肩上的右手掌往下移，從她的腋下穿出然後緊覆在她的右側乳房，隨即略微往右翻身半壓在她身上吻她；曉韻沒有任何遲疑，立即伸出左手緊摟著我，仰頭迎向我的唇。

那一夜，所有該發生的都自然而然地發生了。

除了那盒未開封的保險套。

未終章

今天是綉沂的鋼琴獨奏會，我和曉韻跟漢雄約好了一起到台南聆聽；沒有事先跟綉沂說，想說給她個驚喜。

從綉沂離開研究院之後，一下子七年就過去了，當初以綉沂為中心團聚在一起的人，在這七年的發散過程中，每個人都遠離了繼續與雙聯病毒相處的日子。

漢雄繼續待在鄉下學校，七年來在京城四處掛單東湊西湊之後，靠著他那些電極，勉強地升上了教授。後來，他兼任了一本科普雜誌的總編輯，結果在去年居然跟T大的高層大老廝殺了一陣子，打了他們的論文造假案，結果高層大老沒垮，倒是搞得自己的江山去了大半，自己的實驗室先垮了。不過，前些日子聽他說把老鼠的實驗收一收也好，就改作蝦子螃蟹的生理研究；「便宜」是他唯一的理由，「基本上，我自掏腰包也養得起實驗室」他說，某種程度他現在也算是「財富自由」了，反正不用看科技部臉色、不用汲汲於經費申請，照樣有實驗可以做、有論文可以發表，其實也算是處理這個案子的意外收穫：對人生的看破。

曉韻那篇第一作者的螢光蛋白應用論文後來登上了一本跟C大期刊齊名的P期刊，而關於 TSC 蛋白改變了腺病毒的感染特性這篇，也登上了一本還不錯的病毒學 V 期刊。靠著這幾篇高品質的論文，她終於如願地進了 Th 大任教，而我也在這幾篇論文的加持之下，在她進 Th 大的隔年如願地離開鄉下，轉任到桃園地區的大學，從此一家三口可以聚在一起，再隔年，就變成了一家四口。

真的，我們夫妻應該要非常感謝綉沂，是她硬撐著被別人圍剿的壓力，讓我們順利把論文發表了，她才辭職離開研究院。之後她搬到台南跟老公團聚，當個新手媽媽加全職的家庭主婦，然後開始重溫她荒廢了好幾年的鋼琴。

那一年，漢雄發現實驗室的老鼠被病毒暨細菌雙重感染，同一時間實驗室幾乎每個人或多或少都有了些精神疾病的症狀，其中純菲、巧悅和靚蕙都還嚴重到要進醫院。所以那時候曉韻決定先以我們自己當作採檢對象，看看我們是否也受到了病毒的感染。就在那年的那天下午聽完漢雄對第三隻老鼠的切片染色結果之後，我跟曉韻就決定在當天晚上的聚會中，告知綉沂還有漢雄我們私下自我檢驗的結果。

「少了腦脊髓液，算有點美中不足；不過能採到的都沒事，也算是好消息。」睡了一個下午之後又吃了生魚片的漢雄，精神顯然恢復了大半，講話中那種無所謂的調調又出現了，不過隨即又轉換成讓人覺得有點噁心的溫柔聲音說：「倒是，曉韻妳不要太硬撐，必要時去看個精神科，至少緩解一下症狀，現在的精神科用藥效果一定會有的。」

「嗯，我知道了，謝謝陳老師。」曉韻送給漢雄一個林志玲式的微笑。

「其實，今天上午聽漢雄說完，我在開會的時候一直想的是，會不會不是我們家的病毒，而是張P他們家的細菌所造成的問題？」綉沂放下手中的筷子，以沉思中帶著疑惑的神情說：「如果按照漢雄分析的，那株細菌攜帶的是化學性閘門的鈉離子通道，那是個直接跟動作電位產生有關的通道，也就是說，它會直接興奮腦袋的某些區域，這跟我們家的病毒比起來，那是更直接的刺激來源。我們家的病毒雖然現在載的是多巴胺代謝相關的酵素系統，但是至少到現在為止，要怎麼讓這套系統順利的在神經細胞內完整卸貨，我們都還沒有個成功的作法；即便成功了，那也只是多巴胺這個神經傳遞物質的分泌量多一點而已。而且對正常的動物來說，神經系統內還是有很多手段可以調節它的分泌量，或者是從受體端著手去平衡它的作用效果。我的意思是說，即便我們的病毒順利卸貨了，在正常的動物身上，包括人，都不一定會造成異常；但是張P他們家的細菌如果真進了腦袋，照理說，就一定會有影響。」

「也是，聽起來合理。所以妳的意思是說，再驗一次，做細菌培養，看看有沒有被張P的細菌感染？」我邊嚼著剛送入口中的生魚片邊說。

「嗯！」綉沂在沉思中點點頭。

「是值得驗一驗……這我倒是沒想到，還是美少女團長英明。曉韻，那就再麻煩妳了，我看這次我們四個都驗驗，我跟綉沂連病毒的也補驗一下好了。」漢雄仍然用他那噁心的溫柔語氣先是對著綉沂說，然後又轉向曉韻說。

「好！」兩位林志玲幾乎異口同聲地應答了漢雄，樂得他夾起一大片鮭魚塞到嘴巴裡面。

在談了些要怎麼檢驗的技術細節之後，綉沂忽然很嚴肅又沉重地嘆了口氣，一邊無意識地用筷子戳點著眼前的清蒸石斑，一邊說：「這兩天我一直在想，一定是我經營實驗室、經營研究工作的方式出了問題，讓大家有了過多而且不必要的壓力與焦慮，才會害得純菲、巧悅和靚蕙她們需要就醫，也害得你們承受了不必要的精神困擾，包括我自己也不時地被痛苦煎熬著。我在想，如果你們沒有來我這邊就不會被我影響了，也就不會遭受現在的麻煩了！我覺得，我真是很對不起大家！」

說完，綉沂紅著的眼眶中已經泛滿淚水，坐在她旁邊的曉韻急忙握住她的手，靠過去，輕聲地撫慰她；坐在綉沂對面的漢雄也及時抽了一張面紙遞給她，剛好接住了她掉下來的第一滴眼淚。只有坐在她斜對面的我，不能，也不敢有安撫她的肢體動作，就只能動動口說：「不是妳的問題，不要把事情都往自己的身上攬。」

在我才剛說完開場白的時候，漢雄就忽然插話進來：「是啦，我們都是在妳這裡遇到麻煩的，只是，這麻煩到底是妳帶給我們的？還是我們帶給妳的？這我是覺得很難講啦！我是想說，地球其實是個充滿危險的地方，每天世界各國的警察都很忙碌、軍隊都很忙碌、醫院也都很忙碌，威脅我們的不只是細菌、病毒而已。妳實驗室的人現在出的這些問題，如果放到這個地球的其它角落……好啦，不談那麼遠，就算只是放在台灣的其它角落來說，其實，應該都不算什麼大麻煩。所以我要說的是，現在我們可以坐在這個高級日本料理的包廂內，一邊吃著很好吃的料理，一邊很自由地、自主地思考著我們的實驗出了什麼問題，而且那個問題是很值得思考的問題，基本上我覺得就是一件很爽的事情。而這些『自由』、『自主』與『值得』不是隨隨便便就遇得上，我想我們在座的四個人在學術研究這一行都不是什麼菜鳥了；國外的我是不知道啦，我這個土博士沒待過，但是就台灣來說，妳已經是我見過最理想的老闆了，這個我是跟妳說真的。真的，不是因為妳很漂亮像林志玲一樣我才說的喔，而是，我在妳這邊充分得到了做研究的樂趣，那種可以從頭到尾追根究柢的樂趣。不然，我幹嘛？鄉下來這邊一趟車接近兩百公里，我幹嘛？光油錢我每個月就可以吃兩頓這種規格的大餐了，我幹嘛？就是因為爽嘛，來這邊做實驗有那種真正在做研究的滿足感嘛！就這個最難得，所以我才來的。」

幹，漢雄就這樣一氣呵成的說完，內容扎實，完全沒有可以再補充的地方；忽然間，心裡有種很酸的感覺，好像被奪去了專寵綉沂的權利。

「漢雄，謝謝你！不過，我還是要再對你說聲抱歉……」綉沂再拿了一張面紙清了清自已蓄積的涕淚，重新整理一下情緒，然後也轉頭對曉韻說：「不只要對漢雄，曉韻，我也要跟妳說抱歉，我決定停掉多巴胺的動物實驗。」

曉韻臉上沒有太多變化，只是以理解的眼神微微對綉沂點了個頭，綉沂也感激地回了個帶淚的微笑，然後再看著漢雄繼續說：「我並不是因為有什麼感染疑慮才做這個決定的，基本上，實驗室裡的感染是可以控管的，不會是什麼無法解決的問題。當然，也絕對不是你的實驗設計或者是實驗進度有什麼問題，基本上，你幫我們做的，已經完全超過我所能想像的；如果沒有你，我現在也一定還只是個固守在細胞層級以下的分子生物學家而已。我之所以會做這樣的決定，純粹是因為我對我自己能力的考量。我一直覺得很愧疚的是，我佔用了你和應緯學長太多時間，每次看到你們匆匆地開車衝回去東部上課，然後又匆匆地從東部趕過來，我就有種很深的愧疚，也有很深的擔心，畢竟這樣長途的來來去去，不光是體力，也是行車安全的大考驗。所以我在想，我應該就我現有的經費與人力重新做考量；當然，我還是希望兩位學長能夠過來幫我，但是，不應該是以這般勞累的狀態過來幫我。你們應該只是來指導我的，而不應該比我的助理或學生還要認真地在這邊沒日沒夜地工作。」

綉沂又轉向旁邊的曉韻說：「妳也是，妳也為了我承擔了太多的工作；其實博士後應該要更自由些才對，是我讓妳變成了半個助理，這點，我也覺得很抱歉。」

曉韻微笑地對著綉沂搖搖頭，算是說著無言的「不會，妳想太多了」；綉沂顯然知道曉韻想說的，回了說：「我沒有想太多，我真的沒做好。」曉韻再度緊緊握住綉沂的手，還是對她搖搖頭。

綉沂再度面對漢雄說：「所以，我想調整一下今後實驗室的工作重點，還是先專注在我自己能夠完全掌握的部分。特別是最近您試過的那些動物實驗給了我很大的啟發，我覺得，我應該更精緻地去探討雙聯病毒的結構特性才對，一定要很確定這個病毒體的結構夠穩定了，才能進一步往疾病治療的應用推廣。所以，雖然我想停掉多巴胺的動物實驗，但我還是需要單純一點的動物實驗，就純粹是檢測病毒在動物體內存活狀態的實驗。也就是說，動物實驗變成一個例行的檢測項目，所以沒什麼新奇的挑戰，因此對您而言就沒什麼發表的價值，這是我比較抱歉的地方。但我還是要很撒嬌地拜託您幫我規劃一下這樣的動物使用平台，也幫我訓練一下助理，這個我還是得要仰仗您。」

「好，這沒問題！沒什麼好道歉的，要說抱歉，我欠妳的可能比較多！」漢雄一口爽快的答應了。剛好，服務生送過來新的餐點，是焗烤龍蝦；漢雄在第一時間笑了，然後我們也都跟著笑了。

後來，我們在吃完滿意的一餐之後回到實驗室，曉韻又開始熟練地為大家抽血採檢體，只是輪到曉韻自己時，她指名要漢雄幫她抽血，理由是漢雄的動物手術做得極好，她對他比較有信心。當然，我知道曉韻那種潛在要避嫌的心思，但實際上漢雄的確也是專業級程度，抽血的手法比我俐落多了。

隔了兩天，所有的檢驗結果出爐，不管是細菌或病毒，都沒有在我們的檢體裡發現。至此，大家算是都鬆了一口氣，可以比較放心地來調整實驗室接下來的工作方向了。只是沒想到比細菌跟病毒更麻煩的事情緊接而來，而且一來就不可收拾，最後終於導致綉沂的去職。

就在小朋友們從花東旅遊回來全面復工後的隔週，有一天中午消防車及救護車緊急地開入院區，直奔到我們這棟研究大樓。原來是張P他們家的阿光跑到研究大樓的頂樓，坐在女兒牆上，兩隻腳懸空在外面盪啊盪地。漢雄是第一個發現的，警也是他報的。他在第一時間衝到頂樓去，邊跑還邊打電話給我要我通知張P。阿光坐在女兒牆上只是一勁地笑著說天空好美，要大家不要接近他，不要打擾他看天空。大樓裡還在的PI都上來了，但都只能遠遠地站著，不敢接近他，深怕他受到什麼刺激就跳下去。後來警消到了，迅速在底下鋪了氣墊，也上來試圖跟阿光溝通。在折騰了快半個小時之後，最後漢雄開始跟阿光聊起了最近的職棒戰況，在成功延續住話題之後，便一步一步地接近他，最後才在千鈞一髮之際將他拉下女兒牆，解除了危機。

人是救到了，但是接下來大人之間的鬥爭才剛開始。

在阿光被救下來的隔天，PTT開始出現了一篇鉅細靡遺盤點張P他們實驗室歷年來精神出狀況的學生與助理的文章。原來張P的實驗室出問題這不是第一次，這幾年他的學生每年都有人出狀況，兩年前在綉沂到職之前還嚴重到鬧過人命；這一次阿光的狀況跟兩年前的那位很像，只是漢雄反應的快，即時救到人，不然憾事就會多添一樁。文中也提到除了張P那種「非得要到他想要的 data 不可」的指導風格之外，從五年前他開始聚焦在鈉離子通道的突變種選殖之後，實驗室就風波不斷，所以他懷疑張P的實驗室一定有什麼奇怪的感染是這些選殖的通道突變種所引起的，而且症狀就是精神出問題。

像這樣的爆料文，不用講，一定是自己實驗室裡面的人爆出來的，然後一定沒有人敢承認。結果，因為漢雄前一陣子在追查細菌感染源的時候，有到處打聽各實驗室使用的菌種和質體，加上當時漢雄跟阿光詢問了不少細節，因此傳到張P耳裡就變成了漢雄是爆料者，氣得他馬上大陣仗地上來實驗室找漢雄興師問罪。結果漢雄這個曾經在馬祖最前線七天七夜不卸甲的步兵排長，怎麼可能平白無故地就被張P那種老痞子不問青紅皂白的吼叫，當下他就幹聲連連地嗆回去，氣勢強到張P那個老痞子屁都不敢放，就夾著尾巴滾回去。

但也就因為讓張P在好幾位學生面前丟臉，因此惹不起漢雄的張P就轉而把怒氣發在綉沂身上。他聽說了綉沂的三個助理最近都到精神科就過診，加上雙聯病毒是用在腦袋研究的病毒，因此他就向研究院的生物安全委員會檢舉綉沂的實驗室有生物安全問題，而且極可能是導致阿光尋短的元兇；那他的證據就是，綉沂的實驗室有三個人的精神也出問題了。由於張P在研究院算是資深的老痞子，上至院長下至所長都跟他有幾分交情，加上他揚言說生物安全委員會如果不處理的話，他就要直接向國科會還有衛生署檢舉，搞得生物安全委員會不得不展開嚴格的正式調查。一時間，綉沂的實驗室全部停擺，所有人員都只能停工靜候調查。

就在綉沂三度被約談後的那天晚上，應該是週四吧，那天我因為下午學校有課回到了鄉下，想說週五早上順便處理一下學校的雜務之後再過去研究院。沒想到在晚上將近十二點的時候我接到綉沂的電話，一拿起來她就是一直哭一直哭，哭得我都覺得我的手機要冒出眼淚了。我像哄小孩那樣一直哄一直哄，才讓她稍微止住哭聲勉強說出話。她說她今天又被約談了，委員們都很不友善、所長也落井下石，明明都找不到有人被感染的證據，但就是一口咬定是她的病毒闖禍，她感覺非常非常地無助。加上老公又到台南出差去了，我也回到鄉下，所以她連個講話的人都沒有；而房子空空蕩蕩的，她好害怕！說完，她又開始一直哭一直哭，哭到我覺得不對勁，當下就決定，馬上去她家一趟。

我就把手機開擴音，一邊開車一邊跟她說著話，大部分的時間她都在哭，只是沒有剛剛那麼嚎啕而已。實在不知道要講些什麼可以讓她開心點的事情，所以只好把她以前當助理的時候在老闆實驗室鬧的笑話再一件一件找出來講。這一招果然有用，綉沂的哭聲漸漸停歇，開始有辦法跟我對談，回憶那些似水年華。

半夜沒什麼車，加上無視於各個測速器，所以大約一個半小時我就到了綉沂的家。直到面對電鈴，我才警覺到接下來我會面對什麼樣的考驗；我幾度伸出手又縮回，猶豫了好幾次，最後在綉沂帶著哭聲的詢問中，我終於按下電鈴。

那一夜，所有的事情都發生得極其自然。那些自然，是在我面對電鈴時就想到的；我相信，當綉沂開門時，她也一定想得到。我們可能都有那麼個瞬間想要逃避，但是我們都沒有躲開，就讓事情那樣自然而然地發生了。那天清晨，當我從綉沂身邊起來說要離開的時候，她也起身從背後抱著我，將眼淚從我的脖子流進我的心裡，說了聲：「學長，謝謝你。」

年華真的似水，過去的，都留不住。就這樣，一晃眼就是現在了。

結果距離最遠的漢雄最早到。他說他會這麼早到是因為，等等散場後獻花的人一定多到不行；她老公是總經理，一定有一堆人上去拍馬屁，所以獻花要趁現在。就這樣，我們就首創演奏前獻花，先到後台去看綉沂。綉沂看到我們非常驚訝，直呼我們怎麼會來！她說，她就是不想讓我們跑這麼遠才沒有通知我們；想說，等下個月到台北開獨奏會的時候再跟我們說就好。漢雄看到比林志玲還更勝風韻的綉沂，樂得結結巴巴地說不太出話來，還是綉沂主動一把挽著他的手來張紳士淑女照，他才回過神來。

綉沂的老公在前台招呼客人，所以她先把小孩帶在身邊，等等才會叫老公過來帶小朋友出去。小男生剛上了小學一年級，有點怕生，一直躲在綉沂後面，連跟漢雄照相的時候也是。照完相，綉沂很溫柔地把躲在屁股後面的小朋友慢慢地勸到前面，跟他說：「來，叫舅舅，這兩位是舅舅，她是舅媽。」

小男生怯生生地抬起頭，小聲地叫了「舅舅」、「舅媽」。在與小朋友正面相對的瞬間，我好像明白了；從我身旁的曉韻忽然僵住要伸出去撫摸小朋友的手看起來，我想她也明白了；綉沂看著我們忽然閃出的不自然，我想，她也明白了我們所明白的。

那真是個難熬的千分之一秒！

「來，舅舅抱抱，哇，像媽媽，真帥！還好，像媽媽！」

我想，我們都應該感謝漢雄這及時的一抱，以及，話裡的智慧。

附註：關於小說中的一些科學

由於幾位主角的身份是專業的學術研究工作者，故事的主要場景也是在生醫的實驗室，所以小說中關於生醫研究的專有名詞還不少。對大部分讀者來說，算是有些閱讀門檻，所以在此將幾個有助於閱讀此書的學術行規和科學名詞說明一下。

一、學術研究的基層組織

學術研究在今日已經是種專門的行業，而且算是規模龐大的行業，光是台灣的科技部在二〇二〇年補助基礎研究的專題計畫，總經費就超過一百億新台幣。

在台灣，就生醫相關的學術研究來說，最基層的生產單位是「實驗室」。這裡的「實驗室」不只是指一個可以進行實驗工作的空間，其意涵可以擴大成由某一位實驗室主持人（principal investigator, PI）管轄的所有進行實驗工作之場域，而在這些場域裡該進行哪方面的研究工作、該做哪些實驗、該產出什麼樣的研究報告，則完全由實驗室主持人，亦即俗稱的 PI 所決定。

要成為一個 PI 需要什麼樣的資格？在台灣，由於大部分從事學術研究工作的實驗室都附屬於大專院校，也因此許多 PI 的正職身份是「教授」。而在台灣「教授」這個行業又分三個等級，由下而上是「助理教授」、「副教授」與「教授」；這三個等級的教授都可以擁有自己的實驗室，並且向公、私部門申請研究經費。另外，台灣也有一些由公部門或財團法人成立的專業研究機構，如中央研究院（隸屬於總統府）、國家衛生研究院（財團法人）等。在這些專業的研究機構中，PI 的等級由下而上通常分為「助理研究員」、「副研究員」以及「研究員」三級；同樣的，他們都擁有自己的實驗室，除了單位內部的例行預算外，也可以向各公、私部門申請研究經費。

而實驗室裡面的其他成員通常有幾種身份類別：博士後研究員、專任助理、博士班研究生、碩士班研究生、大學部專題生、工讀生（或臨時工）。其中「博士後研究員」這個職稱一般人比較陌生。基本上「博士後研究員」並不是研究機構編制內的正式人員，一般來說是在其取得正式 PI 身份之前的過渡性質工作，完全由聘用他的 PI 所能掌握的經費來決定其任期。由於其基本資格需要是已經取得博士學位的人員，因此在實驗室裡面他通常可以獨立負責某項專題的研究工作。但是在實務上，對於研究主題的設定、成果發表的時機與發表方式等大原則的事項，博士後研究員仍然得聽從實驗室 PI 的指示。

二、學術研究的成果發表

如果將「學術研究」看成是一種產業，那麼這個產業最主要的產品便是所謂的「學術論文」。學術論文是依據實驗室的研究數據所寫出的成果報告，而這些報告通常需要公開發表在各個專業期刊上，以供學術同儕甚或是大眾參考。但因為學術論文的產出量會超過專業期刊所能容納的出版數量，因此各個專業期刊就必須對收到的學術論文稿件進行必要的篩選。

目前在專業期刊的編輯實務上，「同儕審查制度」是最廣泛被採用的制度。其主要運作方式是期刊編輯收到稿件後，視稿件內容的專業屬性，商請三至五位具相關專業研究經驗的專家學者，對於此篇論文的撰寫內容進行審查。在審查過程中，這些審查人會對該篇論文的內容提出專業的評審意見供期刊編輯參考，期刊編輯再根據這些意見（大部分還加上論文作者的答辯狀況）以決定是否刊登此篇論文。

由於整個審查的過程基於信任原則，一般只是根據作者所提交的論文書寫內容進行審查，其評審過程並不會牽涉到實驗現場的觀察以及所有原始數據的檢視，因此作者所提交的論文是否完全根據真實的實驗數據所寫出，審查者與期刊編輯皆無從得知，也因此這裡面就會有許多造假舞弊的可能性存在。

此外，由於今日學術研究已經成為一個龐大的產業，造成陳列其產品「論文」的專業期刊數目也爆增，近三十年來已經多到連專業的研究人員都無法完全掌握的數量，甚至連挑選值得花時間閱讀的論文都有相當的難度。也因此，就有機構對於專業期刊進行排行榜式的評比，以供研究人員在閱讀專業文獻時作為選擇的參考。

其中美國科學資訊研究院（Institute for Scientific Information, ISI）每年所出版的「期刊引用報告（Journal Citation Reports, JCR）」為目前學術界普遍認可的期刊排行榜。如果論文能夠發表在排行榜內名列前茅的期刊，不僅代表研究的重要性以及創新程度獲得專業同儕的肯定，也因為這些名列前茅的期刊之閱讀者眾，所以論文的傳播廣度與影響力也會跟著大大增加。是以在今日的學術實務上，如何讓自己的研究論文發表到名列前茅的專業期刊（如小說中所提到的Nature、Science），就變成了現代學術研究工作者之具體目標，而學術界也會以此來評比研究人員的學術工作表現。

三、病毒是什麼？

「病毒」和「細菌」常常被拿來相提並論，但其實這兩種東西差很多。

病毒是種很特殊的東西，它非常小，小到體積只約略是人體一般細胞的十億分之一。它的結構非常簡單，簡單到通常只有一層蛋白質分子所構成的外鞘包裹著由核酸組成的遺傳物質。而這些外鞘通常會形成很特別的構形，像是小說中所提到的腺病毒以及單純皰疹病毒，其外鞘就是由二十個三角形面所構成的二十面體。有些病毒在蛋白質的外鞘外面又包了一些由蛋白質組成的襯套，再加上一層與細胞膜結構很像的外套包膜（例如小說中的皰疹病毒）。

由於病毒的構造就這麼簡單，沒有一般細胞那麼多樣化以及足夠數量的分子、離子等物質，所以在病毒體內無法獨力完成像是遺傳物質複製與合成蛋白質這類關鍵的化學反應。因此就生物學的觀點來說，病毒不是活的東西，頂多可以稱它為介於生命與無生命之間的物質。光這點，病毒跟細菌就差很多了，因為細菌是一個完整的細胞，雖然比人體細胞小很多，但是要靠自己活下來所需要的配備在細菌裡面都有，所以細菌是有生命的東西。

但，什麼是「生命」呢？「生命」其實是個很直觀的概念，一顆石頭、一粒沙沒有生命，而一株草、一隻螞蟻有生命，這都沒什麼好說明的，一看就知道。是以如果真得硬要為「生命」下個定義，大概只能勉強說：如果某個物體具有「代謝」、「感應」、「生長」和「生殖」的現象，那麼這個物體就可以說是具有生命的個體。

原則上雖然如此，不過並不是物物都可以明顯套用，常常需要很細緻的討論。例如騾是馬和驢的雜交種，但公騾和大部分母騾並沒有生殖能力，就這個角度來看，可以說騾沒有「生殖」這個生命現象。只不過應該沒有人會說一隻活生生的騾沒有生命吧？所以，這時候我們就得換個角度來看：一隻成年的騾雖然缺乏繁殖能力，但是如果將重點放到騾於形成之初的受精卵上，那麼一隻活的、成年的騾就是由那顆受精卵不斷增殖分化出來的；雖然說一隻騾在成長的過程中，牠的外表輪廓和身體內的器官組織不斷變化，但一直都是在與外界有明顯區隔的獨特空間內、一個叫做騾的形體內進行的，所以從騾的發育過程來看，仍然有細胞數目不斷增多的生殖特徵。

又譬如說，像電影變形金剛的那種機器人，不管它是以什麼樣的能源作為動力，基本上在它體內都有可以稱得上「代謝」的反應在進行；而這個機器人能看能聽又能動，對環境的變化也能產生自主性的反應，這也符合「感應」這一項。如果這個機器人進一步利用它機體以外的工廠，自己製造了一雙翅膀加裝到原有的機體上，這樣在外貌上它就有了「生長」的樣子；又如果，它還可以操控那個工廠製造出一個跟它完全一樣的變形金剛，那麼就結果上來說，應該也等同於有了「生殖」的功能。

這樣說來，變形金剛就有了代謝、感應、生長和生殖四種生命現象了，那是不是就可以說這個變形金剛是有生命的呢？

如果依照剛剛對騾的討論方式來想想，這個看起來像是活的機器人，也得把它放在特定的空間以及時間範圍內來討論才行。首先，變形金剛是怎麼出現的？從電影劇情看起來，它應該是一生產出來就已經具備完整的結構，並沒有隨著時間的進展而改變身體結構的過程，因此沒有一般概念上認為是「生長」的過程。即便它會變形，從一部高度不過兩公尺的汽車伸展成五公尺的巨獸，不過這就像是表演縮骨功的特技演員，在將全身緊縮成一團不到八十公分的肉球後，又忽然展開成為一百六十公分、可以走路的正常人那樣。這都是在原有構造上做了些可以回復原狀的短暫變形，而不是真的有新結構的生出，所以還是不能稱之為「生長」。

就算它自己造了一雙翅膀裝上去，也只是像人抓了滑翔翼之後，可以在空中飛行一段時間；雖然此時人跟滑翔翼短暫結合了，但應該沒有人會認為這是人自然「生長」的結果吧！因為翅膀的產生，來自於人體以外的工廠所製造，所以不算是出自於原有體軀內的生長。同樣的，「生殖」也是，操控外部工廠，製造出一個跟它完全一樣的變形金剛，表象上的確繁殖了一個新個體，但就事實上來說，整個生產過程中新個體與舊個體之間一直都是獨立的；新個體的結構並不是從舊個體的既有結構中衍生出來，所以也不算是「生殖」。所以，四項生命特徵只中了兩項，因此變形金剛沒有生命。

簡要說明了生命現象之後，再回過頭來看病毒為什麼會被稱作是「介於生命與無生命之間的物質」？簡單來說，因為「病毒」的結構太陽春了，它無法獨立且獨力表現出那四項生命特徵。一隻病毒如果將它擺在一個充滿各種營養物質的培養基上，再怎麼等，它還是那個樣子，既看不到營養物質有被消耗的痕跡，病毒的隻數也不會增加。所以就這個角度來說，它是無生命的物質；但是如果讓病毒進入了它可以感染的細胞裡面，它就可以利用受感染的細胞內之各種材料與配備，去製造出新病毒所需要的各種零件，最後還可以在受感染的細胞中將這些零件組裝成許多新生的病毒散播出去。

也就是說，病毒比剛剛提到的變形金剛還不合格，變形金剛至少四項中兩項，而病毒卻四項都沒有！所以，雖然表象上病毒看起來會繁殖，也至少有那些跟繁殖相關的代謝活動，但因為都是用別人的，所以雖然看起來有生命，但實際上，並不算有生命。

四、關於基因

生物體這個執行生命現象的自然機器跟人現在所能夠造出來的機器比起來，最大的不同在於「材料」。在生物體中，那些用來當作細胞架構的建材以及執行各種功能的元件，在化學上絕大部分都是屬於蛋白質這類的分子。「蛋白質」是個集合名詞，它們都是由二十種名為胺基酸的小分子所構成的聚合物。「聚合物」通常是指分子量很大的化合物，但它的大是很有規則的大，因為它是由固定幾種單體分子不斷串接在一起所形成的集合體；就像是積木那樣，只需要幾種固定形狀的積木按照其特定的接壤方式一塊一塊的堆疊，就可以堆疊出千變萬化的大型結構。

一個細胞在活著的時間裡，於不同階段、面對不同環境，細胞內會視需要產生不同種類、不同數量的各式蛋白質分子來對應；但是細胞並不是時時刻刻都會把一輩子所需要用到的蛋白質全都做出來放著，而是很有效率地在需要的時候才會把特定的蛋白質分子做出來。但是細胞怎麼知道一個蛋白質要用哪些胺基酸、依照什麼樣的順序去疊成屬於它的特定樣子呢？原來細胞把這些訊息都用四種不同的核苷酸分子當字母，用這套四個字母的分子系統，一個一個串接成「核酸」這種寫著蛋白質秘密的聚合物，其中「DNA」是大家最常聽到的核酸種類。

這本用核苷酸分子所寫下來的蛋白質大全也就是我們俗稱的「遺傳物質」，因為我們只要把這本核苷酸分子寫的書遺傳給下一代，下一代就能夠擁有做出我們會做的蛋白質的能力。而在這本書裡面，如果有某一個段落的字母序列，剛剛好對應的就是某個蛋白質的所有胺基酸之排列細節，那麼，我們就會稱這個段落的核苷酸序列是這個蛋白質的「基因」。

五、關於基因工程

儘管現代的各種化學、化工、材料科學的技術非常發達，但是比起生物體（即便只是一隻小小的細菌），人類目前所能掌握的合成技術在製造蛋白質這件事情上，還是遠遠不及生物體所能達成的效果。也因此，如果我們想要量產蛋白質，最好的方法就是讓生物體幫我們量產；特別是一些原本在生物體內很微量但卻又很有醫療價值的蛋白質（例如，胰島素）之量產，如何找到適合的「生物工廠」，更是一個重要的課題。

我們對於這個「生物工廠」的基本想法是這樣的，像胰島素這類蛋白質，在哺乳類動物身上因為需要配合血糖的濃度而調節其分泌量，而且分泌的量只要少少的就能發揮作用，分泌太多對生物體反而有害，因此不可能以原本就能分泌胰島素的哺乳類動物當作生產人類胰島素的生物工廠；因為僅靠單一隻動物無法量產，若養很多隻動物再每隻微量微量地抽，飼養及萃取的成本又會太高。所以，如果能以對胰島素不具有分泌迴饋控制的生物體來產出胰島素，而且是用像大腸桿菌這種便宜又可以大量養殖的單細胞生物來做為生產工廠的話，那麼不管是在降低成本或是增加產量的考量上，都將是最佳的作法。

但是要怎麼讓大腸桿菌生產原本跟它毫無關係的人類胰島素呢？這就得用第四節所提過的關於「基因」的概念了！

前面提過，如果細胞內的 DNA 之某個連續核苷酸段落，剛剛好對應某個蛋白質的所有胺基酸序列，那麼，這個段落的核苷酸序列就是這個蛋白質的「基因」。一個細胞內如果有某個蛋白質的基因，那麼這個細胞內的蛋白質之組裝設備，就可以根據基因的內容把這個蛋白質做出來。所以如果要讓大腸桿菌生產人類胰島素，那就把人類胰島素這個蛋白質的基因塞到大腸桿菌原有的 DNA 裡面，這樣大腸桿菌就有可能生產人類的胰島素。

這就像在一本活頁裝訂的鄭愁予詩集中，如果偷偷塞入幾頁我自己寫的詩，那麼，讀的人就會以為那幾首我寫的詩也是鄭愁予的，然後耐心地把它讀完。

是以我們就將如何在細胞（或病毒）的遺傳物質中找到屬於某個蛋白質的基因、如何將這段基因切割下來、如何將切割下來的基因裝到別的細胞（或病毒）中，以及如何讓這些基因在原有細胞（或病毒）以外的細胞做出那個蛋白質，這些程序的種種相關技術，就統稱為「基因工程」。

六、腦與神經訊號

對於神經系統而言，神經細胞不僅是神經系統的構造單位，同時也是神經系統的功能單位，亦即我們在討論神經系統的作用時，神經細胞均可視為一個獨立的功能元件，所以我們也將神經細胞稱做「神經元」。在結構上，神經元皆有一個細胞本體以及由本體所延伸出的許多枝狀突起。細胞本體的大小範圍可從五到超過一百微米，細胞內的主要胞器均集中於此；神經細胞本體周圍的突起又稱神經纖維，根據他們的外觀及功能特性可將其分為兩類，一是樹突，另一是軸突。樹突為較短且分枝較密的突起，但軸突通常只有一條，末端會有廣泛的分支，甚至達上萬個末端分支也不罕見。這些末端通常會與其它神經元幾近相接而形成特殊的併接結構，亦即突觸。

人類的神經細胞有集中化的現象，主要分佈在腦與脊髓兩個中樞神經系統的結構內，另外有一些散佈在體腔還有各個器官附近的神經節之內。人的大腦內估計含有上千億個神經細胞，但是這上千億個神經細胞並不是均勻地分散在大腦內，而是區塊式聚集在某些部位。其中一個神經細胞聚集的部位是在大腦外側邊緣、隨著大腦輪廓蜿蜒的連續層帶，一般稱為大腦皮層；而在皮層以下的大腦內部，神經細胞群就以不連續的叢集方式分佈，叢集跟叢集之間再靠軸突纖維串接。

這些叢集式的區塊，大概就像晚上坐飛機經過台灣上空，可以看到人口集中的城鎮萬家燈火，點點集中明亮的很；但是在城鎮與城鎮之間的燈火就稀稀落落，最常見的只有連結城鎮之間的蜿蜒路燈，就像是軸突纖維。這些神經細胞群的叢集被稱之為「神經核」，像小說中所提到的杏仁核、基底核、視丘的腹內側核等，都是在大腦中的一些神經核。

神經細胞的細胞膜兩側分佈多種帶正電或是負電的離子，在特定條件下，這些帶有電荷的離子可以穿透細胞膜流動，造成細胞膜兩側的微小電位差改變；這些微小的電位差變化，可以使用名之為「電極」的工具探測到。若是細胞膜兩側的電位差改變之現象，能夠沿著軸突不衰減地快速遞移（此即為「動作電位」傳導）到末梢的突觸，便可以刺激突觸釋放內含的化學物質（亦即「神經傳遞物質」）作用到與其相連的神經細胞、肌肉或是腺體上，造成被作用的細胞之生理活性產生變化。小說中所提到的「多巴胺」，便是神經傳遞物質的一種。

國家圖書館出版品預行編目（CIP）資料

我腦袋裡有實驗室的病毒，嗎？/ 蔡孟利著 . -- 初版 . --
新北市 : 斑馬線出版社 , 2021.07
面； 公分

ISBN 978-986-99210-9-1（平裝）

863.57 110011410

我腦袋裡有實驗室的病毒，嗎？

作　　者：蔡孟利
總 編 輯：施榮華
封面插圖：馬尼尼為

發 行 人：張仰賢
社　　長：許　赫
出 版 者：斑馬線文庫有限公司
法律顧問：林仟雯律師

斑馬線文庫
通訊地址：234 新北市永和區民光街 20 巷 7 號 1 樓
連絡電話：0922542983

製版印刷：龍虎電腦排版股份有限公司
出版日期：2021 年 7 月
ISBN：978-986-99210-9-1
定　　價：300 元